智慧风暴

王宏甲◎著

中国言实出版社

图书在版编目(CIP)数据

智慧风暴 / 王宏甲著 . -- 北京 : 中国言实出版社 ,
2021.2
ISBN 978-7-5171-2216-6

Ⅰ.①智… Ⅱ.①王… Ⅲ.①纪实文学－中国－当代
Ⅳ.①I25

中国版本图书馆 CIP 数据核字（2021）第 018673 号

出 版 人　王昕朋
责任编辑　佟贵兆
责任校对　张　朕

出版发行　**中国言实出版社**

地　　址：北京市朝阳区北苑路 180 号加利大厦 5 号楼 105 室
邮　　编：100101
编辑部：北京市海淀区花园路 6 号院 B 座 6 层
邮　　编：100088
电　　话：64924853（总编室）　64924716（发行部）
网　　址：www.zgyscbs.cn
E-mail：zgyscbs@263.net

经　　销　新华书店
印　　刷　徐州绪权印刷有限公司
版　　次　2021 年 4 月第 1 版　　2021 年 4 月第 1 次印刷
规　　格　710 毫米 ×1000 毫米　1/16　17.75 印张
字　　数　380 千字
定　　价　89.00 元　　ISBN 978-7-5171-2216-6

　　王宏甲，当代文学家、著名学者。福建南平建阳人，
中国作家协会报告文学委员会副主任。1993年起享受
国务院政府特殊津贴。中宣部全国宣传文化系统文化

名家暨"四个一批"人才。作品曾获中宣部"五个一工程"奖、鲁迅文学奖、徐迟报告文学奖、冰心散文奖、中国图书奖、中华优秀出版物奖等。2001年，《智慧风暴》被中宣部等6部委评为纪念中国共产党成立80周年全国十部献礼书之一，并获"五个一工程"奖、徐迟报告文学奖，中央电视台改编拍摄为20集同名电视连续剧，在央视播放。

序

师学军

　　把一个人写成一个民族一定时期的历史，从中可以读见那个时代社会生活的一些本质和趋势，王宏甲每一部长篇报告文学都有这个特征。这可能是他的作品既感动人，又被认为很有思想的一个重要原因。

　　我常常惊叹于宏甲的学识和才华，但是过多地去赞扬他的才华是不对的，他一直是在用他的心写作。他认为世界本宽大，因缺少理解而狭小；理解常常不是靠头脑里的聪明去完成的，要靠心。文学就在做这种增进理解，从而使世界宽大的工作。

　　读宏甲的作品，重要的不是看这个世界发生了什么，而是看他怎样认识这个正发生着很大变化的世界。这样说恐怕还不准确。他的文章总会很自然地导向——你要使用你自己的眼睛、你的思辨和心。因为这个世界充满了误解，特别是在那些司空见惯的"说法"中往往埋伏着惊人的误解，而每一种误解都是一种隔阂、一种封闭、一种耽误。真是这样。他的作品不在于提供了一个什么样的答案，而是总能引起我们积极的思考。阅读过程中，你的主动性被调动起来。你感觉自己生动活泼地出现了。你不是在看别人的热闹，你在参与，在思辨，并且从中看到了自己的聪明才智……这实在是一种非常令人愉悦的阅读体验。这部《智慧风暴》更突出地展现了他的作品开人心智的作用。

关于"知识经济"的说法今天已经到处可以见到了。究竟什么是知识经济，许多人还是模糊的。这部《智慧风暴》是以真实可感的故事，把这种新经济已是如何渗透到我们生活的方方面面，中国划时代的先进社会生产力怎样在中关村诞生和成长，讲得明明白白又惊心动魄。一个作家，能敏锐地洞察社会生活内部正在发生的深刻变化，并以他自己的方式，把这种变化以及它所以会发生的理由、它已经产生和将要产生的影响等，生动、形象、清晰地描绘出来，及时提供给读者——这样的著作并不多。

我对宏甲一直怀有一种尊敬的心情。我深知他多年来呕心沥血，确实是在以一个作家的智慧和良知，为民族为读者辛苦写作。他的作品从不虚张声势，不哗众取宠。有悲剧意识而不悲观，有忧患意识而不怨天尤人。他一次又一次把我们民族生活中最优秀的那些部分，把人性中光亮、温暖的那些部分，极用心地开掘出来。这些部分可能是有尘土的，可能是被"争议"掩埋着的；他把它们开掘出来，拂去尘封，放在读者面前，这就是一种对美好的捍卫！

在他的作品中总能读到对生命的鼓励，我自己就常常从中读出世界的前途和人生的宽阔。古巴十九世纪的作家何塞·马蒂曾说："作家的工作就是巩固和扩大人生的道路。"我以为，以此来形容宏甲的劳动，是合适的。

其实，关于宏甲，许多著名前辈如冰心、文怀沙、陈荒煤、冯牧、马烽、秦兆阳、张锲等，都有过极好的评论。我不能肯定这些评论是否引起了人们足够的重视。作为一个读者，我本人长期接受宏甲作品的熏陶。我很愿意把我从中得到的愉悦和教益也传递给别人，所以常把他的著作当礼物送给同事和朋友，甚至是刚刚相识的人。这也是我不揣浅陋，写下这篇文字的原因。

2000 年 5 月 23 日 石家庄

前记

我为什么写这本书

市场陈列着希望，也埋伏着陷阱。你听到钱币在生长着钱币，那是一种神秘莫测的声音。计算机正在许多领域取代齿轮，互联网正使人类获得空前的资源共享……这个世界正在发生重大变迁。

每一次这样的时期出现，都源于新兴生产力的诞生。譬如春秋初铁耕问世，农民在开发私田的过程中把私人开发出来，由此产生的一系列变化，终于成全了大一统的中国。那场变迁，曾使中国出现了一个"战国时代"，烽火连天，血可漂橹，那是多么剧烈的变迁啊！譬如蒸汽机出现，世界就有了围绕着齿轮来运转的道路。1840年那场战争，中国是军事力量败给了英国的军事力量吗？不是。是一家一户耕作的小农生产方式和生产力，败给了新兴的组织化的工业生产力。于是，上至皇帝，下至黎民，没有一个人不受到严重冲击。

然而以耗竭资源为代价的工业不可能持续发展，人类才开始寻求可持续发展经济，这就是今人所称的知识经济。当这个新的经济时代端倪初现，也必然对社会生活的方方面面发生重大影响。

知识经济的萌生，一定程度上，是人类在用更理智一些的方式对待自己的前途。所谓"智慧"，古代哲人认为是比聪明更高级的意识。今人指对事物能认识、辨析、判断处理和发明创造的能力，这能力是在掌握知识、经验和从事实践活动中发展出来的。当今这场变迁，虽不见炮火硝烟，却是一场风暴，一场席卷全球的风暴。受冲击的远不只是企业职工。这场社会变迁一定会深刻地影响到所有的农民、商人、教师、医护人员，乃至包括政府官员在内的一切社会公职人员。一句话，没有人能生存在这场社会变迁之外。

今天，美国人从传统型经济向知识型经济转型，已如同他们的祖先向新大陆迁徙那样汹涌。中国不仅有规模很大的亟待改造的传统工业，还有规模巨大的十八世纪的手工农业，属于知识经济的高技术产业只有很小的规模。我们的困难是严峻的。

我们有什么快速跟进的优势吗？我愚小的心思私下里寻索，然后看见，一个重大机遇就在身边。你看，当代武器惊人的远程命中率，不是瞄准出来的，是计算出来，从这个意义上说，高技术战争是"数学的战争"。所谓"数字化社会"，也是建立在数学的基础上。欧美大企业能提出许多数学问题，并通过解决这些数学问题不断开发出高技术产品。我国大多数企业迄今还没感觉到有什么数学问题，这就是大问题。尽管如此，我们毕竟面对着一个大机遇。

为什么？中国人有很好的数学天赋，中国孩子迄今在国际奥林匹克数学竞赛中屡屡拿到最多奖牌。天下父母，没有比中国父母更重视孩子读书的，中国教师是相当认真负责的一大群体，全世界也没有比中国学生读书更刻苦的了。问题是需要清晰地认识这个时代，需要使教学的成就真正开出鲜花，需要把知识变成经济，变成对社会有益而非有害的东西。

在中国自主创新的高技术中，最典型的也许莫过于王选的发明。他的创造早先被认为是"数学游戏"，他正是从解决了一个数学问题起步，研发出一项世界领先技术，北大方正通过开发和经营这一高技术产品迅速崛起，并使中国传统的印刷业全部实现了向知识型产业的革命性跨越。所以，像方正这样的企业，不仅是知识经济的载体，更是"母体"，具改造传统产业的功能。

中国何止有王选。中关村已是中国知识经济的发祥地。80 年代前期中关村电子一条街兴起，就是 20 世纪中国生产力发展的一件大事，它标志着中国科教知识分子直接登上产业的舞台，成为新兴生产力的代表。

北大在 1919 年举出"科学"与"民主"的大旗，那时，知识分子发起的"五四运动"需有工人阶级的支持才成气候。而今，科教知识分子们直接登上产业的舞台，这是以往的世代没有过的新形象。

19 世纪，当中国遭遇工业浪潮的冲击，举国是那么不了解世界。最先认识到"我们落后了"的中国人，以振兴中华相砥砺，百年来都有勇士轰轰烈烈。由于历史的原因和旧体制的束缚，许多人壮志难酬。中共十五大报告中写到的"科教兴国战略和可持续发展战略"，在我看来，已是对发展我国知识经济所作的表述。中关村正成为中国知识经济发展中最先进的亮点。这个亮点必将影响整个中国经济的发展。

我之所以选择在中关村的"平台"上，以北大方正为载体写一本书，还因为百年前京师大学堂的办学宗旨即"开通智慧，振兴实业"，今北大力行"产学研结合"，与前人智慧一脉相承。北大方正当属中国人百年奋斗的一个硕果。可以说是无数中国父母、中国智慧，养育出一个北大，推举出一个方正。从他们的脚步中我们能听到，一个伟大民族从落后向复兴挺进的脚步声。

然而，1998 年方正业绩发生严重滑坡，1999 年方正高层发生严重分歧，进入 2000 年，方正在媒体上的消息远比从前少了。我不知方正是否还会发生一些我所预料不到的惊人的事。但不论发生什么，我都认为，那些为方正的诞生和成长付出的辛劳和作出的贡献，仍然是珍贵的。我少年喜爱历史，极崇敬司马迁。司马迁使我知道，历史因珍惜而辉煌。不能忘记，他们是在我国企业遇到严峻困难的时期，在为一个民族的前途开辟道路。他们的挫折，也是我们的损失。我们怎能不期望方正走出困境，再度崛起！

今天，世界企业 500 强在中国登陆的就有 300 多强。比起西方大企业，中国的高技术企业都还弱小。去真正认识他们，去敬佩、去学习、去爱护、去传播、去支持这些中国年轻的"集团军"，应该成为一种"国民意识"。

我们还该记住：王选的奋斗最核心之所在，就是在我国改革开放，"引进风很猛"的非常时期，在尖端科研领域，坚持自力更生，自主研发。这样的奋斗和坚守，是新中国自立于世界民族之林的根本，过去重要，改革开放时期更加重要。

回想起来，我愚小的心智受到鼓舞，还因为：人类历史上经历这种重大变迁的时期并不多。我没有机会在两千多年前去采写那场生生灭灭、威武壮烈的社会变迁，我也不能在二百多年前去记述蒸汽机出现前后的欧洲巨变，但今天，我就站在中关村的土地上目睹了这场与世界前途密切联系的历史性变迁。我如果没有认识到也就罢了，认识到了，安敢不言？

每当社会发生重大变迁，世界都会再一次变成需要重新认识的对象。这样的时期，会使许多昨日的成功者产生被抛弃感，也会给许许多多的年轻人带来崭新的机会。你今天就站在这个新经济时代的入口处。看得见身前身后的坍塌与崛起。如何认识这个变迁中的时代，如何认识自己，如何选择前程，便成为人生极重要的事情。

我是渺小的，中关村里的风云激荡却是为中华开辟前途的伟大实践。我不敢说是为那里的英雄树碑立传，却是想为成长中问寻前程的青年提供一些可能有用的东西。然而以我粗浅的学识去描摹，也一定会存在惊人的误解。所以，我虽全神贯注仍诚惶诚恐。或可解救的办法是，假如你与这本书有缘，一定要使用你自己的思维和判断。打开这本书，第一层你可解读中关村、北大和北大方正；第二层你该读出变化中的祖国和世界；第三层，最要紧的一层，你该读出你自己的潜力与前程，这才是比较可靠的。

不是所有的挫折你都要去经历。我们经验过的失败，你不必重复。你可以直接汲取我们祖辈、父辈，以及我们那一代许多人曾以青春和生命为代价才得到的某个原本简单的道理，你可以大步地跨越我们直接挺进到最能接近成功的地方。你的成功，就是我们几代人的梦想。

相信吧，在这个知识时代的黎明，虽然你不是最早出发的人，你仍然可以是去开辟一个新世纪的先驱。

王宏甲

2000 年 5 月 26 日 北京

（2021 年 3 月 20 日修订）

目录

第一章

———

陌生的世界

（1948 年——1966 年）

没有什么比"抉择"更能影响人的一生。没有什么比"认识"更能影响你的前程。认识是抉择的前提，是创造前程的出发点。

1 一个曲高和寡的神话

这是什么？

$$\frac{1}{2}\sqrt[3]{AB} + \left\{ \sqrt{\dfrac{\dfrac{\sum\limits_{l=1}^{N} S_l^2 + \prod\limits_{K=1}^{M} S_k^2}{\dfrac{1}{2} ER}}{\sqrt{\displaystyle\int_1^2 \dfrac{B_{c_{CC}}^{SS} + \dfrac{1}{2} S^2}{RT}\,dx} + \left(\dfrac{ER}{FG}\right)^2}} \right\} = \left\{ \begin{array}{lll} \sqrt[n-m]{\dfrac{ER^2}{TRY}} & \overline{ABC} & \boxed{DEF} \\[2mm] \overline{GJI} & \overline{JL} & \overline{MKNO} \\[2mm] \overline{GJI} & \overline{JKL} & \overline{MNO} \\[2mm] \overset{\sim}{PQR} & \underline{STU} & VWX \\[2mm] XYZ & ABC & DEF \\[2mm] PR & \underline{STU} & VWX \end{array} \right\}$$

这是北大方正激光照排系统的基础。

这是知识。

1975年那个冬天，王选趴在冰凉的桌面上苦思苦算，虽有无限数学想象，也不会想到在这种算式的基础上生长起来的高技术会使他成为中国大陆第一个获得欧洲专利的人。

从知识到经济，北大方正在中国高校企业中是一面率先走"产学研"道路的旗帜，在全国也是一个曲高和寡的神话。在这个神话中，王选从一个教师变成了中国科学院、中国工程院和第三世界科学院"三院士"，还是全国人大常委、中国科协副主席……但要真正认识王选，还得首先忘掉他的成就和荣誉。1954年的秋风吹动了未名湖畔的树叶，吹起了王选的白衬衫，刚从南方考进北大的王选，穿一双布鞋，还是个17岁的学生……

2 七宝镇的灯光

高考前填志愿，王选填了三个：北京大学数学系、南京大学数学系、东北人民大学数学系。家在上海，没有一个志愿填上海。你可听见20世纪50年代青年的心声……那是一个对新中国无限憧憬的时代，胸怀祖国，奔赴远大前程，是许多人心中真正的志愿。

来到北大，王选很快发现自己并不出众。这年北大数学力学系共招了200多名新生，都是全国各地的数学尖子。同学中还有系着红领巾来的被誉作"神童"。那时没有人注意王选。多年后王选回顾说，"有一批同学的数学才华比我高，有的不是高一点，高很多。比如张恭庆。"

他第一次强烈地感到，这是北大！一间大屋住24位同学，冬天没暖气，你依然感到这是一片阳光岁月。新中国人才济济的景象，同样呈现在这摇篮般的陋室。

"我一生中第一次大的抉择，发生在大学二年级下学期。我要选择专业了。"王选说。

我不怀疑，这是决定一个19岁的青年将来干什么的重大抉择。但是，我仍然感到，不能忽略他更早的一次抉择。

那年他11岁。

　　11 岁的王选升入上海南洋模范学校初中部，这是上海最有名的私立学校。可是，该校初中部在上海郊区七宝镇，去读，就得离家住校，生活自理。时值 1948 年，上海兵荒马乱，人心惶惶……王选 1937 年 2 月 5 日生于上海，"8·13"日寇向上海发动大规模进攻，他才半岁，战乱中父母把他拉扯大多不容易，现在哪能放心他独自离家。

　　"不行，你不能去。"大哥说。

　　"你应该就在我们家附近的这所中学上学。"二姐说。

　　王选有两个哥哥和两个姐姐，他们都不同意他去。

　　王选坚持要去。

　　你可以想见，他 11 岁的抉择，不是一件容易的事。

　　但是，他成功了。

　　田野的气息围绕着郊区学校，某种渴望自主的东西在少年王选身上滋滋地生长。这恐怕是人生中值得庆祝的一个事件，这是在生长出一种对一生的抉择都会产生支持的气质。

　　七宝镇没有电灯，学校的宿舍里用煤油灯。透过油灯和王选组成的形象，我依稀能望见王选父母的身影……祖籍江苏无锡，父亲少时到上海求学，一直读到上海南洋大学，毕业后到一家国际贸易公司任会计师。母亲出身于书香之家，外祖父曾东渡日本留学，回国后在晚清的学堂里教过化学……父母的文化使他们最终选择了保护小儿子的个性。

　　1948 年，世界上还发生了一件同王选的未来有关系的事：美国数学家申农提出了信息论。就在王选奔跑在校园操场上的日子里，信息论日益发展为信息科学的基础理论之一。同年，美国贝尔实验室的肖克利、巴丁、布拉顿共同发明了晶体管，电子学领域的一场革命由此发端。

　　从 11 岁到 19 岁，仅仅 8 年，王选在北大抉择专业时已经面对着世界上关于计算机与航天技术的消息……但是，当时班上最热门的选择是纯数学。

3　动人的创造从何处萌生

　　纯数学，真的很迷人。这恐怕要追溯到北大的理科在 1952 年全国高校院系调整中得到加强。那时，北大从城内沙滩原址迁来城外燕京大学校址，燕大的文、理、法各科系并入北大，工科并入清华，一些大学的著名理科教授调入北大，加上马寅初校长非常重视基础课，江泽涵、程民德、丁石孙等一流的教授和讲师来任一年级的基础课。

老师说，有人讲："上帝是按照数学语言来创世的。"恩格斯写道："数学在一门科学中应用的程度，标志着这门科学的成熟程度。"总之，纯数学的光芒可以照耀到一切科技领域。至于力学，牛顿建立了经典力学的基本体系也有近 300 年了。

计算数学是一个分支学科，北大刚设这门专业，连教材都缺乏，可谓冷清而荒凉。当学生的谁不想多学点东西？所以选择计算数学的很少，王选就选了这"冷门"。你会不会问，为什么？

多年后，王选看到美国心理学家荣格写的一个公式：

$$I + we = fully\ I$$

眼前突然一亮，他觉得这个美国人把他多年来抉择前程的一种方式"抽象"出来了。在这个式子中 I 代表我，we 代表我们，相加之和就等于"完整的我"。

他说他选择计算数学是看了我国 1956 年 1 月刚刚制定的 12 年科学发展远景规划，"我看到规划中把原子能、自动控制、计算技术列为重点发展学科。周恩来总理也说，计算技术是我国迫切需要的重点技术。"

如果说王选 11 岁的抉择已很有"我"，19 岁的抉择却看起来没有多少"个人意志"，很像只是听从了"国家的需要"。

其实，这次选择真正的收获是：选择了把"我"与时代的国家的迫切需要相结合，这将使他在"天时""地利"上得到好处。此外，当我们把"需要"抽象出来认识，还可以注意到，在社会的公众的需要中，永远蕴藏着人生的大好前程。

至于"冷清与荒凉"，那才是更容易出彩的地方。没有那么多高大建筑，阳光会更直接地照耀到你的身上。

就在第二年，苏联凭借电子计算技术把人类第一颗人造卫星送入太空，北大校园的歌声也飞翔着自豪……然而也在这一年，1957 年，王选的父亲在上海戴上了"右派"帽子。

这一年王选 20 岁，20 岁的王选忽然感到世界变得陌生了。父亲王守其，一辈子人如其名安分守己，会计的职业还培养了他小心谨慎的性格，父亲怎么会变成"右派分子"呢？王选想不明白。关于父亲，王选记得，上海沦陷时期父亲几年没走外白渡桥，那桥横跨黄浦江两岸本是交通要道，但桥上悬一面日本国旗，过桥者需向日本国旗鞠躬方许通过，父亲不堪其辱，宁可不过那桥。还记得姐姐有一次买回几支日本铅笔，父亲大怒：

"我说过不要买日货，你不知道吗！"

姐申辩说："日本铅笔便宜……"

"再便宜也不能要！"父亲夺过铅笔弃之于火，全家人眼睁睁看那铅笔化为灰烬。

21 岁王选大学毕业，时值 1958 年我国掀起研制计算机热潮，由于计算机人才奇缺，王选当初选择的正是这个专业，学校正需要用人，这使王选未受"父亲问题"株连而被留校当助教，并成为设计硬件的主力之一。这大约是王选首次从自己的人生选择中收获到好处。

4 没有什么比跨领域研究更能为前途开辟道路

为研制中型电子计算机"红旗机"，北大成立了"红旗营"。1959 年夏，王选刚刚完成"红旗机"的逻辑设计，他似乎成功地钻进"红旗机"里去了。1961 年，某种扩大认识的思考使他作出了成年后的第二次抉择："从硬件转向软件，但不放弃硬件，而是从事软硬件相结合的研究。"

24 岁的王选很快看到了这次抉择带来的好处。"我已经搞了 3 年的计算机，如果有人说我不懂计算机，我能同意吗？可是现在，我忽然发现，只有了解了软件，才真正懂得计算机。"

这其实是选择了"跨领域"研究。如同阴阳结合分娩出生命，没有"跨领域"就没有创新。世界上第一台电子数字计算机是 1946 年问世的，那就是数学和电子技术相结合的产物。发明人埃克特和毛奇利也都得益于既懂数学，又懂电子技术。当 200 多年的工业经济使世界朝能源危机、资源耗竭的方向发展，

20世纪后半期一批低耗高效的高技术，都是从跨领域的研究中诞生，从而为人类的前途开辟道路。没有"跨领域"研究，王选就不会是今天的王选。

"我当时有种茅塞顿开之感。"王选说。

也就在这一时期，王选还作出了一个重要选择：开始每天半小时收听英国BBC广播的英语。王选在中学学过英语，在大学学的却是俄语。计算机是在美国发明的，那时中美处于隔绝状态，王选还是隐隐约约地感觉到，自己搞这项研究恐怕总还是需要从美国学东西的，因此有必要继续学英语。由于这项选择后来果然给王选带来了很大的好处，这项选择可以算得上是王选人生中的第三次重要选择。

这是王选人生中一边如饥似渴地吸收新知识，一边如琢如磨地深入研究的时期，人生在这样的时刻，就是将作出大的发明创造的前夜了。没想到就在这年夏天，饥饿加上连续的劳累，终于把他击倒。

他算得上把青春和生命都投入了"红旗机"的研究，不管身体有怎样的不舒服，他都挺着、熬着，没想到生命比想象的脆弱……他的病辗转首都几家医院，持续一年久治不愈，生命一天天虚弱，他不断地想起母亲……1962年王选才25岁，6月，同事和朋友把他从医院护送上列车，列车长鸣着把王选带走了，不少人感到好像经历了一场诀别。

5 在生命最微弱的日子里

母亲在上海站见到儿子，泪水掉下来。

但母亲马上说："没事，会好的！"

母亲姓周名邈清，生于1901年。外祖父在清政府尚存时就为她取的"邈清"这名，似乎真赋予她某种东西。母亲一生都坚强而凛然。现在，母亲开始竭尽全力地拯救儿子。

儿子已熬出多种疑难重病，在上海治疗仍然未见寸功。

母亲从未失去半寸信心。

母亲自幼没有裹脚，62岁的母亲脚步匆匆，出门请医、寻药，回来煎药，一碗碗送到儿子唇边……王选躺在床上，体验着母亲夏去秋来的努力，感到身体的内部有一个强烈的声音在对他说，"你可不能让母亲失望啊"，感到生命力在很深很深的地方被一丝一毫地召唤回来。每个人都有母亲，世上还有什么比母亲更无私更让人感动的呢！在母亲的身上，实际上还有留洋归来的外祖父的理想，白发皤然的母亲，把顽强把坚韧不拔的毅力和爱，一点一点地喂给儿子……在王选生命最微弱的日子里，母亲不啻是他真正的保护神！

隆冬过后是春天，王选的生命出现转机，他可以下床走动了。在母亲身边10个月，王选犹如再次体验了诞生。

七宝镇的田野和未名湖畔的绿树，又生机盎然地回到记忆，生命如同一只重新长出羽毛的鸟，渴望飞翔……一个念头冒出来：他想搞一个计算机高级语言编译系统。

这是一个近乎妄想的念头。可供研究的资料在国内外都少得寥若晨星。纵然想飞，一只病中的孤雁……可思议吗？但是，这是坚定地朝他选定的"跨领域研究"挺进！

他开始四处托人收集资料。有人理解他这个近乎"飞天"之想吗？一天，有人给他带来了一本《ALGOL60修改报告》。王选翻进去，"像看天书"，但是，他已知道，这是当时极其珍贵、极其难得的国外计算机高级语言。

"谁托你带来的？"

"陈堃銶老师。"

陈堃銶是北大计算数学专业的青年女教师。王选不是一只孤雁。此后几年，他就在上海家中，以惊人的毅力和卓越的总体设计，与北大许卓群、陈堃銶、朱万森等人一起向这个难题进军。

1965年夏，母亲为王选整理行装的情景，让我再一次想起保尔·柯察金要归队时母亲为他整理行装那一幕……孩子长大，一个个都飞走了，只有负伤或生病时才会回到母亲身边，刚好点儿，又要走了……"妈妈，学校把我们搞的'系统'列入了北大的科研计划，我该回校了。"

是的，孩子是国家的。65岁的母亲再一次把儿子送上火车，汽笛响了，母亲泪水汪汪地微笑着。母亲怎么也不会想到，儿子这一去，还将经历另一次劫难。

王选回来了。

就像一尾鱼回到大海，有了更多同仁的帮助，这个项目终于开花结果，为我国推广计算机高级语言做出了宝贵的贡献。这一贡献被载入了中国计算机发展史。

他首次看到"我们的"研究成果进入应用。这时的王选已是我国少有的精通软硬件的"两栖"专家。用王选自己的话说："软硬件两方面的知识和实践，是我后来能够承当激光照排系统总设计的决定性因素。"

知识像理想的那样增长，前途像抉择的那样光明。忽然，他在下乡劳动的途中病倒，1961年的病症卷土重来。再回上海养病？他甚至不敢把自己旧病复发的消息告诉母亲……而且，列车里，连行李架上都挤满了大串联的学生，他的病躯哪里经得起折腾？

回家的路断了。

他被送到京郊十三陵分校。这儿根本没有医疗条件。失去医疗，王选如同被抛到岸上的一尾鱼，病情日趋恶化……此时，北大还会来看他的人只有陈堃銶。

"王选，你不能在这里等死。"陈堃銶说。

王选不知道还有什么办法。

陈堃銶说："回北京，我照顾你。"

王选想了想，说："不行。"

陈堃銶说："我和你结婚，谁还能说什么！"

● 同时代的消息与参考故事

1938年（王选诞生的第二年），美国贝尔实验室发明了世界上第一台继电器式数字计算机；1940年，提出电子模拟计算机的基本概念；1948年，威廉·肖克利、约翰·巴丁和沃尔特·布拉顿在贝尔实验室发明了晶体管。我把这看作20世纪最重要的发明。因为只有发明出晶体管，才可能研制出现代意义的电子计算机。电子计算机一旦问世就如同瓦特蒸汽机的诞生，标志着一个新的经济时代萌生。多年后这个时代被称为"知识经济时代"。

（贝尔1847年生于英国爱丁堡，1876年在为美国独立宣言发表100周年举办的博览会上展示了他于本年发明的电话机，人类的信息传递进入一个新时期）。

　　埃克特和毛奇利 1946 年发明的世界上最早的电子数字计算机 ENIAC，是一台巨大的装置，占地 3000 立方英尺，重 30 吨，用了 18000 个电子管，需大量电流，冷却成为主要问题，计算机不能长时间连续工作。同年他们离开宾夕法尼亚大学，去组建计算机公司以发展自己的想法。1951 年他们完成了世界上第一台通用的商业化计算机 UNIVAC，提供给美国人口统计局使用，埃克特和毛奇利由此完成了电子计算机从实验室走向社会应用的历程。

第二章

———

太平村童话

(1954 年———1965 年)

那一代乡村教师有如夏夜的繁星，遍布中国的穷乡僻壤，照耀着孩子们充满幻想的童年。没有这样的照耀，张玉峰不会是日后北大方正集团的董事长。从乡下进城去考"完小"，20 里乡路宛若一种象征。听着他们欢呼雀跃的脚步声，那就是新中国的教育在前进。

1 洋槐树下

生他的村庄早先叫河南庄，庄里每一户人都是从河南逃荒出来的。附近还有山东庄、安徽庄……1953 年全国第一次人口普查，工作组说，不能叫河南庄了。为啥？因为这方圆一带叫河南庄的太多，这名得改。

改啥名呢？工作组说，这村现在也发展了，别叫"庄"了，叫个什么"村"吧。不知谁起了个挺吉祥的名，大伙一听都说好，从此家乡就叫太平村。

太平村就像藏在渭河平原的山岗里，不见瓦房，只有窑洞。张玉峰能在黄土地上奔跑时知道了自己的老家在河南南阳。更大些，知道了爹是民国十八年随爷爷奶奶逃离故乡的。

张玉峰成为方正集团的总裁、董事长后，人们对他的了解仍然很少，不少人觉得他"神秘"，这大约与他寡于说话有关系。其实，童年时张玉峰就疏于用嘴而勤于用眼，百看不厌的就是村庄里大人们下象棋。

这是父老从故乡带出来的唯一的娱乐。棋子是细木棍锯出来的，棋盘刻在木板上，下起来啪啪响。就在这一小块空间能容下村民无限智慧，能给穷困的生活带来无穷乐趣，庄稼人跃马行车之间也有勇士壮举、英雄气概啊！"观棋不语真君子。"这大约是张玉峰所受到的最早的公德教育。

一个初冬的上午，洋槐树的叶子落尽了，空旷的黄土地上一片静寂，阳光照耀着窑洞前一串串鲜红的辣椒和金黄的玉米棒子。爹说："你给摆好棋子，我去泡茶。"

爹下棋在村里是有名气的，常有人上门来挑战。这日来的是一位老汉。张玉峰摆好了棋，就坐在爹的位子上，仿佛是个棋手。

"你想下吗？"老汉望着对面的孩子。

老汉是无意而问的。张玉峰不说话，架了一个中炮。

老汉想逗小孩玩玩，应了一招。张玉峰又走一步。

老汉看他走的是那规矩，再应一步……如此啪啪下着，待玉峰他爹把茶泡出来，这一老一小已棋入中局，且老汉处于被动局面。

"你等等，"老汉对玉峰他爹说，"我得把这盘棋下完。"

玉峰他爹变成了观棋的人。

三个人都没有想到，老汉输了。

老汉决意再下一盘来挽回面子。

没想到连下三盘，结局是一样的。

玉峰他爹叫张同德，他爹如同目睹了一场事变。这段日子，张同德与老汉正下得棋逢对手，难分输赢……张玉峰生于 1946 年 4 月 18 日，这年 7 岁，他爹从未见过他下棋，他怎么不声不响就赢了呢？

张玉峰有兄弟姐妹 8 人，他是老六，前面 5 个都没有读书，爹就此决定："明年，送老六去读书。"

2　窑洞小学

1954 年王选考进北大的日子，张玉峰 8 岁，正与同村一个与他一般大的孩子抬着一张条凳去上学。

学校在杨家山，离太平村有一里多地。初秋，黄土地上一片金黄，天空高阔而清朗。他们赤脚踩在土路上，高高兴兴来到了杨家山。杨家山小学在窑洞里，总共只有一个半窑洞，4个年级，16位学生，一位老师。老师叫朱自新，30来岁，就住在窑洞内一侧又挖进去的那半个窑洞里。

课桌是土坯垒的，座位就是每个学生从家里抬来的条凳，黑板是用石灰粉刷在窑洞的壁上再漆成黑色，写着写着就露出里面的白来，看上去花花点点的。没有上课的钟声，只有老师的哨声。

学校里也没有时钟，老师全凭看日头吹哨子。每天上午约10点半就放学了，然后回家吃第一顿饭。下午约3点又放学了，回家吃第二顿饭。每天只吃两顿饭。不仅小孩这样，大人也是这样。家乡的黄土地缺水，小麦、糜子"靠天吃饭"收成甚少。庄稼人想出的好办法就是饭分两顿吃，活分三段干。

如何分三段干？清晨早起下地干活，约10点半回来吃饭。饭后再去干活，下午3点回来吃饭，饭后又去干活。傍晚回来就不吃了。天黑上炕睡觉，睡觉难道还要吃饭吗？

童年时张玉峰不知道世上还有吃三餐饭的人。老师的铁哨子则是张玉峰童年记忆中一个相当神秘相当高级的东西。好几年里，他把哨子视同老师的象征，不知哨子还有什么别的用途。学校里最新的当然就是课本。

崭新的课本放在土坯桌上，每一页都为孩子们打开一个远方的世界，张玉峰是从这里认识北京，认识五星红旗、天安门……就在这一个窑洞里，朱老师给四个年级的学生轮番上课。你就想象吧，那该怎么教？

语文、算术、音乐、图画、体育，老师什么课都教。唯音乐和体育4个年级一块上。8岁的张玉峰上一年级时，二年级有十七八岁的男生和女生。"今天还在上学，明天就结婚了，不来上学了。"

不知老师来自何方，只知他来自远方。在读初小的4年里，张玉峰只见过朱老师的妻子从远方来过一次，至今记得老师的妻子穿一件蓝底白花的土布衣裳，她把朱老师屋里能洗的都洗了……今天，张玉峰的女儿在美国读博士，是否还能望见故乡的窑洞？

父亲的窑洞小学听起来恍若遥远的祖先的故事，其实，这就是父亲的故事。这故事一旦出现，便有一种出奇的令人忧伤的魅力，像一道能引起你无限情感的风景，这风景里有一种能催人发奋的奇妙动力。

张玉峰读的一年级有 6 位同学，3 男 3 女，6 人一直坚持读到初小毕业，据说这是杨家山小学一个很大的成绩。那时实行国家教育部 1952 年规定的全国小学"五年一贯制"，拥有一到五年级的小学就叫"完小"。杨家山还没有五年级，他们隶属的翔村乡也没有五年级，12 岁的张玉峰要离乡去求学了。

1958 年夏，王选大学毕业，陕西的天空下，杨家山小学的朱自新老师正带着张玉峰等 6 名学生上县城去考"完小"。

"上县城喽！"

谁说清贫的日子里没有幸福，所谓欢呼雀跃，正是应该描述这样的情景的，6 个学生像 6 只小鸟簇拥着老师向县城去……多年后回望那段路程，我们依然能看见那一代乡村教师的卓然贡献。中国有如此辽阔的农村，像朱自新这样的教师有如夏夜的繁星，遍布中国的穷乡僻壤，照耀着孩子们充满幻想的童年。20 里乡路宛若一种象征，那是老师领着张玉峰走出的通往北大的第一段路程。听着他们欢呼雀跃的脚步声，那就是新中国的教育在前进。

3　美丽的洋槐树花

家乡之城就叫蒲城，陕西省蒲城县是杨虎城将军的故乡。他们考上了县城北门外的北关小学，这是距离他们村最近的"完小"。12 岁的张玉峰开始了寄宿小学的读书生活。

一间大屋一排通铺，挤 20 多个同学，没有一个同学有草席，光光的床板上只有被子。冬天，屋檐下有一尺长的冰凌。没有窗玻璃，只有一层纸糊住窗户，纸常常被某个同学捅破，冬天的风就在那个破口打着呼哨。从高小到高中毕业，张玉峰寄宿 7 年，从未睡过枕头。这一切在今天看来让人难以相信，但这就是张玉峰的少年生活，一个西部少年的读书生活。

从前，母亲的大脑里只有年月日的概念，现在母亲有了非常明确的"星期"的概念。每到星期六，峰儿就回来了。星期天，母亲就给峰儿蒸上够他吃一个星期的馍，用口袋装上。下午峰儿背上一袋馍，又踏上进城读书的路。

"背馍上学"的孩子聚一堆吃馍，是张玉峰日后在方正大厦的员工食堂用餐时仍会在大脑里闪现的一道风景……放学的钟声响过，城里的同学回家吃饭了，

"我们这些'背馍'的学生也拿出馍来吃。"

"吃什么菜?"

"用一个洗干净的墨水瓶装着盐,把馍掰开,用开水一泡,再洒点盐,就这么吃。"

"没菜?"

"大家都这样。"张玉峰说,"我们家里也这么吃的,一碟辣子一碟盐。老家缺水,种不了菜。"

"有开水吗?"

"学校有开水房。"

冬天,开水房外面的阳光下,西部的太阳照耀着一群"背馍上学"的孩子。馍被冻得很硬很硬,要在开水里泡上好一阵子才能下咽……1936年美国记者斯诺深入"陕甘宁边区"采访,曾描述这片有着悠久历史文化的土地如今文盲多达90%以上……现在,这群背馍上学的西部孩子,为了求知,为了这片土地的明天,坐在1958年的阳光下吃着开水泡馍,就已经是激动人心的诗!

夏天,到星期三,馍就长毛了。他们用开水洗一洗再吃下去。从12岁到19岁,张玉峰背了7年馍也吃了7年长毛的馍。

"有吃,就不错了。上小学时我还能吃饱,1960年上初二,从60年到63年,是我一辈子最难的时期。"他说每个星期天到本村生产队食堂去领6天口粮,每天定量6两馍。饿得慌,也不会计划,到星期四,6天的粮就吃光了。

还有两天咋办?

饿。

不可思议的饿。村庄里的象棋也"偃旗息鼓"了。

"没饭吃上什么学?"

很多同学没有坚持下来,辍学了。蒲城县城北有一座山叫尧山,张玉峰中学时代的母校就叫尧山中学,这原是杨虎城将军兴办的私立学校,1997年尧山中学请张玉峰写一篇关于母校的文章,张玉峰大脑里印象最深的一个字就是:饿。

随后,冒出的最美的图像则是:洋槐树花。

尧山上有不少洋槐树,树上开着白色的花。

断馍的日子，张玉峰吃过荒山野地里长出的各种能吃的植物，最难忘的就是洋槐树花。美丽的槐花在他的梦中会奇妙地结出馍来……而许多个真实的日子，把花摘下来放在水里一泡就像泡馍似的……他说他是靠了故乡的槐树花挺过来的。

他说他在那个正长身体的饥饿时代坚持把书念下来了，是他一生中最大的胜利，几十万人口的大县，1962 年张玉峰上高中时全县才招了 3 个班。新中国的教育在那个困难时代首次遇到了挫折，很大的挫折。但是，总算有一批人坚持下来了。

"今天回想起来，母校的老师都非常优秀。"张玉峰说。

4　初三的"转折"

那时学校绝大多数是男老师，老师的家属大部分在乡下种地。他说老师和学生一样都睡光板，没有炕。"对我影响最大的老师是我上初三时的班主任。"

老师就姓任，教物理。初三开课第一天，任老师在班上宣布："张玉峰，你来当物理科代表。"

张玉峰说这让我突然感到震撼。"我初三以前什么都不是，而且属于那种会和老师捣蛋的坏学生。我从来没做过家庭作业，回家就是干活。"现在，当科代表，就要负责收发大家的作业本。15 岁的张玉峰感到内心有了一种奇妙的东西。

"我突然想学好。"

初三毕业前夕，张玉峰成了共青团员。

任老师有关节炎，到冬天行动不便，学校照顾他给他修了一个炕。缺柴，张玉峰领几个同学经常去拾柴。

"来，快脱了鞋，上炕来暖暖脚。"老师说。

几个同学都脱了鞋上炕，把脚伸进老师的被窝，团团围着脚对脚……在那共同创造的温暖中，张玉峰感到自己长大了。

这是张玉峰一生中的一个重大转折。由于任老师突然给他一个信任，他内心奇妙地得到了一个"要求自己"的意识。这就是人生极重要的一个成长点。15 岁的张玉峰知道要求自己了。这是初中生张玉峰真正的成绩。这是教育真正的果实。

从初三到高三，学校只要评模范，就有张玉峰。这一切都因为张玉峰的内部已有"要求自己"的意识，而不因为老师要求他怎样。张玉峰当科代表之前从未发现自己有什么组织才能，一经担任就看见了一片此前不存在的世界。这经历对于张玉峰日后运作企业有着遥遥相通的关系。

高三，张玉峰的学习成绩在班上名列前茅。他对待课本知识如同对待棋局，老师教给你这是"马"，那是"炮"，还教你怎么"走"的规则，你能不能机智地调动那些知识？他的成绩得益于从童年就知道："每一步都得靠自己去走。"

高考填志愿时老师都鼓励他：报北大。他就填了北大。考完就回家种地去了。他觉得考不上也不丢人，因为基本上是考不上的。他已经把书读到高中毕业，这就很不错了。"考不上不奇怪，考上才奇怪。"结果，他成了那奇怪的。

从高小到高三，背了7年馍，走了7年上学路，张玉峰还从未坐过汽车，也没见过火车。生他的太平村迄今也不通汽车。1965年，张玉峰首次坐上火车进京上大学。

如果说王选到北大并不出众，张玉峰一到北大却比较出众。他一米八以上的大高个，穿着母亲为他缝制的崭新的对襟衬衫，连纽扣也是布的。他背着一床被子，里面有他的对襟棉袄和单衣，此外，他还背来了一袋馍。

● 同时代的消息与参考故事

晶体管的发明人之一肖克利在20世纪50年代前期（晶体管的制造技术也显著提高后）离开贝尔实验室，来到斯坦福大学。这不仅因为斯坦福用高薪聘请他，更因为斯坦福已经在校园里划出土地，出租给周围的企业，创建起工业园区。肖克利可以在斯坦福附近的帕洛阿尔托创建一个肖克利半导体实验室，同时还可以建半导体厂。在这里，他的科学实验和生产相接合的工作方式，成为具有开创性工程技术团体的摇篮。

1957年，美国31岁的奥尔森和28岁的安德森创建DEC公司，开始小型计算机的研制工作。由于此前的计算机都是庞然大物，动辄数百万美元，奥尔森想造出一种价低、简便，用键盘和监视器就能与之交流的小型机。小型机问世使计算机朝社会化发展迈进了一大步。因赢得大量顾客，DEC公司发展成一个拥有百亿美元资产的大公司，被称为"小型机王国"，还被誉为"技术与市场结合的典范"。

1949 年中国学龄儿童入学率 20％，全国人口中的文盲占 90％。1965 年 3 月，北京大学注册学生 9398 人，其中男生 7291 人，女生 2107 人。5 月 3 日，陆平校长在纪念五四大会上讲话，强调要正确认识红与专的关系，适当减少社会活动，学好本领，成为又红又专的人才。

第三章

——

走好第一步

(1975 年——1976 年)

刻苦钻研、艰苦奋斗、锲而不舍就能取得成功吗？今人多以为王选是我国最早研制汉字精密照排系统的人，其实不是。在他之先，国内另有 5 家攻关班子在抓紧研制。5 家都实力雄厚，都经过了极刻苦的奋斗。为什么这 5 支劲旅在奋斗多年后都悲壮地接受失败，王选这一支究竟凭什么成功？

1 认识自己之不行，才可以行

1975 年他 38 岁了，仍"病休在家"。人生还能做些什么呢？就在这年，王选作出了他一生中第四次重大选择。

这是一件同每个中国人都有关系的事。

中国是印刷术的故乡。印刷，在我国出现的时间比西方许多人以为的都要早很多。印章，在春秋战国已广泛使用。秦始皇焚书 388 年后，东汉灵帝于公元 175 年下令把儒家经典刻在 46 块石碑上，供世代抄录，后人为了免除抄写的辛劳和错漏，发明了从碑石上拓字的办法。这拓字与盖印相结合，便诞生出雕版印刷术。世界上现存最早的印刷品是公元 868 年我国印刷的《金刚经》。毕昇约在 11 世纪 40 年代发明了活字印刷术，第一代产品是用细胶泥刻烧成的泥字，后人又搞了木字、铜字、铅字，活字印刷已有近千年的历史。

如今，随着电子计算机和光学技术的迅速发展，西方率先结束了活字印刷术，采用"电子照排技术"。当代印刷技术发生的革命性变化，将比过去一千年里产生过的作用更加显著，我国如果仍停留在铅印阶段，怎能跟上世界步伐？

1974 年 8 月，经周恩来总理批准，我国开始了一项被命名为"748 工程"的科研。这项科研分三个子项目：汉字通信、汉字情报检索和汉字精密照排。一天，陈堃銶意外地听说"748 工程"，回来告诉王选。一个启动王选未来的故事就在这一刻发生了。

此时已是 1975 年，王选仍病休在家。对 748 工程王选最感兴趣的是"汉字精密照排"，这个项目国内已有 5 家在搞。这 5 家除了中国科学院自动化研究所是独家研究，其余 4 家都是多个单位甚至十几个单位组成的联合攻关班子，都实力雄厚。换句话说，这项由国家确定的"工程"，已经组织力量在攻关，没人要求王选做点什么。"病休"中的王选能做什么？

但是，王选决定了：我要做。

这不是谁想做就能做成的，王选究竟凭什么成功？

我首次访问王选教授时他对我说："我年轻时就在很多方面自我感觉不好。"我初听感觉这是个很聪明的说法。他接着说："松下幸之助讲过他小时候有三个弱点：一是穷，这使他奋斗。二是没好好受过教育，这使他日后努力自学。三是身体不好，这使他懂得要依靠别人。"王选说松下把三个弱点变成了三个强项，松下讲的第三点，对他启发最大。

这真是惊人之语了。因身体不好，再加上自我感觉不好……这就是成功的奥妙？除了这些，王选还有别的特长吗？渐渐，我感觉，王选王选，他一生中最令人钦佩的本领若用一字概括就在这个"选"字。我相信这"选"字不断作用于他的大脑对他是有影响的。他不唯有超群的选择能力，而是有超越群雄的选择能力。特别是中年以后，他在选择中神驰群峰心游万仞的历程，能给世人很多启悟。他说他青年时自我感觉不好，并非谦辞。

认识自己之不行才可以行。这里是有智慧的。人是看见他人之长才知自己之短。承认自己之短，才易得高人相助。今人常说你要靠自己，不要依靠别人。

其实，自己能力再强也是孤灯一盏。那些有非常之功者，无一不是既有自己，更有众人。

2 阳光洒落肩头，有一支歌向前途轻轻飞去

1975 年春，王选动员起自己还很虚弱的身体，日复一日地挤公共汽车去中国科技情报所查阅外文杂志。从北大到地处和平街的情报所，公共汽车费 3 毛钱，少坐一站可节省 5 分，王选总是选择少坐一站。病休，连续 10 年只拿每月 40 多元的劳保工资。现在的奔波不是组织派的，是他"自选"的，没有任何经费。此时，这位中国优秀的学者，生活贫困已经到了节省 5 分钱就非常有意义的田地。

但是，没有关系。1975 年的春天在首都街头的树枝上发芽，王选在和平西街就下车。阳光洒落肩头，你可听见，有一支歌，正穿过街市，向前途轻轻飞去……走到情报所，王选就该使劲喘气了，但资料上的海外消息，像氧气那样可供他呼吸……"我常常发现，我是那些杂志的第一个借阅者。"

他看到，世界上第一台照排机是"手动式"的，1946 年在美国问世。50 年代美国发展了"光学机械式"二代机。1965 年德国推出"阴极射线管"三代机。1975 年，英国研制的"激光照排"四代机即将问世。再看我国，正在研制照排系统的 5 家，分别选择了二代机和三代机。

"我怎么选择？"

王选用了排除法：不能搞二代机，也不可搞三代机。那么，能不能搞第四代？他的"排除"中似有凌云气概，却也很容易被看作不切合实际。最初，只有陈堃銶能够理解，她知道在我国的条件下，唯有考虑四代机，才可能成功。

为什么？

多年后，王选得知这样一个故事：钱学森回国之初，苏联和美国的洲际导弹都还没有过关，钱学森建议，我国应该先搞导弹，理由是："搞导弹容易，搞飞机难。"因为飞机上天要保证安全，材料的难题非常尖锐，中国的基础工业还弱，我们需要一个比较长的周期来解决。而搞导弹，材料是一次性损耗。国外感到搞导弹最难的是制导技术。"制导"主要靠计算通过"电子"来实现。在钱学森看来，这些从大脑里产生的计算的办法，中国人有办法……结果证明钱学森是对的。

王选听这故事，立刻领会其中奥妙，因为自己当初选择"激光精密照排"，也是基于相似的原因。

由于我国基础工业落后，搞二代机将有一系列的精密机械动作严重限制我们。三代机的模拟存储方式也很难过关。西方搞照排，对付英文 26 个字母相对容易，汉字多达数万，常用字也有三千，加上印刷所需的不同字体和不同字号，存储问题比西方要困难得多。如果不另选道路，即使搞出二代机、三代机也是落后的。新的道路在哪儿？

王选，其实是以别无选择的方式向自己的大脑要出路。

难，非常难。

如果走四代机激光照排的道路，"汉字存储问题"将更尖锐。因三代机的阴极射线管可以瞬间改变光点直径和焦距，激光却不能。若把印刷所需的汉字全部变成能适应激光照排的点阵信息，需要几百亿字节的存储量，俨然一片"天文数字"，一个"难于上青天"的巨大难题，简直不可想象……怎么办？

中国字重于表意，而不仅仅是对语言和语音的记录，汉字凝聚着中华民族博大精深的思想、情感与灵智。现在，却在电子技术面前遇到了严峻挑战。古老的汉字，难道就这样成为我们推进现代化建设的障碍？汉字遇到严峻挑战，也是中国文化遇到严峻挑战。国内外都有人发出"要不要废除汉字"的疑问。是杞人忧天吗？应该保存古老的汉字，还是应该为后代考虑而另辟蹊径？这甚至是中国伟人考虑过、讨论过的问题。

现在，王选在考虑，搞四代机，能不能用"数学方式"来破解呢？是的，能不能实现，可以先用数学算出来。1957 年苏联把人类第一颗人造卫星送入太空，其依据就是牛顿约 300 年前算出来的。"当一个物体以每秒钟 7.9 公里的速度被抛出，它就会进入环绕地球的轨道运行，成为人造天体。"这就是第一宇宙速度。

王选以数月苦算，总算提出了一套方案，这是个璀璨的"阶段性成果"。只是，有没有人能识别呢？

3　即使后天会有辉煌，今日谁来相助

每一项惊世骇俗的事业都有弱小的童年，此时的任何扶助，都不是微不足

道的。数学系的黄禄萍老师是最早认出该方案价值的人之一。数学系把当时隶属无线电系的"王选方案"打印上报。不久该方案被列为北大科研项目。王选随后参加了当年 11 月在北京"北纬旅馆"召开的汉字照排系统论证会。

这是一次群英会，国内那 5 家和北大，都将在会上介绍各自的方案。轮到王选，他身体虚弱得连说话的气力都不够，只好由陈堃銶介绍。

北大方案因特别新颖曾让大家为之一振，但最后被认为是"数学游戏""梦想一步登天"，被淘汰了。

被淘汰，就不可能得到国家的科研经费，像这样的高科技项目，北大本身没有经费来支撑，连节省"5 分钱"就很有意义的王选，还能搞下去吗？这个冬天，王选怎么过来的呢？

王选依然每天趴在冰凉的桌面上算啊算……

$$
\begin{cases}
h_v^q S_{\underline{\Sigma} n}^{(q)}(X) = \sum_{i=0}^{m+1} \sum_{j=0}^{S} \Big[\sum_{p=j}^{r-1} \frac{f^{(-p)}(X_v)}{(p-j)!}(a_i h_v)^{p-i} \\
\quad + \frac{f(r)(\zeta v,i,j,r)}{(r-j)!}(a_i h_v)^r - j\Big] h_v^i u_i^{(q)} j\Big(\frac{x-x_v}{h_v}\Big) \\
= \sum_{p=0}^{r-1} f^{(p)}(x_v) h_v^p \sum_{i=0}^{m+1} \sum_{j=0}^{p} \frac{a_i^{p-j}}{(p-j)!} u_{i,j}^{(q)}\Big(\frac{x-x_v}{h_v}\Big) \\
\quad + h_v^r \sum_{i=0}^{m+1} \sum_{j=0}^{S} \frac{f(r)(\zeta v,i,j,r)}{(r-j)!} a_i^{r-i} u_{i,j}^{(q)}\Big(\frac{x-x_v}{h_v}\Big) \\
= h_v^q \sum_{p=q}^{r-1} f^{(p)}(x) \frac{(x-x_v)^{p-q}}{(p-q)} \\
\quad + h_v^r \sum_{i=0}^{m+1} \sum_{j=0}^{s} \frac{f(r)(\zeta v,i,j,r)}{(r-j)!} a_i^{r-j} u_{i,j}^{(p)}\Big(\frac{x-x_v}{h_v}\Big)
\end{cases}
$$

此时的王选，除了尚可绞尽脑汁，没有别的办法。

就在 1975 年 12 月，王选终于开创性地以"轮廓加参数"的描述方法和一系列新算法，研究出一整套高倍率汉字信息压缩、还原、变倍技术，从而使进取"激光照排"成为可能。

西方在 20 世纪 80 年代中期才开始采用"轮廓加参数"的描述法，王选是世界上使用这种办法的第一人。这"第一人"要被认识，就太难了。1976 年王选方案仍处在被淘汰的境遇。曲高和寡，他的高超办法依然在期待知音，期待扶助。

4　其难度不亚于搞"两弹一星"

我们应该记住张淞芝，作为"748 工程"办公室的工作人员，他没有轻易放过那个被称为"数学游戏"的北大方案。一天，他出现在王选面前："王老师，我想再听听你的见解。"

他一次又一次主动深入北大拜访王选，然后报告给郭平欣。

我们还应该记住郭平欣，作为主持"748 工程"的电子工业部计算机局局长，当他听到张淞芝的报告时，"精密照排系统"的研制任务已下达给别的部门，部分经费也已经下拨……他决定立刻对王选方案进行考察，随后惊叹道："我们要改变决定了。"

我一直感到张淞芝和郭平欣的故事是不能忘记的。没有哪一个领导能一贯正确，郭平欣能如此果决地修正自己的决定，就是做了最令人敬佩的事情。张淞芝更像是上帝派来帮助王选的，王选方案已在论证会上被否定，张淞芝作为"748 工程"办公室的工作人员，还有他什么事呢？可他那么放心不下，一次次跑北大……我试图写这本书，要采访方正集团的老总们，总是很难见到他们，我请方正公共宣传部主任金鸥女士帮助我，金鸥对我说："宏甲老师，你不知道，我们在公司里其实是很普通的人，我们也起不了多少作用。"我于是在电话里把张淞芝的故事讲给金鸥听。然后我说："请记住，即使你是一个非常普通的人，只要你乐于帮助别人，你就会变得非常重要。"

第二天金鸥来电话："宏甲老师，我把你的话告诉我们办公室的每一个人了。"那以后，我去金鸥他们的办公室，发现他们那儿所有的人都对我非常友好。我再次感到这是张淞芝的工作赐予我们的智慧。我想，我们不会都是王选，也不会都是领导者，但是，一项有益的事业需要很多人帮助，不定何时，我们也可能以自己的渺小对一项伟大的事业提供重要帮助。

北大对王选方案继续给予支持，成立了以北大"教育革命部"部长张龙翔为组长的会战组组长。张龙翔从这时的会战组组长到后来的北大校长，都对王选的科研给予了鼎力支持。

然而要选择"第四代激光照排系统"，还要有"激光"。1976 年 4 月，王选得知邮电部杭州通信设备厂制成一种高分辨率报纸传真机，该设备是采用录影灯作光源。王选忽发奇想：能不能把传真机上的录影灯光改成激光呢？对光学，王选是外行，但他知道自己不行可以找行的，他去找北大物理系的光学专家张合义。

张合义很快答复王选："可行。"后来，也是张合义按王选设计的照排系统对速度的要求，设计出四路激光平行扫描方案，并与另一位专家李新章共同实现了这一方案。

王选这次抉择历时年余，终于在1976年7月正式决定：直接研制激光照排四代机。7月28日唐山大地震，北大围墙倒塌27处，66栋楼房出现裂痕，王选在抗震棚里继续把他的科研向前推进。9月8日，这个必将对我国印刷业乃至文化事业发生深远影响的科研项目，正式下达北大。

由于王选的选择曾被认为"梦想一步登天"，这使他想起"顶天立地"一词，后来的实践则使他越来越看到，当代科研开发就应该尽可能选择"顶天"的技术。欲顶天，就得选择技术上的跨越。因此，王选人生中"第四次选择"最宝贵的地方，不在于选择了"第四代激光照排系统"，而是选择了"技术上的跨越"。

但在20世纪70年代，人们要理解"选择技术上的跨越"具有多么大的意义，还要再过10年、20年。即使今天，你已看到如此强调的提示了，要真正看见这"选择跨越"对今日中国发展仍有的巨大意义，也可能还要继续读下去才会看见。

接踵而至的难题是：王选要攻下"顶天"的技术还不算太难，要把"顶天"技术变成产品，并到世界上去占有一席之地，就难乎其难。多年后钱学森曾这样说："要使中国高科技产业在世界上有一席之地，其难度不亚于当年搞两弹一星。"

● **同时代的消息与参考故事**

20世纪50年代，肖克利集科研和工程于一体的方式吸引了美国一批具有相当科技才华的青年来投奔他。他本人在1956年获诺贝尔奖。1957年诺宜斯、摩尔等8个先前来投奔他的年轻人离开他，去创办"仙童"

（Fairchild）半导体公司。

　　1968年诺宜斯、摩尔、葛洛夫离开"仙童"，在硅谷创建了英特尔公司。1971年英特尔的霍夫研制出世界上第一颗4位元微处理器4004，这个拥有2000多个晶体管的芯片只有指甲般大小，已是微电脑的心脏。同年，美国《微电子新闻》周刊编辑霍夫勒创造了"硅谷"这个名字。1972年英特尔的费根主持开发出8位元的8008芯片，1974年再推出8080，处理速度比4004快20倍，微电脑时代的黎明真正到来。

　　1974年，一家位于美国新墨西哥州阿尔伯克基市的小公司MITS以8080设计出全球第一台微型电子计算机，这台微机没有键盘，没有显示器，面板上最夺目的是几个闪光的灯泡，它被命名为"牛郎星"。

　　微电脑时代的黎明时分，也是微电脑软件的破晓时分。1975年，20岁的比尔·盖茨和22岁的保罗·艾伦因在《大众电子学》杂志上看到为"牛郎星"微机所做的广告，这两位大学都没有毕业的朋友也来到阿尔伯克基市开了一家小公司，开始为微电脑开发软件，这就是日后举世闻名的微软公司。

第四章

——

红叶染遍香山的季节

(1977 年——1981 年)

　　一个陌生的世界突然就顶到你的鼻子前来了。如果你的技术不能尽快变成产品，就会变成废物。祖先发明的汉字，此时成为我们抵挡英国人、美国人的最后一道天然屏障，一道汉字组成的万里长城。但是，我们还可以利于这道天然屏障的时间已经不多了……

1　未曾料到的困境

　　科研成果要变成产品，需要通过工厂来实现。此时，要找很理想的厂家来开发高技术产品，并不容易。用王选的话说，"在落实协作单位的过程中，郭平欣和张淞芝可以说是费尽心机。"

　　为照排系统找总承厂，先是在上海、苏州和天津的一些厂家中选择，其中有些生产军工产品的厂家能力不错，但他们不可能接受其他任务。到 1977 年 7 月 14 日上午，必须作出选择了。这天，科研组大家都参加了讨论，新华社是当时的协作单位之一，也派项目负责人来参加。

　　会议在北大文史楼一间 10 平方米的旧屋里召开，前面放了一块小黑板，用来书写可选择的厂家的基本情况。可供选择的有多家，其中有一家是山东潍坊电讯仪表厂。讨论到潍坊厂时，大家都不同意选择这家电讯仪表厂，力争由苏州计算机厂来承担，只有王选出人意料地主张选择潍坊。

"我的理由是积极性最重要，而潍坊的积极性最高。只要积极性高，技术力量可以加强，北大还可以指导和具体协助。"王选还说，"我想，我们这个748 工程会战组两年多来在如此困难的条件下没有垮掉，就因为主要骨干积极性高。"

最后，大家都尊重了王选的意见。

工厂缺乏灵活性就会失去创造性，王选注重了"积极性"。尽管潍坊厂当时还不是计算机厂，却因"令人感动的积极性"先期迎来了一个可望较快发展的机会。

1978 年 1 月，潍坊厂派出第一批技术人员来北大学习和掌握系统方案，到春节前夕回去过年。新春正月十一就返回北大，正式投入研制工作。

1978 年 3 月 18 日到 31 日，全国科学大会在北京召开，出席的代表近 6000人，王选是其中之一。这年王选 41 岁了，不能忽略这次科学大会对王选的激励。在北大，王选走到哪儿都能感到许多人投来羡慕的眼光。因为许多人都感到，能参加"748 工程"真是个美差。不料，到 1979 年，情况突变。

西方人来了。在"照排领域"最早到来的就是世界上最先发明了第四代激光照排机的英国蒙纳公司。从 1976 年到 1985 年，在激光照排领域，他们的英文四代机是世界上唯一的商品，闻名全球。

200 多年前（英国发生工业革命后），英国就开始瞄准中国市场。1792 年英国政府首次派遣使节团来华谒见乾隆皇帝，就是试图打开这个亚洲最大的市场。现在，蒙纳公司仍然是瞄准中国巨大的排版印刷市场，也搞了汉字激光照排系统，并于 1979 年初派人来华，定于这年夏天在上海、北京展示产品，争取用户。

1979 年，英国人的"电脑"已经做好了大举进入中国市场的准备。不久，日本人、美国人搞的汉字照排系统接踵而至。

从前，王选一心想着，努力研制出好设备就能为祖国、为社会服务……没想到，一个陌生的世界突然就顶到你的鼻子前来了。就像一觉醒来，发现英国人、日本人都端着先进武器堵在你的房门口了。如果你的技术不能尽快变成产品，就会变成废物，根本无法进入应用。

"1979年，我一下子被打晕了。"王选说。

"中国最多的厂，就是印刷厂吧？"王选说，"我想不出，还有什么厂比印刷厂更多。"可是，这个阵地，我们快守不住了……王选差不多听见了自己的声音在呼救。

多么渴望有更多的才华卓越者来相助啊！可是，出国潮开始了……王选比任何时候都更加钦佩钱学森那一代掌握了高级科研本领的中国人，当年，他们冲破重重阻挠，想方设法从国外归来……如今，许多有才华的人在踊跃"出去"。

是人不一样了？时代不同了？当然，没走的是多数。可是，国内此时热门的是著书、写论文……写论文难道有什么错吗？1978年1月《人民文学》在全国科学大会召开之先就发表了《哥德巴赫猜想》，可以说，作家徐迟的作品极大地鼓舞了中国人去向科学进军，陈景润正成为全国人民学习的楷模。陈景润的主要成就即写论文。

"我们的项目突然变成了不得人心的项目。"王选说。

"为什么？"我问。

然后知道，这是说"人心"不在"项目"上了。

"1978年底北大开始恢复职称评定，是好事。"王选说，"可是评职称主要看论文，这对从事应用项目的科研人员就非常不利。我们搞的激光照排系统实际上是科研和开发一体的项目，需要耗费很多精力来解决十分具体和繁琐的技术问题，没有时间去写论文。"

在北大，人说评上教授不算啥，评不上可就啥都不算。职称联系着晋升、调资、住房……王选努力多年争取来这个项目，似乎只是争取来一个干活的资格。没时间去写论文，评职称排不上号，这个项目组就变得没有吸引力了。

王选遇到的难题，并非他独有的难题。此时科研人员写论文正是热潮，对从事"科研项目"则几近避之如避虎。1981年春，聂荣臻元帅为此专门给我国有关领导部门写信，指出："当前对科技干部晋升职级时，有的片面强调有何著作，发表过什么论文……在此风影响下，有的科技人员不愿动脑子解决生产中的实际问题，而热心埋头著书写论文。"聂帅深感焦虑，呼吁要改变这种倾向，否则就没有国防科研的重大成果了。

1979 年的王选就处在这种困境中，一方面是国外强大的先进生产力不断入境，一方面是我国许多颇有才华的科研人才不断外流，以及国内许许多多科研人才在"为晋升职级而写论文"，未对入境的国外生产力做正面抵抗。王选怎么也没想到，偌大一个北大，他要维持住一支攻关队伍，竟在"科学的春天"到来之日，遇到未曾料到的困难。

2　九死一生的历程

在西方人踊跃来华的同时，中国人继续踊跃"出去"。

许多中国人说：西方国家很先进很繁华。

许多西方人说：中国很落后很贫穷，特别是中国的市场上还有那么多空白，这就是最可以去发财的地方。

毕竟还是有一批业务能力很强的中年教师放弃出国，放弃著书，放弃写论文，留下来与王选并肩战斗。正是这一时期，王选作出了他一生中第五次重大选择：决战市场。

这是落后的中国需要民族英雄，呼唤民族英雄，也一定会产生民族英雄的时代。此时王选尚存的优势，就是他发明的高倍率汉字信息压缩技术，这技术能使字形复杂多样、数量如此浩荡的汉字自由地进入电脑，自由变倍。英国人可以灵巧地对付 26 个字母，但要驾驭如此浩大的汉字方阵，还很难做到快捷轻便。我们祖先发明的汉字，在这时成为我们抵挡英国人、美国人的最后一道天然屏障，一道汉字组成的万里长城。

但是，我们还可以利用这道屏障的时间已经不多了。

春天在未名湖畔茂盛地生长，夏天就要追着脚后跟来了。我们似乎一分钟都没法歇息了。留在攻关组的人员每天都是上午、下午、晚上，三段满负荷上班。英国"蒙纳系统"用的是大规模集成电路。王选攻关组还在搞的是小规模集成电路，软、硬件开发条件都非常差，由于所用的国产集成电路质量很差，每次关机、开机都会损坏一些芯片，严重影响进度，这使他们不得不采取不关机通宵值班的办法……这样的现实条件，即使日夜不停地干下去，能赢吗?

　　1979 年 8 月 11 日，《光明日报》头版头条以通栏大标题赫然登出：汉字信息处理技术的研究和应用获重大突破。并加副题：我国自行设计的计算机——激光汉字编辑排版系统主体工程研制成功。同时发表评论员文章，还配发了一幅该系统排出的"报纸样张"照片。这篇报道像一颗炸弹，在我国新闻出版界和印刷行业，在国内外同行，都引起了强烈反响。

　　《光明日报》所登的"报样"照片，国内外的研究者都可以用高倍放大镜看出：中国照排系统输出的汉字清晰优美，无懈可击。这"样报"是 7 月 27 日在北大输出来的。第二天上午，方毅副总理亲自到北大来参观，给科研人员以很大的鼓励。但这张样报，是出了几十次才得到一次总算可供参观的。由于整个系统尚未完成，原理性样机硬件刚调出，还很不稳定，当时新闻界认为这一成果尚不成熟，不宜报道，也是有道理的。后来，北大 748 科研组被报道为"获重大突破"而名声大振，如果有人去写出"北大样报真相""原理性样机内幕"，写出该设备其实还怎么怎么落后，也会引起另一种轰动的。所幸是 1979 年还没有这样的人。

　　1979 年，《光明日报》在总编辑杨西光的支持下，由女记者朱军写了上述热情洋溢的文章。这篇文章不仅对研制者起了很大的鼓舞作用，也广泛鼓舞了中国人心。

　　中国人说"一寸光阴一寸金"，《光明日报》这篇报道，也在一定程度上为我国研制的照排系统与外国"系统"争夺中国市场争取了金子般宝贵的时间。

　　特别宝贵的是，就在排出那张样报时，王选心里比谁都清醒："我们决定见好就收，不再致力于这种样机的试制和生产，而只是对付鉴定会。"

　　这不啻是惊世骇俗的决定。

　　从 1979 年 9 月起，王选就把主要精力放在Ⅱ型机上。这是他迈向市场的一大步。他把这称作"内外交困中启动的Ⅱ型机"，把通往市场的道路称为"九死一生的历程"。

　　1979 年秋天的阳光，正从窗外照进来，照在那张《光明日报》和王选决定放弃的样机上，宛如一种仪式，一种告别。王选对大家说："我们要对得起这篇报道，要用今后的事实，证明这确实是重大突破，证明这报道是及时和完全如实的。"

3　坚持自力更生自主研发

1979 年 10 月，美国麻省理工学院美籍华人李凡教授来中国帮助清华大学建立硬件实验室，特意来拜访王选。

麻省理工学院创立于 1865 年，算得上是世界上最懂得"将学术上的远大抱负和追求利润紧密联系"的大学。李凡教授指导的麻省理工学院的研究生正在研究高分辨率汉字字形的信息压缩问题，采用的是部件组字方案。李凡和他的学生看了北大输出的底片后，都预见到了这一系统巨大的前景，也看到了中国当时还落后的硬件开发环境，而与英国蒙纳公司的竞争却已经短兵相接，李凡建议王选：

"你到麻省理工学院去工作一段时间，我可以申请福特基金会资助，你能利用美国很好的硬件开发环境，把汉字激光照排系统的研制工作很好继续下去。"

王选辞谢了李凡教授的好意。

假如王选接受李凡建议，去美国，把他的发明在美国变成产品，王选无疑会成为富翁。但他没去。按说，这是王选一生中一个很重要的抉择。我没有写在"王选的选择"中，因为在王选心里，这件事不存在抉择。

他当然知道，就在这个 10 月，英国蒙纳公司已在京沪两地召开了展示会。我国政府有关部门把是否引进"蒙纳系统"的问题摆上议事日程，有关会议一个接一个召开。王选也被邀请参加讨论。此时，有几人能理解王选的心情？

郭平欣、张淞芝在一切场合反对"整套引进"，并阻止电子部下属单位介入引进，防止在"引进"的名目下成为外商的"买办"。国家计委、科委、电子部和教育部的一些领导也赞成扶植国内系统。但是，"引进风仍然刮得很猛"。

这就是这一时期王选面对的国内外情况。一方面是不少科技人才正在"出去"，一方面是"引进"已成风，从引进整套设备到引进现成产品，以及企业引进零部件组装产品……这使我国自主研发的技术要找到厂家共同开发生产都困难。这种困境，不仅是王选耳闻目睹的，也是他亲身经历的。

王选早就想过，自己少小读书，考进北大，从事科研，一直想着的就是要努力读书，刻苦钻研，为祖国作出贡献。新中国自力更生，艰苦奋斗的精神早就流响在他的血脉中，钱学森那一代科学家是他永远的榜样。今天他已在汉字激光照排技术方面掌握世界领先的技术，如果拿到美国去变成美国的产品，在他看来，那就是向美国缴械投降。而且，这是在汉字激光照排，应用于印刷术的领域。中国原本是发明了印刷术的地方，对中国人来说，这是神圣的领域！所以，王选在这里，不存在抉择。

王选的奋斗，最核心之所在，就是在我国改革开放，"引进风很猛"的非常时期，在尖端科研领域，坚持自力更生，自主研发。这样的奋斗和坚守，是新中国自立于世界民族之林的根本，过去重要，改革开放时期更加重要。

李凡又向北大提出合作建议。此时的北大校长周培源针对李凡建议，主持校务委员会专门讨论，并请王选列席会议。会上大家一致同意王选的意见。

王选没走，他的发明又难以尽快变成产品，在激烈的国际竞争中，他的发明还缺乏知识产权保护，则是有危险的。这情况，李凡教授也为之忧虑。此时的中国还没有实行专利制度，11月，李凡写信给中国方毅副总理，建议说，王选的发明应该在国外申请专利，并表示愿意帮忙。

方毅副总理、周培源校长和王选都很重视李凡的建议。周培源带着王选，专门去找了国家科委外事局和成果局，受到了热情的关心。但是，现实的情况是：中国的成果去外国申请专利还走不通，"法律上还有问题。"此事只好搁浅。王选的发明继续在无保护状态下与西方照排系统激烈竞争。

时任国家进出口管理委员会副主任的江泽民，于1980年2月22日，以个人名义给国务院几位副总理写了一封亲笔信，信中写道：

> 北大等单位对"中文激光照排设备"的研制，已有显著成效，技术接近成熟，解决了汉字缩小和放大不变形的问题，有几项技术指标已达到国际先进水平，关键问题在于采用的国产电子计算机及一些元器件不仅体积大，而且运行不可靠。但对于该项目应予积极扶持，可给以少量外汇（20万美元）进口小型电子计算机和一些主要外部设备，以及集成电路组件等，以便继续试验使其完善化，将来在国内推广。在具备一定条件以后，还可将产品打入国际市场。

在这封信中，江泽民还写道："关于一机部、人民日报申请250万美元和美国文字基金会合作研究中文激光照排系统的建议，拟暂不考虑。各有关单位应和北大共同配合，集中力量，将这一项目搞得更加完善，开花结果。"

这封信同时由进出口管理委员会抄送新华社、人民日报社。新华社当时是北大照排系统的协作单位，王选在新华社看到江泽民的这封信，很感动。

在此可以看到，主张自主研发的人们和王选，不是一概地反对引进。在西方任何一种先进的元器件上都站着一个技术上的巨人，能去站在巨人的肩上发展自己，用中国话说，也叫继承。

此时，另一项艰巨的任务就是设计和调试软件。这项工作一直是由陈堃銶负责。当时没有软盘，没有显示器，总量达10多万行的程序全用汇编语言写出，其艰难是今天从事软件开发的青年们难以想象的。终于在1980年9月15日上午排出了《伍豪之剑》，这是中国在告别铅字的历程中排出的第一本书，也是检验照排系统功能的一个重要标志。

周培源校长随后给方毅副总理送去样书，并请转送给政治局委员人手一册。方毅于10月20日在随书附上的北大的一封信上热情洋溢地写道："这是可喜的成就，印刷术从火与铅的时代过渡到计算机与激光的时代，建议予以支持，请邓副主席批示。"

10月25日，邓小平批示："应加支持。"。

1981年7月，他们研制的原理性样机通过了部级鉴定，大家都很高兴，王选却对科研组人员说："我们的成果是零。"因为能通过鉴定的未必能成为商品，"松一口气就会彻底完蛋。"当然，通过鉴定并非没有意义，最实用的意义就是：能为后续实用型系统争取到研制经费。

4 正当梨花开遍了天涯

这年初夏，陈堃銶发现自己便血，以为是痔疮，继续忙于软件调试没去医院。7月去参加鉴定会那天，她是搭乘校长张龙翔的小轿车去的，半道上忽然连连呕吐……她感到有点奇怪，又想，一定是为了赶鉴定连续加班累的。她没再深想，只为自己弄脏了小车而内疚。鉴定会后是暑假，她本该有时间休息的，可是……至少6年来，她都放弃了节假日休息，这个暑假，她又忙于Ⅱ型机整个软件的换代工作，直到10月5日才抽空去医院看病。6日，被确诊为：直肠癌！

我无法描述王选接到诊断书的恐慌。

这是妻子。

妻子。

在王选生命最微弱的日子里，没有陈堃銶就没有王选、没有现在这一片事业……青年时入大学，王选早先从事的是硬件研究，陈堃銶一直是研制中文照排系统软件方面的绝对权威，没有任何人超过她……她仿佛就是为王选，为他的生命生活，为他所选择的事业，为助他成功而来到这个世上的。

我无法知道陈堃銶那时的心情，王选的事业还没有成功……那研究成果还只是样品，而不是商品，王选正非常需要她……陈堃銶住进了医院，王选独自回到他与妻子的住屋，这是他与堃銶在1980年底因被"破格提拔"为副教授才搬进来的新居。独自回到这套住屋，屋子变得如此空旷，想给妻子做些好吃的，家里什么吃的都没有……已经是20世纪80年代了，这一双教授成天琢磨高科技，家里却没冰箱，也没彩电……堃銶一生有过什么爱好吗？她的故乡也在上海，先王选一年考进北大，毕业后就留在数学系……据说，她大学时代热爱音乐，当时电台播放贝多芬交响曲《命运》，她太喜欢了，可是没有收音机，就跑到别人的窗外，站那儿听……

10月，正是红叶染遍香山的季节，陈堃銶要动手术了。王选去看护她，大家也去看她，还没走进病房，听到她与同室病友一起在唱20世纪50年代的苏联歌曲：

正当梨花开遍了天涯

河上飘着柔曼的轻纱

喀秋莎站在峻峭的岸上

歌声好像明媚的春光

● **同时代的消息与参考故事**

英特尔推出微处理器不久，德州仪器、摩托罗拉、国民半导体、仙童等著名的半导体公司都先后推出微处理器。一个微电脑"百家齐放"的时代就要到来。如同文艺复兴萌生于意大利，工业革命始于英国，一场必将影响全球的信息革命就要轰轰烈烈起于美国硅谷。

硅谷有一批"电脑迷"在业余时间将芯片拼拼凑凑，组装供自己使用或"玩"的电脑。世上的创造，当许多"个人"能自由参与时就一定会发生一系列奇迹。1976 年 26 岁的乌兹尼克在业余时间组装了一台能显示彩色的微机，性能优异成本低。他把微机抱到他供职的惠普公司去，不料公司不认为这东西有何前途。他的好友乔布斯（21 岁）看到了，把这东西送到电子商店去"投石问路"，两天竟得到 1200 多台的订单，乔布斯受到"市场"鼓励，卖掉自己的汽车作为最早的启动资本与乌兹尼克共同创办了苹果公司。

1977 年他们推出的苹果Ⅱ型电脑由硬盘驱动器、显示屏和键盘组成。乔布斯把苹果机包装成白色的塑料外貌，力求美观优雅，这就为微电脑进入家庭创造了亲切感和吸引力。他的这一外形设计从此为全世界的台式电脑"定调"，乔布斯被认为是第一个把微电脑定位为"个人电脑"的人。

微电脑被定义为"个人电脑"，这是通往知识经济时代的一件大事。世上的创造，当致力于为每一位"个人"着想时，就会获得最大效益。1980 年 25 岁的乔布斯已是美国最年轻的亿万富翁。1982 年乔布斯被登上美国《时代杂志》封面。里根总统也称乔布斯是美国青年心目中的英雄。

一个新经济时代因一个小小晶体管、小小芯片的诞生而拉开了序幕，但是，将出现在这个舞台中心的不一定是科学家和发明家。青年乔布斯和青年比尔·盖茨都是例证。为什么？

第五章

——

奋起的中关村

(1980 年——1985 年)

中关村电子一条街的兴起，是中国 20 世纪生产力发展中具有划时代意义的大事。它的显著特征是科技、教育和产业的融合。它标志着中国科教知识分子直接登上产业的舞台，成为新兴生产力的代表。

1 市场的教导

这似乎注定是一项悲壮的事业。中国人与西方人争夺中国市场的故事，其实已有一百多年。

1984 年，松下电器，奔驰汽车，IBM 电脑等大量舶来品涌来中国。美、英、日等国研制的汉字照排系统，也以比从前更进步的技术，形成"联军"似的战斗力，向中国的报社、出版社、印刷厂发起进攻。

中国的计算技术在哪儿，中国没有计算机吗？

不是。1975 年我国发射第一颗返回式卫星成功。1980 年向太平洋海域发射运载火箭成功。刚刚过去的 1983 年，"银河"巨型计算机系统研制成功……这都是重大成就。但是，我国不少尖端科研还没有转化为社会化的商品。在外国个人电脑到来的年代，我国有数十种计算机产品因缺乏市场竞争力而躺在仓库里，不可能进入柜台。

此时，王选主持研制的照排Ⅱ型系统仍不能正常运行。人民日报社召集了关于是否引进外国照排系统的专家座谈会，最有力的观点是：《人民日报》是中国最重要的报纸，照排设备出任何差错都可能引起政治后果，因此应该采用质量过硬、效果可靠的系统……几乎全部的与会人员都主张引进。有的专家直言道："北大设计的系统即使搞出来也是落后的。"

王选也被邀请参加论证，这似乎是一件残酷的事情，是要王选自己发表反对自己的意见吗？会上大家也都在等听王选还能说什么。王选该说什么呢？

毕竟有一人发出不同声音，是新华社的傅宗英。"我认为从外国引进中文照排系统是不可取的，应该相信748工程能搞出来。"但傅宗英的发言在众人的反驳声中似乎成为一种可笑的声音。这就给了王选站出来说话的勇气。感谢上苍，此时促使王选慷慨而言的似乎不是为了支持自己，而是，如不站出来说几句，怎么对得起傅宗英？王选站起来了。

他一站起来，大家就静场了。

他的眼睛在镜片后环视众专家，环视着1984年在人民日报社的这个时刻，这个——中国的电子产品在这一年几乎被舶来品冲垮的时刻，王选还是讲了北大照排系统的优越性……但是，他不可能在此时此地改变众人的看法是注定了的。

来自日本的"写研"公司以汉字照排三代机就攻下了《人民日报》海外版，1984年他们的在华努力已使中国出版、印刷界"言必称写研"。此时"748工程"10年了，王选不仅是站在一个退无可退的地方与外国公司争夺中国市场，也是处在一个退无可退的时间。此时的王选攻关组，几乎没有招架之力。

虽然他早于1979年就选择了逐鹿市场，但几年来仍主要是在技术上努力，以为只要技术领先就能守住中国阵地……为了保护在技术上领先的知识产权，在钱伟长先生和香港星光集团董事长黄金富先生的帮助下走通了申请欧洲专利的渠道，王选终于在1982年成为中国大陆第一个获得欧洲专利的人。这项专利可证欧洲人在处理汉字照排技术方面还没有超过王选的。可是，拥有世界领先技术，却眼睁睁看外国系统在我国长驱直入……这是什么现实？

最前沿的"现实"在帮助王选开阔眼界……是在这时，他看见那些"集团"

了，他面对的是一个个外国集团公司，自己这一方算什么呢？尽管协作单位有好多家，仍然是科研部门和生产厂家组成的松散的研制组。这样一个松散的研制组，要同多国集团公司鏖战市场，难不难？

集团公司有专门的经营人员去为产品进入市场架桥铺路，有的外国公司还拨出专门的招待款项，正在招待潜在的中国用户去海外考察……这真是战斗啊！兵贵神速，单刀直入，反客为主，暗度陈仓，五花八门皆有。时间分秒前进的声音已有如大军开进的脚步……转眼间我国几十家出版社、报社、印刷厂，购进了5种不同品牌的美、英、日照排系统……国内照排系统似乎大势已去。参加北大748工程的协作单位也有提出撤走人员的，王选的硬件组从最初热热闹闹的9人走得只剩下王选和吕之敏两个人……王选说过自己得益于懂得依靠他人，现在可依靠的力量在哪儿呢？

是在这一时期，王选对自己"决战市场"的第五次抉择有了更深入的认识，这注定了他必将在此产生又一个重大抉择。

2　硅谷的启示

1978年后中国许多人出国考察，中科院物理学家陈春先出国考察是值得后人记住的一件大事。

他是作为中美互访的科学家之一赴美的。当他驱车前往旧金山海湾南端那片地势平坦的谷地，汽车绕过莫菲特海军机场，经过肖克利当年在那里创办半导体公司的帕洛阿尔托，然后穿过圣克拉拉山谷……他在这片谷地访问的日夜是他终生难忘的。这是硅谷，这就是硅谷。

很难用语言来描述这位曾经毕业于莫斯科大学的中国科学家眼里看到的硅谷。站在那些黄昏和早晨，就看那太平洋薄雾轻轻裹着的那一片神奇的谷地，他还会想起自己遥远的四川故乡，他的眼睛湿润了。一定是身后的祖国赐予他激情。他是那么按捺不住，飞回祖国就提出应该效仿硅谷"技术扩散模式"在中关村建"中国硅谷"。这是1980年10月的事。

这个10月，是他一生中发生重大转折的季节。心情无法平静，一直无法平静。他1934年生于成都，24岁毕业于莫斯科大学物理系。回国后，中科院核聚变等离子物理研究所是他亲手搞起来的。他的经历和他所看到的硅谷一碰撞，就裂变出大能量，这能量使他那么强烈地看到，中国的科研如果继续沿用苏联模式，是不够的。他听到内心有个声音在召唤他："走吧，陈春先，到街上去，去办公司！"

可是，这声音在 1980 年能被谁理解呢？一个科学家你不专心科研，你想去办公司，你算什么呢？谁会支持你，你有资金吗？你自己愿去承担风险，可有人能为你做风险投资吗？ 1980 年，在中国你要去办公司比在硅谷办公司难 1000 倍。而且，你毫无办企业的经验，你能成功吗？你完全可能身败名裂。这年陈春先 46 岁了，作为一个有资格参与"中美互访"的科学家，他有很好的地位和名气，需要跑到大街上去颠沛流离冒这个风险吗？你究竟应该在科学院里继续受到社会的尊敬，还是应该跑到大街上去做买卖？ 46 岁的陈春先站在中科院和中关村的十字路口，阳光洒落肩头，你两手空空，马路上只有你和你的影子，该往哪儿走？陈春先遭遇抉择，那是他人生中最大的抉择。

一定是爱国激情赐予他力量。中国总得有人来做这件事吧！不论从前自己做了什么，不论今后会不会成功，陈春先感觉自己今天已经这样去做。到底有人被他的激情打动，北京市科协借给他 200 元钱，陈春先用这极有意义的 200 元钱在银行开了个帐户，联络了中科院"15 位同仁"于 1980 年 12 月 23 日办起了中关村第一个民营科技实体——先进技术发展服务部。

陈春先会是想入非非吗？今日中关村已受到越来越多海内外人们的关注。就像硅谷曾吸引全美许多青年到硅谷去创业去取经，也许有一天你也会从很远的地方来中关村问路，在踏进中关村之前，或许，你也值得了解一下它的历史渊源和"文化力"。

我从书籍中去寻访古时的海淀，得知它早先是一片浅湖水淀，最早的开发者傍淀而居，据说这就是"海淀"地名的由来。这名最早见于记载是在元初，元朝在北京建大都后京城来此游玩的人写进书里。海淀也在此时得到较快发展。明代官宦人家来郊游邀宴的更多，这儿便修了不少园林别墅。满清入关后在此建有八旗营房和包衣三旗，更在东起海淀镇西至香山的 20 里区域建筑了规模空前的园林和殿阁，最著名的就是圆明园与颐和园。至于中关村，据《北京百科全书》载，因"清代某中官（太监）于此置立庄田，故名中官村，后谐音更今名"。

　　1911 年，清政府用美国退还的"庚子赔款"在圆明园的废墟旁建清华园，初为一所"留美预备学校"，1925 年起逐步改办为大学。1919 年，由北通州（今北京市通州区）协和大学与北京汇文大学合并，在圆明园南侧建燕京大学，当时这是美国基督教教会在中国办的大学。1952 年，北京大学迁入燕京大学校址，燕京大学并入北大和清华。此时，中国科学院院部在北海文津街 3 号，从国民党手上接管过来的"中央研究院"下属的大部分研究所也在北京市中心区。1953 年，共和国政府决定选址中关村建"中关村科学城"，此后一大批国家级科研院所迁入中关村，一大批大专院校也来海淀安营扎寨，从此形成了中关村科教文化人才会集、智力密集的格局。

　　若把海淀中关村同硅谷略作一个比较：硅谷约 640 平方公里，周围有大学16 所。北京海淀区 426 平方公里，进入 20 世纪 90 年代，有高等院校 51 所，科研机构 138 个（截至 1993 年 6 月）。陈春先在 1980 年 10 月就讲过："中关村的人才密度绝不比旧金山和波士顿地区低。"这是他认为可以在中关村建中国硅谷的理由。

　　陈春先把硅谷的成功归结于"技术扩散"，他一心一意要在中关村搞"技术扩散"。他从"先进技术发展服务部"到创建"华夏硅谷集团"，他任董事长，公司最有规模时资产也有几千万，但最后都赔掉了。早于 1978 年，陈春先在中科院就和陈景润等不到 10 人从助理研究员被破格晋升为研究员。有人说："你如果不去搞公司一定是院士。"陈春先用一个微笑向对方的惋惜表达感谢。不错，一批他的同事，包括原先在他领导下工作的同事先后是院士了。今天的陈春先不但不是院士，由于离开科学院，他也没有任何劳保福利。就是做企业，他也好像是个昙花一现的人物。今天中关村车水马龙轰轰烈烈，人们知道王选，也知道把毕生精力花在"哥德巴赫猜想"上的陈景润，有几人知道陈春先呢？在一些认识他的人看来，陈春先确实是失败了。

　　呜呼，何谓英雄？英雄不必是成功者。古往今来的英雄，往往因悲壮的失败而成为令人无限感慨和赞叹的英雄。英雄是那敢以个人的渺小去做很难做到的事情的人，是那知其难仍一往无前地去做的人。

　　陈春先正是这样的英雄。1980 年冬，他的激情如同一把火把自己点着了……春先，春先，他是身体力行要把知识变成经济的一个报春的先驱！

从这个冬天到 1983 年春，陈春先是孤军奋战吗？不。他与海淀区 4 个集体所有制的小厂建立了技术协作，帮助海淀区创建了海淀区新技术实验厂和 3 个技术服务机构。请再看一眼陈春先当时所说的"技术扩散"，"技术扩散"与把技术"束之高阁"和锁在"保险柜"里是背道而驰的。陈春先身体力行的就是要把我国已有的但束之高阁的技术"扩散"到我国的企业中去，到生产者中去。这就是科学家和企业生产力结合的极其宝贵的实践了。

中关村人还应该记住新华社有个叫潘善棠的记者在 1983 年写了一份极宝贵的内参，这内参题为《研究员陈春先搞"新技术扩散"试验初见成效》，内参写陈春先在做一件大有前景的好事，"却受到一些领导的反对"。这份内参引起了中央领导人的重视，做了批示，由此再引起北京市领导及海淀区领导的重视，从而放宽了对科技人员在中关村办公司的政策，中关村发展第一次获得良机。

这时，中关村的不少人看到陈春先两年前就开始燃烧的星星之火了。1983 年 5 月，中科院技术局的钟琪和力学所的范良藻创办了"科海新技术开发公司"。7 月，中科院计算所王洪德等 8 人与海淀区联社联合创办了"京海计算机机房技术开发公司"。1984 年 5 月，"四通公司"成立。11 月，"信通电脑公司"成立。不久人们讲中关村几乎言必称"两通两海"……以上勇办科技企业的人才大部分出自中科院。清华大学也于 1984 年 4 月和 5 月，先后创办了"海华新技术开发中心"和"华海新技术开发公司"。

在陈春先身上，体现着那一代知识分子铭心镂骨的爱国情怀。他比一般人更早认识硅谷，不是因此投奔硅谷而是在中关村胼手胝足发愤图强。在 1980 年代前期，是这些高级知识分子而不是一般的商人使中关村电子一条街兴起。

1984 年，北大还没有一个公司。北京最早出来办公司的高级知识分子出自中科院，清华办公司早于北大。这是当时的情况。

知识经济的萌生是 20 世纪人类重大的事情。科学家与科技人员有多种，他们是这样的一种：他们带着对自己的信任投身街市，他们自由组合，把技术和产品连同自己今后的一生，都直接交给市场去检验。"科海""京海""海华""华海"……许多带"海"字的技术公司相继在"海淀"诞生，"下海"一词逐渐成为走向市场的代称。知识分子"下海经商"，是对中国几千年"儒不经商"的传统意识的冲撞。

陈春先失败了吗？他当初激情满腔倡导的就是要在中关村建中国硅谷。他不是呐喊而已，他第一个去实践。他办的公司几经曲折没有做好，但中关村起来了；而且必将以其特殊的知识经济地位对中国的经济发展发生重大影响。

虽然陈春先不是院士，并且永远不会是院士了，但他所倡导的这件事比任何一项具体的发明创造都重要。历史应该记住陈春先这位如今什么也不是的小人物。这位老科学家，确实是倡导并投身在中关村建"中国硅谷"的先驱。

人的一生所能做的事是有限的。事实上，陈春先具深远意义的实践在1984年已经完成。人生能以自己对祖国的忠诚去倡导这样一件事，并看到它后继有人日益光大，就是很值得欣慰的了。

3 "产学研"的先声

王选1979年就切身体会到英国蒙纳公司咄咄逼人的市场进攻，他的让技术走向市场，与西方公司争夺市场的考虑比陈春先更早。殊为珍贵的是，王选在西方高技术产品不断入境的冲击下，还保持着自主技术的先进性，问题是要把这先进性变成产品去占领市场非常之难。

此时王选关于"决战市场"的思考已聚焦到关注企业，因为没有公司你无法到达市场。1984年王选走在中关村，对"电子一条街"上来自中科院的勇闯市场的人们相当敬佩。6月11日，王选几乎是以按捺不住的心情向新任校长丁石孙提出建议：北大应该成立科技开发公司。

丁石孙校长于6月13日下午主持召开了北大校务委员会扩大会议。这是北大在新时期讨论校办产业的第一个会议，会议在办公楼103会议室召开，人员坐得很满。

王选在会上的发言提纲至今仍存。他的发言是从教学的角度谈起的，他说：北大的重点是培养一流的人才，应该发展基础理论，也需要发展高新技术，比如计算机技术。他讲到北大在"文革"期间因研制每秒钟运算百万次的计算机，有过一个非常兴旺的时期。但"文革"后，硬件没有招生，软件情况也不乐观，可以运行的系统很少，许多教师没摸过微机就讲课，教学水平严重受限。所以北大应该重视应用，支持搞应用的项目，成立科技开发公司。

"这样，"王选说，"可以吸收北大一些散兵游勇，可以形成一个个试验基地，发挥出北大的长处，还可以赚钱。"

北大较大规模地办工厂始于 1958 年大跃进时期，"文革"期间学工学农，北大仍有一批校办工厂，后来基本砍掉了。如今议办公司，王选这番话，可以说是新时期的现实需要在他头脑中的反映吧。几年后北大出现"产学研结合"的说法，我以为王选 1984 年的建议及其联系着教育的思考，以及丁石孙校长主持的这个会议和大家的讨论，可以看作：这已是北大"产学研结合"的先声。

在会上，王选还提出了"总经理"人选，可惜还是找不出人来当总经理。这年中关村电子一条街上的科技企业已达到 40 家。在北大依旧连家属都认为："做学问的，怎么去搞公司？"

8 月 24 日，时任北大党委书记的王学珍召集常委开会，会议决定由常委、副教务长花文廷负责科技开发工作。10 月 10 日，丁石孙主持的校长办公会议决定学校增设"科技开发部"，花文廷兼主任。

花文廷是江苏淮阴人，1956 年考入北大化学系。此时的开发部总共 3 人，花文廷领导着开发部副主任陆永基和办公室秘书吴育彦开始在北大广泛物色办公司的人选。

最早物色的人选是北大无线电系的高级工程师楼滨龙，因楼滨龙与人合作，已开发出一个可供海关用的"检查仪"，在某海关试用。海关总署正欲调楼滨龙。花文廷去请楼滨龙："调走也是搞科技开发，你就在北大搞，不也很好吗？"

然而海关总署也很有吸引力，楼滨龙一时拿不定主意。

花文廷说："我们等你！"

转眼 1984 年过去了。这期间物色的人当然不只楼滨龙一个。1985 年春节过后，花文廷与陆永基来到了张玉峰的小屋。

"为什么物色到张玉峰？"我曾这样问。

花文廷说："主要考虑到张玉峰读的是无线电系，又在物理系任教多年，又搞科研，他学的、教的、科研的，都最接近应用。另外，知道张玉峰很能吃苦。"

4 北大第一个出来办公司的人

"爸，我要睡了。"小女儿的声音又在耳边响。

43

　　张玉峰看了看与他共用一张写字台的女儿,只好收拾起自己的书本……这间屋 9.8 平方米,这是 20 世纪 80 年代中期了,一家 4 口住的平均面积比陈景润在 70 年代一人独有 6 平方米还小得多。当初陈景润在中科院没桌子,把床铺当桌子。如今张玉峰的女儿夜夜把父亲备课做学问的写字台当床铺。

　　这是北大红 3 楼 209 室,早先是长女张萌睡这写字台,如今张萌 13 岁,写字台容不下她了,改由小女儿张燕睡。张燕这年也 9 岁了,再过几年,咋睡呢?

　　"爸,我俩啥时候能有一间房?"

　　这话,女儿问过许多年。这个问题伴随着姐妹俩长大,也是她俩童年、少年时代的梦想……前面讲过,职称联系着晋升、调资、住房,1978 年底北大恢复职称评定后许多人埋头著书写论文……现在,北大的职级晋升情况如何?

　　到 1984 年上半年,北大先后进行了三次提职工作,共确定和晋升职称的人员 2890 人,定为教授的仅 198 人,其中包括待批而尚未批的 31 人。为什么像北大这样的高等学府在"文革"结束后 8 年了,被评为教授的人还这么少,这么难?

　　再看住房:1984 年校内现有住户中,教授 193 户,其中 158 户住在 3 至 4 间一套(70 平方米～100 平方米)的居室,还有 35 户未达到这一水平。一般地看,似乎评上教授,大部分教授就可以住上 3 至 4 居室。但是,从教授的人数与现有的住房条件看,似乎关键不在北大有多少人达到了教授水平,而是现有的住房硬件在限制着北大的教授数量。

　　当然,如果再看副教授的情况,则上述说法又大大不能成立了。因为评上副教授的有 539 人,其中只有 264 户住上 70 平方米(建筑面积)的三居室,尚有 275 户未达到这一水平,有些副教授甚至还住在一间至二间的不成套住宅内。1310 户讲师中有 589 户也住在一至二间不成套的住房内,198 户还在 10 平方米至 14 平方米一间的房内,他们的年龄大都在 40 岁以上,子女多已 10 岁以上,最大的 20 岁。许多讲师是 4 口之家,父母子女同室,特别是大儿大女的"4 口同室",生活极为不便。假如称之"北大知识分子中的困难户",他们自己也觉得羞于启齿。另外还有 450 名教师和助教正在等房结婚或婚后仍分居在男、女集体宿舍。

　　从张玉峰的故乡北去是陕北高原,在那里我听过信天游,那是用来歌唱劳动和爱情生活的，不管生活多么清贫，那曲调多么纯朴、高亢而悠长，在西部荒凉的土地上唱起来如诉如泣……现在，在北大教师们拥挤的住宅区，也能听见苍凉的音乐。

看到了这些，就能理解，为什么在"科学的春天"到来之时，王选在北大要维持住一支搞技术开发的队伍竟很困难。既然晋升职级主要看论文，仅仅为了改善眼前极其艰难的窘境，也会很努力地去作论文。遥望北大知识分子们在极拥挤的空间里与孩子共用一张写字台，要做出有创见的科学论文来，不但万分辛苦万分不容易，也很让人辛酸和感慨！

"爸，我们啥时候搬房子呢？"1985 年女儿又长一岁了。

这年春节刚过，花文廷与陆永基来到张玉峰家。

"愿不愿意出来搞公司？"

"我想想。"

的确得想想……张玉峰 38 岁了，再一次抉择自己未来的职业？此时，女儿能理解父亲吗？恐怕只有与他一同来自陕西的妻子知道他要完成这一抉择并不容易。

回想起来，从窑洞小学到北大依然像个梦境……如果那年高考没考上，回家种地，没啥遗憾。既然考上，那就珍惜。他兄弟姐妹 8 个举全家之力，共同支持一个张玉峰读到大学，已是全家人、全村人都感到光彩的事情。儿子要去走北京了，娘一针一线为他缝制了新衣新布鞋。儿子临走那日，娘又早早为他蒸了一袋馍……黄土地上依然是如此贫穷，娘拿什么送你上路呢？1965 年有粮食了，这就非常不错。那个清晨，娘守在土灶前，看着锅里的热气袅袅飘升，泪水顺着鼻梁掉下来。

太阳升起来了，黄土地上，夏季将要过去，洋槐树依然是浓郁的绿色，村庄里那么多人来送行，张玉峰穿着崭新的衣裳，站在乡亲们中间那么突出……在这片土地上，这是只有过年，只有结婚，才可能这般穿的模样。

童年时一起读书的伙伴满眼是对他的羡慕，村里人说，这不是进京赶考，这是考上了……再望一眼故乡古老的窑洞，这次离乡进京，他是下决心要把书念出个不同寻常的结果。

北大毕业后他被留校。"文革"后他在教学的同时也从事科研。他参加的一项科研，题目是《半导体中杂质和缺陷的相互作用》。这项科研就在 1985 年有了成果，张玉峰成为北大科技进步一等奖的获奖者之一。然而在这前一年，他已看到 IBM 的个人电脑涌入中国，那里面就有英特尔公司那些半导体专家的杰出创造。再看自己的科研成果，虽获奖，但如何能变成产品呢？

"我决心出来办公司，主要还是中关村这一条街对我的影响。要说考虑，我从 1983 年出现'京海''科海'就想过这个问题。"这是张玉峰后来的表述。

3 月初，张玉峰来到花文廷的办公室报到。

"我们很高兴。"花文廷说，"年前，我还没有想到，北大第一个出来办公司的人会是你。"

5　尴尬的起步

不久，楼滨龙决定不去海关总署。花文廷就有了第二个愿来办公司的人。随后到来的是无线电系的黄晚菊老师，数学系的黄禄萍老师。楼滨龙比张玉峰年长 9 岁，是高级工程师，资历最高，在技术开发方面已有可喜的成就。黄晚菊与楼滨龙年岁相当。黄禄萍就是最早认出王选方案价值的人之一，比张玉峰大 5 岁。38 岁的张玉峰最年轻。

北大办公司就这样开始了。起初，也不知要申请执照，但有一个公章：北京大学科技开发公司。学校定花文廷兼科技开发公司主任。

没执照，其实就是没有合法的公司，但已经开始对外"谈生意"。这当然得有经理，楼滨龙任总经理，黄禄萍、张玉峰成为副总经理。北大的"公司"就这样开始运作了，当时也感到很庄严，只是某天得知原来还要申请执照，光学校党委决定不行，才蓦然感到有点尴尬。

今天人们讲方正的创业史，总说，"起初，北大只给了一间 10 平方米的办公室。"其实，这"10 平方"就是花文廷当时的办公室——北大副教务长的办公室。花文廷把人找来办公司，连个放桌子的地方都没有，怎么行？当时的北大，要办公司，窘迫到一间办公室也腾不出来，简直令人不可相信。

然而，堂堂常委、副教务长花文廷无计可施。

他说："我腾出了副教务长的办公室，包括一部电话，然后我有一年时间没办公室，夹一个皮包，整天各个系去走。"

今天人们讲起方正的历史，也每每说，"从学校给的 40 万元起家。"其实，"头一年，学校没给一分钱。"

因为学校给不出钱。我在北大 1984 年向上报送的一份报告中看到，北大要求"增加汽油配给量"，文中写道："目前每辆车每个月只配给 70 公升汽油，根本不够使用，北大每辆车每月要行驶 2000 多公里，至少需要 300 公升。"这所中国最高学府在 1984 年窘迫如此，哪里挤得出钱来办公司呢？但是，经过 1984 年的酝酿，毕竟在 1985 年春天起步了，没钱而能决定办公司，也是魄力罢。

● 同时代的消息与参考故事

IBM 公司全称是美国国际商业机器公司，成立于 1914 年，是工业经济时代的著名企业，也是当今世界最大的信息产业公司，在全球 150 多国拥有 20 多万员工，是 20 世纪罕见的跨着两个经济时代迄今仍然称雄的世界级著名企业。中国古代描述一支大军有"战将千员"之说，IBM 有"经理千员"。其经理人员都穿蓝色服装，IBM 被称作"蓝色巨人"。IBM 在发展大型机和小型机的时代一直拥有强大实力。微处理器问世后，IBM 将近十年采取漠视态度，直到苹果电脑问世并迅速进占市场才震动了这个"巨人"，由此决定进军个人电脑。1979 年 IBM 在佛罗里达的波克镇成立研制小组，着手开发微机。后来为了尽快与苹果电脑争夺市场，第一次放弃了完全靠自己的技术来生产计算机的传统方式，决定采用市场上现有的技术。

苹果公司采用的是摩托罗拉的微处理器，曾有力地促进了摩托罗拉的发展，而使发明了微处理器的英特尔感到危机。现在，IBM 决定选用英特尔的微处理器，这个世界级巨人的选择，使英特尔从此开始了站在巨人之肩去发展自己的历程。

IBM 接着为微机选择操作系统和编译程序，先找了美国海军研究生院的计算机教授基尔道，因基尔道在 20 世纪 70 年代研制出微机上的第一个操作系统 CP/M 已广为流行。基尔道鉴于自己的操作系统已广受欢迎，表示每套要收 200 美元权利金。IBM 接着找比尔·盖茨，打算用他的编译程序。盖茨面对这个世界级巨人，立刻意识到一个不可有再的机遇已经放在他的眼前，只是，如何才能抓住？

第六章

——

知识就是财富

（1984 年——1986 年）

十多年前从深圳传来一句响亮的话：时间就是金钱。今天已有另一个声音：知识就是财富。如果说"百万劳工下深圳"的时期，人们的注意力是南下，今天的目光该北上。中关村已成为中国知识经济的发祥地，从那里正不断传出新鲜的消息。

1 第一个到中关村做生意的港商

1984 年 11 月，有个叫张旋龙的香港商人来到中关村，此时他还不知有王选，不知有张玉峰。如今他是北大方正在香港的上市公司的总裁，总管着方正在美国、加拿大、日本、新加坡、马来西亚的所有海外方正。暂不说他如何走到这一步，他为什么在此时来到中关村就是一个值得认识的谜。

1984 年正是港商在深圳投资的最好时节。一趟趟的"劳工专列"比先前更火爆地把全国各地的打工仔、打工妹拉到深圳。火车到站，汽笛声响得让人心慌。走下来的不仅有乡下人，也有来自北京、上海的教授、科学家、博士和硕士。1984 年深圳所具有的特殊的政治和经济环境、世无其匹的巨大劳务市场及其廉价劳动力，加上距离香港最近，所有这些都形成了港商在深圳投资的最好环境。许许多多海内外渴望发财的眼光，渴望给生活带来转机的注意力都望向深圳。这个张旋龙却望向了北京，成为"第一个来中关村做生意的香港商人"。他为什么这样选择？

我是在中关村的燕山大酒店主楼第 17 层的 11 号房里见到张旋龙的。这是燕山大酒店最高层的一个有厅有卧室有餐桌有小厨房的大套间。张旋龙在香港有一座"金山大厦"，也是 17 层，他的办公室就在 17 层。多年来他到北京就住燕山大酒店这个 1711，他对这儿的感情就像这是他在北京的一个家。

渐渐地，我感到了，这是一个漂流海外的华人，甚至是他们家族对故乡对祖国的眷念。在他们的血液中、他们饱经海外风霜的身躯里，藏着一个深深的愿望：他们比内地人更渴望安居和稳定。

"1984 年以前，你来过深圳吗？"

"来过。我知道在深圳办厂能赚钱，但我赚不了这种钱。"

"为什么？"

"大陆劳工的薪水本来就低。赚体力的钱不算本事。"

"赚什么钱才算本事？"

"赚高科技的钱。有本事你卖聪明，那生意就做得厉害了。技术越先进，钱就赚得多，也越好赚。而且，跟我合作的科学家也能多赚钱。这是双方都有好处的事，我愿做这种事。"

我开始感到了张旋龙的不寻常。

2 "北京的金山"

中关村早先只是海淀的一个村，1984 年张旋龙到来，在"电子一条街"周围还能看见许多农地。他的到来是一种偶然，还是出自"目标明确"的选择？我们又遇到"选择"了，一个商人的选择恐怕比一个穷汉的选择更费斟酌。从一定意义上说，投资的本领全在于选择。选择失误，可使富人变穷汉。

"我们很注意看大陆的报纸。"这大约可表述为，市场状态下的商人，甚至比大陆的不少干部更自觉地关注政治对经济的影响和机会。1984 年 10 月，《中共中央关于经济体制改革的决定》发表，张旋龙看到一个已经到来的机会。"我看到大陆的城市改革开始了。"他差不多是一刻都没有耽搁，11 月就直奔北京。这年，张旋龙 28 岁。

"中国人本来就聪明，大陆人才又是从很大的基数里选拔出来的，他们有很多很高级的技术，但是没有变成钱。北京这样的人才最多。"张旋龙这话大抵把来京的目的讲出来了。

张旋龙带来了 IBM 电脑和打印机，还有英特尔的芯片，他最初是与电子部"做生意"，接着是铁道部……到中关村，最先接触的企业是"科海""海科"，后来才是"四通"。在最初的接触中，他让那些部机关先用他的电脑，后付钱。让若干公司代销他的 IBM 电脑也是先卖，后给他付款，这无异于让人做无本生意。

此时还没人知道，他到北京想做的真正"生意"不在于卖几台 IBM 电脑，而是试图通过做买卖来寻找、物色在他看来最可合作的大陆科技企业、拔尖人才。不久他选择了"四通"。那时四通创办不到一年，还不是中关村最有名气的公司。

"我跟四通接触，发现他们跟电子部的人不一样。他们思想活跃，对市场的想法比较超前，我听了感觉满新鲜的。另外，他们做生意的手法也灵活，我就决定和这些人合作。"

这次来京，张旋龙最大的收获是看到北京人对接受新事物并不保守，对电脑已很感兴趣，只是购买能力很低。回到香港，张旋龙与父亲和弟弟妹妹就坐在一起开家庭会。

"IBM 电脑那么贵，政府部门还买得起，学校就买不起，个人更买不起。但是你把它价格搞下去，那大陆的市场就厉害了。"

全家人立刻行动起来，从美国买进微处理器等器件，在香港生产 IBM 电脑的兼容机，取名 Super，意为超级电脑。1985 年底 Super 机问世，随后来到中关村市场。这是张旋龙自 1984 年来中关村后在商海中的第一个创造。此时，IBM 电脑在北京的价格一台在三万多元，张旋龙决定让四通卖他的 Super 机一台只卖一万多元。张旋龙的 Super 机质量如何，怎能这样便宜？张旋龙究竟何许人，他开始让中关村人感到神秘。

"我们开始做电脑时，海关很多人还没见过电脑。我最初是用火车运过来，后来飞机可以运，就用飞机空运，那时四通很艰难的，货到机场，四通的人自己到机场用板车去接货。"

这时四通卖张旋龙的电脑尚缺资金。张旋龙则从一踏进中关村就想好了，中关村是他将去开拓的一个国内根据地，一座"北京的金山"，因此他要做的第一桩事就是得让人相信他，让中关村了解他。用什么办法呢？打广告是要人了解你，张旋龙没做广告，古人说欲取先予，张旋龙仍然让四通先卖他的 Super 机，卖完了再付钱。

四通门前一下子出现了排队买 Super 机的景观，如果 Super 机质量不行，当然不会出现这样的场面。这场面经常出现，因 Super 机经常脱销。四通的电话响个不停，话筒里的声音总在询问："Super 机到了没有？"

3 一个"工农兵学员"的创造

就这样，张旋龙单枪匹马来到中关村，靠四通的人去运作，靠客户奔走相告……他所期望的局面出现了，当时在中关村最知名的公司不是 IBM，更不是微软，是香港的金山公司。

对张旋龙而言，卖电脑最主要的对手也不是 IBM，是电子部的长城计算机公司，他们有长城 0520 机。这是大陆生产的能处理汉字的最早的个人电脑。应该讲讲长城 0520 电脑。

长城 0520 个人电脑在我国出现是一件了不起的事。要知道，1983 年与 IBM 兼容的 PC 在美国刚刚出现，中国计算机工业总局就在 1983 年召开全国计算机协调工作会议，把生产 IBM PC 兼容机定为中国微电脑发展的方向。当然，要实现这一步，就要有能在 PC 上处理汉字的软件。这在当时是一个难题。据说全国百余家大学、研究所竟没有一家承担下这一开发任务。怎么办？

还可以来看看日本的情况。日本 NEC 公司于 1984 年要求微软公司为他们在日本经营 PC 开发日语版本的 MS—DOS。NEC 不是小公司，在 1987 年全球半导体公司中排名第一，而赫赫有名的英特尔排在第 10 名。NEC 公司的办法是把这个问题交给微软。

中国怎么解决这个难题？谁料到，后来是个"工农兵学员"出身的技术员开发出来，这人的资历在当时还不足以参加 1983 年全国计算机协调会议。这人叫严援朝。

我没有采访过严援朝，有关严援朝的故事，我是从刘韧、张永捷所写的《CCDOS 严援朝》中读到的。严援朝花 5 个月时间开发出能处理汉字的 CC—DOS。CC 是汉语拼音长城二字的第一个字母，"长城"可以作为中国之象征。我所以在此也写下严援朝，因为总感到我们应该记住他。人们谈起比尔·盖茨，第一印象就是"世界首富"。盖茨是从买下西雅图计算机公司现成的 DOS，经修改后变成 PC—DOS 和 MC—DOS，分别提供给 IBM 公司和其他公司使用，从此进入"快速致富"的轨道。这严援朝不仅开发出能处理汉字的 CC—DOS，随后又主持开发出供长城 PC 使用的配套图形汉字显示卡，接着还是长城 0520 电脑的主要设计者，因此获得了一台 18 英寸彩电的奖励，这就很让他兴高采烈了。到 1986 年，CC—DOS 获了国家科技进步二等奖，严援朝得了 2000 元奖金。

迄今，盖茨已名满天下，严援朝寡为人知。然而在我心中，这位我从未见过的严援朝是令我尊敬的。我总想，岂止是一个严援朝，我国有许许多多才华卓越者，因种种限制，大量才华远没有发挥出来，这应该是中国的巨大潜力吧！

我还记起，很久以来，人们都说中国的基础科学落后，应用技术不错。一个 CC—DOS，那么多科研院所未敢承担，让一个"工农兵学员"出身的人做出来了，可以证明"应用技术"不错吗？应该说，一个 CC—DOS 根本算不上难题。真正的难题是：我国当代大部分科研已严重与生产实践相脱离，应用技术严重落后。

因此，长城 0520 机能在美国 IBM 兼容 PC 问世不久就在中国问世，这就是中国大陆当时跟进最快的行动了。由于长城电脑的汉字系统比美国人搞的汉字系统更好，价格也比 IBM 电脑便宜，这就使 IBM 专为中国设计的 IBM 550 在中国不好卖了。一时间，长城电脑差不多可称扬眉吐气地称雄中华。

当了解了上述故事，再看张旋龙也有能处理汉字的 Super 电脑，这个港商就让中关村搞科技的人也对他刮目相看。

4 四通门前排长队的景象

"我跟四通做电脑，跟长城做对手。"

这是张旋龙的典型用语。他说的"做电脑"不是制造的意思，是指"做生意"。他的用语后来也影响了张玉峰等许多走向市场的知识分子，他们的词汇中不断出现"做公司""做企业""做市场"。

张旋龙能跟长城做对手，因为他也有一张汉卡。"我的计算机里加一个汉卡，就可以读长城的软件。"张旋龙说。

这意味着张旋龙的 Super 电脑不仅与 IBM 电脑兼容，也与长城 0520 兼容，可以"共享"长城电脑上使用的一切软件。

为什么是跟长城做对手？一是因为长城 0520 电脑已使 IBM 电脑在中国不好卖，二是因为我国的经济当时还主要是计划经济，单位买电脑要上级批准，批下来，按文件规定就要买长城 0520 机，长城电脑占着多项优势。如此，张旋龙的电脑如何挤得进来？

除了用"市场"的办法，别无办法。长城机一台两万多元，张旋龙的 Super 机如果只比长城机便宜几千元，吸引力还不够大，因为当时"公家"买电脑的多，为几千元去"冒犯"文件规定，很多单位会觉得不值。但如果买一台长城机可以买两台 Super 机，质量不在长城机之下，就有人动心。

"我的 Super 机让北京很多大学提前用上了电脑。"张旋龙还这样自我肯定，"其实，我也为国家节省了不少外汇。"

我想，更大的意义还在于，Super 机在中关村出现，它的价格很为中关村初涉电脑市场的人们打开眼界——切切实实地看到了高科技的利润。这对于鼓舞人去开拓我国计算机市场，对于中关村电子一条街的发展，作用岂可小看。四通门前排队买电脑的景象，其实是中关村电脑业第一次从"天价高难问"朝着"普及"的方向迈进一大步的历史性画卷。

中国还穷，你不把那价格搞下来，就没有普及，没有普及就没有生意。为了生意兴隆，张旋龙正在我国信息产业的发祥地中关村把计算机朝普及的方向推进。

在以往的历史中，中国商人对经济发展的作用曾被长期忽略，今天张旋龙这个商人，他的"生意"对中关村发展所起的历史性作用，能被历史记住吗？

随着对张旋龙了解的深入，我还总想起《威尼斯商人》，16 世纪欧洲的航海技术因中国指南针的传入而迅速进步，威尼斯商人安东尼奥经常乘商船出海做生意，这种互通有无的商业活动正给欧洲的发展带来蓬勃生机，莎士比亚站在肯定商业资本的立场，讴歌了当时新兴生产力的代表人物安东尼奥。今天，张旋龙以一个香港商人的眼光，在一个新的经济时代正在到来的黎明时分前来认识北京、认识中关村，前来交朋友，做生意。我们能以怎样的眼光认识张旋龙呢？

再说，"联想"的第一个自有产品也是"汉卡"，在1988年获国家科技进步奖。这汉卡对联想的发展起了很大作用。张旋龙的汉卡没有谁为之评奖，但这张汉卡使他在中关村做得开电脑生意，这就够了。

张旋龙还有更早的一张汉卡是用在苹果兼容机上的。来中关村之前，他先搞出了苹果机的兼容机，这在香港是第一家，早于大陆。就这个香港商人张旋龙，对开拓中国兼容机市场所做的贡献是非常大的。

我还该写下，苹果兼容机也只是金山公司的第二个产品。第一个产品叫CMC—80机，这CMC是中国微电脑的缩写。1980年这个产品的出现，是与大陆株洲电子研究所合作的果实，是张旋龙将买进的美国芯片从香港背到株洲电子研究所，再利用该所的科研力量，初始搞出单板机，再改进为双板机。CMC—80双板机，在1983年第六届全国人大会议中受到表扬，大会还提到全国科研单位要学习株洲电子研究所的经验。

张旋龙不懂技术，但懂开发技术的好处，懂把知识转化成经济的办法。如果只把他看作一个商人，他最出色的买卖不是卖电脑，而是懂得用钱去买高级科研人才头脑中的知识。张旋龙的故事对许多不拥有技术的人是个鼓舞。你看，并非只有科研人员才能搞开发，商人可以用商人的方式搞开发，甚至是投资开发的主体，是"老板"。

改革之初，我国的计划体制还极有规模，那时依靠国家部级机关的购买力及其影响下属单位的权力做大宗生意，都是许多公司力图去争取的。张旋龙有第六届全国人大会议表扬CMC全国80双板机这一情节，他在大陆要去政府部门卖电脑或与国家有关部门合作，也有些"资历"了，但他没有让注意力停留在这上面。他在权力、市场、知识诸项可利用的因素中，选择了投靠市场和知识。

为了让某一家"火"起来，他决定让四通当Super机的独家代理。单枪匹马来到中关村的张旋龙，试图让中关村知道他的愿望，很快就有了眉目。日后，张玉峰就是因为听说他，才来找他。

● 同时代的消息与参考故事

比尔·盖茨生于 1955 年，父是律师，母是教师，少年盖茨数学成绩十分突出，约在中学二年级接触到计算机，学会 BASIC 语言。18 岁入哈佛大学，20 岁离哈佛去办公司。搞的第一个产品就是利用学会的 BASIC 语言发展出 BASIC 语言的编译程序。该产品在 1979 年已行销百万套，正是这些最初的成就使 IBM 能知道有个盖茨。

1980 年 IBM 的来访是盖茨一生中最关键的时刻，盖茨此后创造的巨大成功，不在于他本人会开发软件，而首先是得益于他非凡的认识能力——他认识到，如能有个操作系统供这个世界级巨人使用，前途就将发生巨变！可是，盖茨没有开发过操作系统，只有眼前看见的这个良机，良机转瞬即逝……怎么办？盖茨表示立刻为 IBM 特别设计一套操作系统，而且要价极低。同时，他希望自己将来还可以向其他客户销售略作修改的操作系统版本。这个要求被认可，双方欣然签约。

此时他已把公司搬回故乡西雅图。他迅速以 5 万美元就近从西雅图计算机公司买断了一套操作系统 DOS 的版权，经修改后将 DOS 系统提供给 IBM 使用。盖茨此举不仅利用了西雅图计算机公司的成果，又利用了 IBM 遍布全球的营销力量，从此开始了他踩着"巨人之肩"去创造奇迹的历程。

盖茨这年 25 岁（与乔布斯同龄）。世界上那些获大成功者，没有一个不是善于汲取、借鉴他人之长并懂得加以利用的人。盖茨是一个擅长借用他人之力的典型。

第七章

熔铅的曙光

（1985 年——1987 年）

世上的事，只有去做，你才会做。一个行动比一打纲领都重要。也许还应该感谢困难。若不是非常困难，我们或许不容易发现彼此有这么多优点。若不是非常困难，焉有优秀。熔化铅字的曙光亮起来了，一场必将引发的我国印刷术第二次革命，很快就要在中国大地成燎原之势。

1 第一笔经费

"我们的第一笔经费是王选给的。"张玉峰说。

1985 年夏陆永基代表学校首次去找王选，商谈学校办开发公司能否为王选的科研做点什么。王选得知楼滨龙、黄禄萍、张玉峰等人出来办公司，很高兴。关于能否帮王选做点什么，实际上，北大办开发公司，此时一没经验、二没资金，连个公司的架子都没有，帮不上大忙，倒还需要王选帮助。

王选知道他们毫无资金，寸步难行，就从国家拨给北大 748 工程的科研经费里拿出 10 万元："你们可以先帮助做繁体字字模，将来把照排系统打入港、澳、台市场，这用得着。"

张玉峰回顾说："当时，王选说是给我们做字模的经费，其实也是支持我们起步。王选给的这10万元，实际上成为我们的第一笔经费，对公司早期的发展起了非常重要的作用。"

这以后除了做字模，将繁体字数字化，楼滨龙、黄禄萍、张玉峰开始接二连三地跟日本佳能公司的人员谈判。代表佳能谈判的日本人叫铃木德一郎，60多岁，讲一口天津话。

"我们想利用日本先进的元器件，同时利用北大的科研能力，以为二者结合就能为公司建立一个高水平的起点。现在想来，我们那时真是非常幼稚。"张玉峰说。

谈判，接二连三的谈判。

"我不能决定，我只能把这些意见带回日本。看看公司有什么想法。"铃木说。

谈判，吃饭。

张玉峰说：我们做了各种各样的可行性报告。

又是谈判，吃饭。

铃木来往于日本与中国。

我们甚至做了赢利10年的预测。请各种人士支持我们，谈可行性，谈远景，谈现在要做什么……吃饭。

所有这些用的都是王选给的那10万元。钱一天天减少，没有一项生意谈成。用张玉峰的话说："我们四处碰壁，一事无成。"

再说这年要办公司，舆论上又变得难了。中关村电子一条街上的科技企业引起争议，褒贬不一。电子一条街的发展迟缓下来。中央组织了联合检查组进驻"两通两海"，对电子一条街上的企业进行全面检查。

电子一条街上也有没办执照就开始营业的"公司"。此时北大的"公司"属于还没上街的。但知道办公司要申请执照了，1985年夏开始申请执照，然后是一趟一趟地跑，秋去冬来，转眼是1986年了，执照还没有批下来。

在这"一趟一趟"的情节中可以看到，难题更在于：开拓市场并不比开发技术容易。陈春先最终也没有把企业办出色，在硅谷早期办企业的那些诺贝尔奖获得者，如肖克利，也没有把企业办出色。在中国，要产生一个企业家更不容易。谁曾想到，教师出身的张玉峰不久竟然去向一些"旧社会过来的商人"学做生意。

2　长城脚下练摊

这年初，有人向张玉峰介绍，说有个老先生想找人合办一个工艺品商店，又说想通过北大残疾人基金会，办一个残疾人的商店，好处是可以免税。可是，这需要有北大的人合作，北大有人愿意与他合作吗？张玉峰忽然想见一见这位老先生。

老先生不只一位，为首的叫刘文学，都是民国时期开过店的生意人，"三教九流都懂点"，对工艺品还颇有鉴别力，改革开放了，也想出来发挥"余热"。

"你愿意同我们一块干吗？"老人问。

望着几位看来有几分神秘的老头，张玉峰似乎意识到："这是一个机会。"权衡中，张玉峰忽然想起"文革"时从大字报上看到的一句马克思的话，大意是：一个行动比一打纲领都重要。张玉峰顿觉自己先前认认真真的计划、预测、谈判，以及拿出的一大摞文本都很滑稽……与其这么"谈"，不如具体去干！

1986年春，北大南门出现了一个残疾人的工艺品商店，牌匾上赫然书道：康北轩。张玉峰成为这个康北轩商店的经理、法人代表，却也像个学徒。这个店的上级单位是燕园街道办事处。人们不无惊讶，张玉峰怎么竟与几位老人办起了一家"古董店"！

刘文学不但懂得利用残疾人的名义办店，还懂得利用北大的招牌，也懂得仅在北大南门开这店，赢利就很有限……根据他的建议，又在八达岭长城租了一个门面，招聘了10多人来经营。

康北轩与日后的北大方正并无关系，但对张玉峰本人来说，康北轩却是他学习经营的开始。"通过办这个店，我对工商、税务，以及经营和财务等方方面面的事务，方方面面的关系，才有了比较具体的了解。"

这一年，张玉峰不论寒暑，一大早就背着一个大编织袋去赶火车。袋里装的多是砚台、刻图章用的石头等物，有几十斤重。

"真正辛苦的是这一年。"他自己这样说。

其实，不仅辛苦。你听过"二盘商"这个词吗？二盘商曾是被批判对象。"编织袋"的另一个名称叫"倒爷包"。张玉峰开那店，做的就是收购工艺品，然后背到长城旅游点去卖。

张玉峰背着编织袋去赶火车的形象总让我记起他背馍上学的形象。恐怕也只有这个把馍背到北大来的人，才有这样的故事。

"八达岭的冬天非常冷，我们在那里吃饭要靠自己煮，吃住都非常艰苦。那个春节我是在八达岭过的。"

大雪覆盖了去取水的道路，没有暖气，39岁的张玉峰躺在长城边上的一爿小店里，像个戍边的老兵。耳听塞外浩荡的长风越过长城，凛冽地撞击他的小店，他还不断想起自己十几岁上学睡过的光板通铺……恍然间疑惑，这日子怎么变化不大？

正月初三天降大雪，那真是塞外飘来的大雪啊，张玉峰欣赏着那翻飞的雪花，看到雪地里走来的一个女子很像妻子高仑……走近了，她就是高仑！

张玉峰腾地一下站起来，记起自己在八达岭住了三天还没有回家，没想到妻子找到长城来了，他忽然觉得鼻子有点酸……妻子进店，泪水先下来了："咋啦，过革命化春节？"

这是张玉峰让人费解的一年。中关村办科技企业的"老总"有谁是从办"古董店"起步的呢？人们对张玉峰此举有截然不同的看法。一个北大教师决心要办高技术公司，可是严重缺乏经商的知识，竟向"旧社会过来的商人"学做生意，我想我不能忽略这些情节。

1992年北京出现了一个新词叫"练摊"，张玉峰1986年到长城脚下去练摊，练了一年，竟从投资3.5万元到库存有100多万元，除去开支，还赢利几十万元，这对他是很重要的锻炼。

也许，张玉峰有些怪，为什么就他是这样？花文廷向我介绍张玉峰出来办公司的决心时曾使用了一个词叫"义无反顾"。这大约包含着对张玉峰的一种理解。既然选择了办公司，就要会经商，一个北大教师要变成一个经商者，那是身心都要经过痛苦磨砺的转变。张玉峰长城脚下"练摊"，是有一种相当彻底的决心和气概的。

3　感谢困难

在与西方激烈争夺中国市场的日子里，王选还强烈感到，从事科研，其实非常需要团队精神，并一直以"团队精神"相鼓励：我们虽然还没有集团公司，但我们可以组成一个团队。

"吕之敏的电路功底比我好得多，动手能力也强，加上思维清晰，认真细微……"今天，王选还能如数家珍似的讲出张合义、李新章、汤玉海、向阳、傅国泰、顾小凤、毛德行、宋再生、杨孔泉等等许多合作者，谁谁哪方面比他强。

"他们每个人都有比我强的地方。"你可以听出，在那最困难的日子里，他是怎样依靠了他人之长，把许多人的长处凝聚成"我们"的力量。

也许还该感谢困难。若不是非常困难，或许不容易发现彼此有这么多优点。若不是非常困难，我们焉有这么优秀！正因为有这样一群知识英才，纵然非常困难，他们毕竟是在黎明前了。

华光，华光，在最艰难的日子里，他们为自己的产品命名"华光"，意为中华之光。

1985年，随着春节的爆竹燃响，华光系统经千淘万漉终于在新华社正常运行。4月，华光系统就被送到日本筑波万国博览会参展，引起万众瞩目。5月8日，华光系统在京通过国家级技术鉴定。这天在新华社礼堂，我国计算机界、新闻出版界参加鉴定会的专家和其他人士有100多人，俨然一个盛会。会议结束时大家都来祝贺。

《北京日报》《中国电子报》分别以《科研战线的"中国女排"》和《锲而不舍　众志成城》为题，热情报道了他们。就在这个夏天，人民日报社还是与美国HTS公司签了合同，决定引进HTS系统。这对王选的"鞭策"作用也许是巨大的。因为只要《人民日报》还没有用上中国自己的照排系统，则无论报纸怎样赞扬他们，王选都骄傲不起来。

想起3年前江泽民那封信中写下的"开花结果"四字，王选对科研组的人们说："我们只是开了一朵小花，结了一个小果。"这意味着王选又决定放弃这已经通过国家级技术鉴定的 II 型机，向更先进的机型挺进。这年 11 月，他们就推出了华光 III 型机。此后，华光系统可称捷报频传：

1985 年被评为中国十大科技成就之一

1986 年获日内瓦国际发明展览金牌

1987 年获国家科技进步一等奖

王选心中仍不踏实，他说自己有一种"负债心理"，感觉不到有什么成就。"我经常反问自己，我们到底对国家是有功还是有过？我们得了这么多奖，如果将来市场都被外国产品占领了，那么你的功劳在哪儿呢？国家的投资到哪儿去了呢？"他说近几年我们已陆续获得国家拨款数百万元。"只要还没有形成产业，国家投资没有收回，我就有这种负债心理。"

写到这儿，应该看看华光 III 型系统。

1985 年，我国需要出版的科技书籍越来越多，由于书中有许多复杂的数学公式、化学分子式、方程式，要铸造专用的铅字排版印刷特别麻烦，大量的科技书稿便积压下来。传统的铅排技术已严重限制着我国科教事业的发展，王选攻关组推出的 III 型科技排版软件就是我国第一个实用科技排版软件。

按说，这是非常及时地为我国科技书籍出版难的问题提供了先进设备，然而开发技术是一回事，开拓市场又是一回事。要使此种先进技术成为我国印刷厂的装备，仍然非常困难。

谁能猜出最早采用华光 III 型系统的是哪家出版社吗？没人能猜到。我告诉你吧：铁道出版社，时间是 1986 年。在 III 型科技排版软件的开发中，王选的第一个博士生郑民已表现出非凡的创新能力，做出突出贡献。写到这儿，我还应该向你介绍一个具有英雄气概的用户：夏天俊。

历史上有许多重要的事情，常常是一些你意想不到的人物在关键时刻帮了大忙，夏天俊就做了这样的事。

夏天俊是经济日报社印刷厂厂长。《经济日报》无疑是很重要的政府大报，出版报纸不同于出书，不仅难度大，而且一天半天都延误不得……经济日报社坐落在北京王府井大街，那里寸土万金，夏天俊得知使用激光照排系统能使庞大的排版车间极大地缩小，变成窗明几净的办公室，早想淘汰铅字。当然，夏天俊也可以考虑引进外国的照排设备……可他来打听北大的系统："听说你们搞的设备，还有外国设备没有的功能？"

"是的。出中文报纸我们有优势。我们已经开发出了直接在屏幕上组版、整版输出的功能，这在世界上还没有先例。"

但是，国产的……行吗？万一设备出故障延误了出报，上级来电话追问，咋办？此时一台华光Ⅲ型系统的价格只有一台美国HTS系统价格的十五分之一，为了有中国人用它，国产"华光"已把价压到很可怜的地步。这是1986年第14届日内瓦国际发明展览会上获了金牌的中文激光照排系统，竟这么不值钱，而且还没有一家中国的报纸敢用，真让发明者感慨得无话可说，也让夏天俊感慨，决定：用！

1987年初，夏天俊决定一举买进两台华光Ⅲ型系统，同时保存着原有的铅排设备，以防不测。《经济日报》就此成为我国第一家勇试华光Ⅲ型机的报纸。

5月22日，是中国印刷史和新闻出版史都值得记载的日子，这一天，在经济日报社铅排设备仍存的环境里，诞生了世界上第一张用计算机激光屏幕组版、整版输出的中文报纸。

但是，问题很快就来了。

改稿时删掉的字句，又冒出来，而且常在别处冒出来，把原本完整的句子变成你想象不到的根本不通的文句。在一次座谈会上有人告诉我，说有一次在"革命"二字前面冒出一个"反"字，变成"反革命"了。我很难相信竟有这么凑巧。但删掉的字到处乱跑，也不知跑到哪儿去了，让你防不胜防，这是事实。弄得大家每时每刻都紧张兮兮。有时干脆半个版跑没了，怎么也找不到了。6月，报社通知夏天俊：不能拿《经济日报》冒险，照排设备必须下马。

夏天俊接到通知，立刻告诉王选。写到这儿，我还得向你介绍一个人：国家经委印刷技术装备协调小组副组长沈忠康。王选曾这样回顾说："沈忠康1983年~1988年对照排项目倾注了大量心血，在组织协调方面起了重要作用。"现在，沈忠康立刻召集各协作单位人员"紧急会诊"，随后告诉夏天俊，请转告报社，再给我们半个月时间，保证把所有故障都排除。夏天俊如实报告报社领导，并以自己的名义请求再给华光系统一次机会。

6月下旬，故障果然全部排除。7月，华光系统正式投入实用，《经济日报》一举成为全国最漂亮、出版速度最快的报纸。

第二年，经济日报社印刷厂卖掉了全部铅字，成为世界上第一家彻底废除了中文铅字的印刷厂。此前引进外国照排系统的印刷厂，因外国系统价格昂贵，难以购买多台，以及运行速度尚不能满足出版需要等原因，均不敢完全淘汰铅字。

"别了，铅字！"

"别了，黑车间！"

夏天俊笑了，笑得那么得意。

这一年，经济日报社印刷厂因装备了华光系统，不但厂房面积减少三分之二，耗电量也减少三分之二强，成本大为下降。更令人不可思议的还有，经济日报印刷厂不但高速度、高质量地圆满完成了照排印刷《经济日报》的任务，还轻松自如地承担了 30 多种报纸和 10 多种期刊的排版业务。

何谓提高生产力，何谓知识经济？

增加知识含量，减少能源消耗，提高效益，这就是人类正在努力的知识经济的典型特征之一。

这仅仅是一家印刷厂。中国最多的厂是粮食加工厂，村庄里就有碾米厂或面粉厂。此外，最多的厂就是印刷厂。

熔化铅字的曙光亮起来了。一场必将引发的我国印刷术第二次革命，很快就要在中国大地成燎原之势。1987 年我国首次设立印刷业个人最高荣誉奖——毕昇奖，这一崇高奖项差不多就像是为王选而设的，王选获得了这一最高荣誉奖。

此时，可以松一口气了吗？没有。王选领导的 748 攻关组只是到了可以与外国系统正面交锋的时刻，竞争更加激烈。

● 同时代的消息与参考故事

1981 年，IBM 推出新一代微电脑：IBM Personal Computer，即 IBM 个人电脑。简称 IBM PC。从此 PC 成为个人电脑的代称。

随着 IBM PC 问世，20 世纪 80 年代初是"个人电脑"的巨大市场被逐渐认识的时期。一些先觉者认识到，只要买英特尔的 8088 和微软的 DOS，就能制造出与 IBM 个人电脑兼容的电脑。当计算机成为个人电脑时，让个人用户最大限度地"共享"社会上已有的软件，就是赢得用户的最佳办法。由于 IBM 是全球最大的 PC 厂商，还因为 IBM 也在力图使自己的 PC 最大限度地适应各种软件，一个制造与 IBM PC 兼容的兼容电脑时代很快来临。

1983 年康尼恩等人创办的康柏（Compaq）公司诞生，宣称康柏 PC 与 IBM PC "百分之百兼容"。盖茨再次抓住机会，以同样低的价格给康柏安装 "略作修改" 的 MS－DOS，助其问世。康柏成为又一个 "搭车" 的典范。随后几百家与 IBM PC 兼容的兼容机开发公司在硅谷突然涌现。这真是一个千军万马 "搭车" 的时代了。盖茨成为几百家公司的 DOS 供应商。至此，盖茨称得上是善乘时代大势，利用天下新兴力量来为他创造财富的大师。

在中共中央 1984 年决定全国进行经济体制改革的前夜，美国硅谷因兼容 PC 风起云涌地兴起，极大地推动了美国信息产业的发展，从而十分有效地促进了美国科技和经济的跃进。在这个 "兼容" 的浪潮中，我们不能忽略，那么多创造者，包括蓝色巨人 IBM 的形象，并非力图做到与众不同，而是努力争取与众相通。

第八章

——

知识新军

（1987年——1988年）

国家没有对中关村的高技术企业直接投资，这是中关村发展的特征之一。因之有人称中关村的高技术企业为"编外企业"。办企业没资金寸步难行，这就决定了中关村科教人员创业之初的艰难。

1 北达科技服务部

1987年初张玉峰离开康北轩，就像学徒期满回到学校开发部。他们在1985年申请办公司一事，到1986年夏终于批下来了，名为"北京理科新技术公司"。公司的名称中没出现"北大"二字，是因为此时还不允许以北大的名义办公司。

遥想王选1984年与国外集团公司激烈竞争，已是那么渴望有"我们自己的集团公司"，可见愿望与现实之间还有多么大的距离。在等待批下一个公司来的日子里，张玉峰借一个"残疾人公司"去"练摊"一年，这曲折故事出在北大，我想并不偶然，这大约反映教育要走出"产学研结合"的道路，比科研与产业结合更难。

现在总算有个公司了。如何甩开手脚去干？去办公司的知识分子们无一例外地一再伤脑筋的难题还是缺资金。不仅起步之初缺，希望继续发展以谋求"站住脚跟"仍会强烈地感到——缺资金，缺资金，还是缺资金！很久以来知识分子都耻于谈钱，现在不管你愿意不愿意，你都首先要学会勇敢地谈"钱"。

故乡蒲城县的领导们来北京开"联谊会"，目的是想通过在京的"故乡人"为发展家乡经济提供机会。张玉峰抓住这机会，跟故乡的县领导讲中关村，讲"两通两海"，讲干信息产业能赚钱，领导们听得津津有味，但最后没有人敢给张玉峰投资。

当北大有了这个"北京理科新技术公司"，学校拿出了40万元资金作为办公司的启动费，这就是后来人们从报道上一再看到的"靠40万元起家"。学校从教研经费中挤出40万元，的确是很了不起的举动了。假如一年前得这40万元，张玉峰也会觉得很不少。但经过一年锻炼的张玉峰，现在可不是想"倒腾石头"，他想"倒腾电脑"。要做电脑生意，这几十万元是倒腾不开的，从2月份起，张玉峰又在设法找钱。

"四通的钱最早是四季青乡投资的。"张玉峰说。

我忽然感觉这是个很有意味的细节，谁曾想到像四通、方正这样的高技术企业，在起步之初都受到农村的支持。

"当时，玉渊潭乡正盖一座玉龙饭店。"张玉峰说，"我们去找农工商公司的总经理傅洪江，想为玉龙饭店做计算机管理系统，发现他们有钱。"

玉渊潭乡隶属海淀，张玉峰说傅洪江是个很有眼光的农民企业家。3月的又一个日子，张玉峰与黄晚菊再去找傅洪江，与他侃中关村、侃趋势、侃北大，"我们神吹神侃，我说，你看四通起家很快，你支持我们，我们可以给20%的回报。"

傅洪江动心了，表示愿意投资："给你120万。"同时还希望与北大共同办一个公司。4月，张玉峰以知青的名义迅速注册了一个"北达科技服务部"。5月，傅洪江把120万元打到了"北达"帐上。张玉峰开始经营北达。

2　借船下海

按说，学校已有一个注册的"北京理科新技术公司"，并给出40万元资金，张玉峰在这"北理"与楼滨龙、黄禄萍一同经营就行了，何以又去另立一个

"北达"？

"北理"总经理是楼滨龙，由学校任命。张玉峰去自创一个"北达"，自己当总经理，加上他此前去办"康北轩"经营"古玩"，都加深了人们理解他的困难。

一个人的历史，其实是性格史。张玉峰在北大出来办公司的几人中是"小字辈"，但他一经走上这路心中就有去办公司"这盘棋"，一开始就相当自觉地在考虑"怎么走"。虽缺乏经验，却有强烈的"开局"意识。若认定自己的想法是对的，却难以得到认同，他不会去争论也不会等待，会一脚迈出去自己去开局，争取走出一个局面来让事实说话……当我这么说时，我所留意的是，张玉峰是个奇人，沿着他的足迹，看他下棋般一步步走去，怎么布局，怎么交战，会看到一个"集团"是怎样形成的。颇奇妙的还有，办现代高技术企业，张玉峰的素质里不只是"有科学头脑"，他身上的中国古代文化、特别是陕西深厚的秦汉文化，对他去逐鹿市场竟有奇妙功用。

再说公司的历史，其实是人的历史。有了"北达"，张玉峰就开始了去筹谋人马的历程。他找的第一人是北大地球物理系教师张兆东。

张兆东 1949 年 12 月生于浙江临海，比张玉峰小 3 岁，也住在同张玉峰一样的"10 平方"里，张玉峰去找张兆东不是去找一个"伙计"，是要他去出任"北玉公司"总经理。因为他已承诺玉渊潭乡的傅洪江，愿与之合办一个公司，就是"北玉"。

"什么，总经理？"

"对。"

"我连公司职员都没干过。"

"你行。"

就这样，张兆东出来办公司，并声称从此不要学校的工资。张兆东走出来像张玉峰一样义无反顾。1997 年张兆东任方正集团总裁。

90 年代中期方正集团有 15 个副总裁，几乎每人都是方正集团某一公司的总经理或某一方面的负责人，所以既是副总裁又是某一方面负主要职责的正职。在诸多副总裁中唯一的女副总裁叫周瑜采，她与张玉峰同届同系，在北大与黄禄萍又是邻居，她说自己是在张玉峰、黄禄萍影响下出来办公司的，还告诉我，"张玉峰做事常常比我们考虑得多几步。"

我问何以见得。她说："比如 1987 年张玉峰想卖电脑，一开始就不是单纯地考虑卖电脑。他把卖电脑和做饭店的计算机管理系统联系起来，不但把整批的电脑卖到这个饭店去，又把这个饭店的计算机管理系统给做了，还从傅洪江手里借出 120 万。"

1987 年，周瑜采便这样去承担玉龙饭店和紫玉饭店的计算机网络管理项目。同时还有一位毕业于北大无线电系的年轻人蒋必金去协助周瑜采搞这项目。日后蒋必金也是方正集团副总裁。

从张玉峰 1987 年走的这几步看，他迅速注册了一个北达，并非眼睛只盯住北达，不管别人怎么看他，他都不是只把自己当作棋盘上的一个棋子，俨然是"下棋的人"。张兆东、周瑜采的出现，也不是一个简单的被动的棋子，是去独当一面的"首领"。

张旋龙曾说："中关村有一些老总，个人也非常努力，但很多事都抓在自己手里。张玉峰不是这样，他知道找人去干。像水浒梁山，搞出一百零八将，那才厉害。"

不管怎么说，1987 年张玉峰"这盘棋"已生动地开局。在典型的张玉峰语言中有这样一段话："邻家的麦子已经熟了，那我们就可以磨面蒸馍，开张做生意了。不必自己再去种麦子。"我想，这话表明张玉峰至少从生产意识进步到经营意识。经过此前一年多的训练，他的"经营意识"的获得，在他通往前程的路上具有突出意义。

由于抓住了"经营"，如何利用他人的资金办公司炼自己的队伍，如何利用他人的产品做生意积累自己的资金，就成为张玉峰这一时期的基本方式。此时，四通独家经销张旋龙的 Super 机已占有很大优势，张玉峰决定：另选一个品牌，把生意就做到四通的眼皮底下去。

3 43 楼文艺室

海淀有不少当代建筑的名字从"颐和园"的"颐"字上找灵感，当时中关村最大的饭店叫颐宾楼，就建在四通旁边，许多外地来采购的人员住这饭店。

"我们就到颐宾楼去找用户。"张玉峰说的"我们"，是他和他招聘的最初几个人。

我问："怎么找？"

　　他说："一个房间一个房间去敲门。"

　　温州的农民推销商是这样走出来的，北大的教师初涉"经营"也要抹得开面子才行。经过"八达岭"训练的张玉峰看来已相当自然，自然得让人不大相信："你们是北大的公司？"

　　"不信没有关系，你可以跟我们去北大看看。"

　　一批又一批的人就这样被领进了北大……北大，北大，你在中国人心中是如此有名气啊！许多客户最初未必是想买电脑，而是"既然来北京了，不妨去看看北大"。

　　走进这座古老的园林式大学，未名湖畔总有面对湖水专心读书的学生，总能唤起你青年时代的某个梦想……"经营室"到了，许多用户最初都不无惊讶——他们一路浏览，对北大正有无限欣赏无限遐想，忽然看到北大经营电脑的地方在一个煤场边上的破旧楼房里。

　　这是北大学生宿舍 43 楼，经营室在楼内的文艺室里，所谓文艺室，原是学生集体活动的一个大间。文艺室对面是个洗澡间，朝洗澡间的门封起来，只留外面一个门，门外就是那个大煤场，冬天西北风一刮，不仅非常冷，煤屑还乱飞……门里就是他们经营电脑的地方，这像是经营电脑的地方吗？

　　北大、北大，不管你名气多大，这就是 1987 年的北大……经营计算机还得有个库房，张玉峰到处找库房。终于听说旧图书馆有个地下室，多年没人进去过，张玉峰领了几个人去打扫，踩进去，鞋就被尘土埋没了……张玉峰想不明白，地下室哪来的这么多尘土？

　　"我们连着干了好几天，才收拾出来。"有了库房，张玉峰弄来一辆三轮车，"我自己扛机器，蹬三轮，什么酸甜苦辣都尝过。"

　　把客户从颐宾楼请到这儿来了，不管你自己有多少感慨，有没有怨言，你都得掩藏起来，人说"莫斯科不相信眼泪"，经营是真正不相信苦恼，不相信愁容，你一路得满面春风……临近 43 楼，看得见煤场了，你就得不紧不慢地先跟顾客讲："我们学校还很穷，我们公司也还没有钱去街上租店面。"你要让顾客有个心理准备，你还要说得有分寸，不失体面。这样说着你就把顾客领到文艺室门前了，你伸手为他们撩开挡风的帘子，然后说出："虽然条件差点，但我们经销的电脑是可靠的。"

　　张玉峰和他的伙伴们，一遍又一遍地向新来的顾客重复着宛若编好"程序"

的话。顾客走进你为他撩开帘子的房门，会看到里面像大学生模样的人都站起来迎接你，张玉峰拥有憨厚的陕西人的模样，加上他的伙伴们的勤快服务，还是很打动人的。

是的，在计算机领域，"服务"是个很重要的概念，不是"态度好"而已，卖计算机不同于卖电视机，没专业技术是不行的。中关村电子一条街兴起后，卖电脑的不少，有的门店今天还热热闹闹的，不久就倒闭换了主人。从北大校园里买出去的电脑似乎让人多几分安全感。

就这样做开了电脑生意，最初经营的是 IBM 电脑，从深圳、珠海进货。南方 8 月，说多热有多热，张玉峰去进货从来不住有空调的房间。没人能看出他是个北大搞公司的，看上去他连个乡镇企业的推销员都不如。

但是，这个陕西窑洞里长大的张玉峰，实在有许多知识分子未必具备的本领。半夜到站，他能在火车站的长椅上躺到天亮；也能穿着背心裤衩跟旅馆的"师傅"玩一盘象棋。尽管旅馆里是找不到对手的，但他会在轻松对弈中把自己想知道的当地情况了解得相当确实……浸满汗味的衣服塞在包里，从南方带回来了，仍然只有妻子心疼他：

"干啥呢？为谁省钱，为自己做生意也不用这样省呀！"

"不是我自己，"他说，"黄晚菊老师比我年龄还大。"

有一回去珠海，找到一个学校办的旅店，挂牌"教工之家"，一个房间住一天才 16 块钱，他与黄晚菊老师平均 8 块钱一人，非常高兴。当住下来，他俩坐那儿没动就热得汗水擦也擦不完，想想这是在特区，在南方经济发达地区，珠海的学校办旅店条件竟也这么简陋，中国的学校还有哪儿不困难呢？所谓"教工之家"，也真是我们这些教师才找这样的地方栖身吧！

如此经营 4 个月，挣了几十万元，马上以 20%的回报率回报玉渊潭乡，并对傅洪江说："经营电脑 120 万元不够，真的不够。"傅洪江又借给张玉峰 300 万元。年底，对经营电脑略长经验的张玉峰决定去敲开张旋龙的门。

4　结识张旋龙

一个落雪的日子，天气很冷。

"我看到张旋龙从车上下来，那样子很有意思，披一件呢子大衣，戴一个皮帽。"张玉峰回顾说，"初次会面，时间很短，大概也就大家喝一杯茶的时间吧。"

"那时，他们还很困难，连个接待室都没有。"张旋龙回顾说，"张玉峰是通过北大计算中心的张兴华老师找我的，我们就在北大计算中心见面。"

北大计算中心是北大的大型开放式实验室。知道张旋龙很看重高校，在这里与张旋龙见面，也可见很重视张旋龙了。

"说真的，我当时也不是不想帮助北大，主要是我已经答应让四通做独家代理，不好意思再给别人。"于是张旋龙以南方生意人的一句习惯用语连连向张玉峰抱歉："不好意思，不好意思。"

初次见面就这样结束了。张玉峰希望经销张旋龙的 Super 机没有成功。

又一日，在友谊宾馆，张旋龙与北大计算中心的赵金生老师下象棋，怎么下都是张旋龙稳操胜局。另一位老师与张旋龙下，也不是张旋龙对手。这使张旋龙高兴地记起自己在福建泉州的高中时代，"我们班我是第一名，直到毕业，我都是冠军。你们还有谁，都来下吧！"

张玉峰正好来了。

"我跟你下一盘，怎么样？"张玉峰说。

张旋龙抬手一指棋盘前的座位："请！"

一杯茶还没有续水，张旋龙输了。

"再来一盘，怎么样？"张玉峰说。

张旋龙开始摆棋。

第二盘，张旋龙胜。

"再走一盘？"张旋龙说。

第三盘，战和。

接着，张玉峰开始跟张旋龙谈生意。"我跟你讲，"他开诚布公地说，"第一，我是刚起步的公司，最需要赚钱。第二，我是共产党的公司，我是给学校打一份工的，赚的钱能改善学校的教学环境。第三，我只能赚，不能赔。"

张旋龙听张玉峰讲第一、第二……犹如在听上课，听到"改善学校的教学环境"，记起自己的父亲曾被北大丁石孙校长聘请为北大科技顾问，忽觉得似乎有个借口了，"四通要是知道，我就说是支持教学……"这样想着，他问：

"你想要多少？"

"我先跟你定 20 台。"

"20 台？"

这个数字让张旋龙有点吃惊，四通一要就是几百台，这 20 台是干吗？多年后，张旋龙告诉我："说实在的，那时四通已经做得火火的，有上亿的生意了。我做他一家就够了。"

"那你怎么又跟北大做上了呢？"我问。

"我发现了，张玉峰看上去有点傻，其实又不傻。他这'20 台'就让我没法不答应他。他非常聪明，而且很够义气。"

1987 年底的这天，张旋龙与张玉峰共同面对着一盘下和的棋，张旋龙也说出了三点："张老师，第一，我保证像给四通一样，给你先卖，卖完了再给我钱。第二，保证给你最好的价格，你一定能赚到钱。第三，要是卖不出去，你可以退还我，我保证没意见。"

张旋龙有很好的识人眼光。他用以识人的不单是智商，更是情商。在我逐渐了解张旋龙的过去之后，我想，这大抵是青少年时期所经历的生活留给他的对人对事的一种直觉，一种认同，一种难忘的情感。

"我后来才知道，"张旋龙又告诉我，"那三盘棋，张玉峰是让了我两盘。"

"他告诉你的？"

"后来别人告诉我的，他是北大象棋冠军，我才明白过来。以后再下，他让我一个马，都赢，他简直高明得太多了。"

5　决战前夜

首批 20 台 Super 机生意就这样做成，从此一发而不可收。张旋龙说："后来张玉峰越做越大，做到比四通还大。"

到 1988 年 3 月，北达赚的钱，加上从玉渊潭乡农工商公司借的几百万元，帐上就有了一大笔钱，有这"基础"，又可以从银行再贷出相应的一大笔钱，这个数字加起来是 2000 万元。

"我们手里突然有了 2000 万，这真是个天文数字。我们把队伍从几人迅速扩大到二十几人，并在街上租了个店面。"自此，北大办的公司来到了"电子一条街"。

有了店面，张玉峰成立了一个营业部，谁来领导这个营业部好呢？张玉峰想到了原与自己同一个教研室的晏懋洵，上门去请。晏懋洵比张玉峰年长3岁，四川人，毕业于北大地球物理系，就在这个3月，晏懋洵出任北达营业部主任。到方正集团成立时，晏懋洵成为方正集团的第一任总裁。

1988年春，北大新技术公司成立，这就是方正集团的前身。北大决定将楼滨龙领导的"北京理科新技术公司"和张玉峰所率的"北达"汇合，集中力量推广王选最新完成的华光Ⅳ型照排系统——这是一个可以同进口的照排系统正面抗衡的产品了。这意味着，向占有我国市场的外国同类产品反攻的时机到来。

在这决战前夜，先前单枪匹马出去的张玉峰，带回来一支北达，这北达积聚起来的资金，以及一批经营干将，就在这个关键时刻，成为可派大用的车马将士。

王选说："张玉峰在康北轩就表现出了他的经营才华，在北达再次表现出这种突出的才华。北达积累的资金对北大新技术公司早期的发展作出了贡献。"

1988年真是激动人心的一年，还有一批教师将在这年夏天来到公司，有如投笔从戎。反攻的号角就要吹响了，北大三角地的橱窗里首次贴出了向应届毕业生招工的广告，有如募兵，广告前挤满了男女学生，新的历程在召唤一代青年……

● 同时代的消息与参考故事

IBM公司成立之初，公司的第一代领导人老沃森是从挨家挨户推销缝纫机起家的，历尽艰辛。

1982年，英特尔推出16位元的80286芯片。同年，美国莲花（Lotus）公司诞生，第一个产品即针对IBM个人电脑推出先进的视算表软件，很快成为最普及的软件之一。随后开发的跨平台软件Notes系统更因为努力体现了"协同工作""资源共享"而大受欢迎，据报道美国企业前500强中80%以上是Notes产品的用户。这些成功，同样是"兼容效应"在起作用。

1984年，IBM推出286PC，速度比原先的IBM PC快3倍，销量远超苹果电脑，创下年 66 亿美元的最高利润记录。这一年，286PC 销量占所有 PC 销量的 70％以上。

开创了个人电脑的苹果公司技术上也在进步。王选曾说苹果公司 1984 年问世的 Macintosh 操作系统，在技术上就是遥遥领先的，但是，由于苹果公司"不想把这一先进的操作系统转让或移植到 IBM PC 上，从而错失良机"。此后，苹果公司更因一直恪守着"独家生产"不与人兼容的政策而从辉煌跌入亏损。王选说，这些例子也说明："技术先进而没有高的市场占有率，结果技术本身也无法进一步发展。"

第九章

———

为了突出重围

（1988 年）

一百多年来，中国都是在发达国家的包围中寻求突破和发展，特别是在高科技领域，每突进一寸，都要付出很大代价。若干年后，方正集团为自己确定的英文商标是：FOUNDER。这英文的主要含意是：奠基者，创立者，缔造者。我总以为，倘把它读作：方正的事业曾有许多人以他们阶段性的不可或缺的创造性劳动，铺垫了这一辉煌，有许多"牺牲"为之奠基……我们的情感中会升起神圣。

1 世界银行招标

1988 年，对中关村，对北大都如此重要。5 月 10 日，经国务院批准，就在中关村成立了中国第一个高新技术产业开发试验区。回想 1980 年陈春先创办中关村第一个"先进技术发展服务部"，历经 8 年，中国的"新兴生产力"终于发展出了第一个得到国家批准的高新技术产业开发试验区。北京大学新技术公司也在这个背景下成立。

北大新技术公司在三角地贴出招工广告，报名者数百，经筛选后取 30 人，据说比考进北大还难。毕业于北大化学系的博士王川应招来到新技术公司，日后他是方正化工工业公司总经理，方正集团副总裁。毕业于北大力学系的本科生赵威前来应招，差一点落选，到 1995 年他已是方正集团最年轻的副总裁。

1988 年，姚秀琛、刘宝生、张国祥、周宁等教师也来到新技术公司，不久都成为独当一面的带队伍的人，并在后来成为方正集团的副总裁。

这年，北大有如此动作，还因为必须迎战世界银行的一项国际招标。世界银行决定向我国 20 所高校发放数百万美元的贷款，用以购置激光照排系统改善大学印刷厂设备，同时决定以国际招标的方式选购照排系统。英、美、日、德等国的 10 多家公司都踊跃购买了标书，积极准备投标，其中就有著名的英国蒙纳公司，美国苹果公司，日本的写研公司和森泽公司。

这是世界银行一下子把我国自主研制的激光照排系统推到了一个国际擂台。所有的"打擂者"都不是只看中这笔招标的"生意"，更瞄准着这擂台后面巨大的中国市场。

中国的 20 所高校作为用户，以及中国的教委，均有影响招标的发言权。各国公司都派人来华，各显神通，争取用户。比如一些外国公司已在给有关用户作出"可为用户提供到该国免费培训"的承诺，这一招，还是很有吸引力的。

北大自身还是一所穷大学，新技术公司刚成立，有多少实力来做此种竞争？自从松下电器、IBM 电脑、奔驰汽车……涌入国门以来，我们均无力与之抗衡。现在，我国自主研制的中文照排系统，如果又败给外国，还有哪些高技术产品可以与西方一决雌雄？

曾在 1979 年大力报道过支持过北大 748 工程研制组的《光明日报》，在刚刚过去的 1987 年购买了英国的蒙纳系统。《人民日报》购买的美国 HTS 系统也已经运到报社，正在安装。北大 748 工程组究竟还能抗争多久？ 1988 年是周总理批下 748 工程的第 14 年，我们将在这一年遭遇怎样的命运？

你会不会认为，中国的教委、中国的 20 所高校总该偏袒一点北大吧，或说，总该有爱国心呀！然而，我们恐怕需要学会认识，这是我国改革开放的第 10 年了，尽管我国的报纸还没有提倡"市场经济"，中国已在事实上日益成为世界市场的一部分。《人民日报》《光明日报》都已经购买了外国系统，难道他们不爱国？需要认识，在市场状态下，如果你的产品不如人家，技术不够先进，"爱国"二字是挡不住外国产品的。

此时，北大 748 工程研制的照排系统质量到底如何呢？

2　十分之十的惨烈代价

1988 年北大集中起来的搞经营的人马，师生济济一堂，来听王选讲我们的"先进"。王选先介绍了照排系统"控制器"，说它相当于照排系统的心脏，"我们已经搞了 13 年的控制器，现在华光 IV 型控制器真的很不错了。"他甚至说，"这是华光系统第一个真正的里程碑。"

王选的眼睛在眼镜片后面，大家能看见他好像在微笑，这笑容是不是有点尴尬？是否为了组织推销，教授也失去谦虚？

恐怕不是。

这是一个战士的语言。

为了打胜仗，需要自信，需要了解自己产品。

王选继续介绍："去年的 III 型机还不能出图片照片，也不能出底纹，控制器也不够稳定，在处理复杂表格时点阵迟到，生成速度跟不上，底片就浪费了。现在 IV 型机可以生成照片和各种图形，控制器可以称为栅格图像处理器了。还能做到：一个控制器既支持激光打印机，又支持照排机，这是国外系统还不具有的优点。还有，平均每秒钟可以生成 710 个汉字，生成英文能达到每秒 1000 多字，这个速度目前在世界上肯定是领先的。"

王选说的，新技术公司的师生们都能听懂吗？我们能听懂吗？据说，那些与王选共同奋斗多年的人，就听这些"技术性词语"，也有听得"泪沾睫"的。

人们用"拓荒牛"来形容创业的艰难，要在高技术领域获得开创性进展，恐怕更难。就在王选讲的"先进"中，任何一个微小进步，都要占去他们很多很多时光，剥夺他们的休息和健康……你听，王选微笑着的轻轻的发言，还总被他自己的喘息声所断开。那些与他一起奋斗的男女老师们，在这改革开放的 10 年比过去还苍老得快，不仅投入大量精力和体力，还有许多感慨、感伤和无奈……这无奈，不只是努力了但不容易被理解，还包括早先一起上路共同奋斗的协作单位，因技术之限跟不上队伍了，这时，不是他们不愿意走，而是跟不上了，那就是相当残酷的淘汰，是牺牲，是付出了十分之十的惨烈代价！

人们会讴歌胜利者，有几人去理解失败者呢？应该了解那些残酷的淘汰。

值得重视的是，许多人并非不努力而被淘汰，大量的努力者也被淘汰了。看见了他们，我们才会更有效地权衡自己，警策自己。

先说说我国自主研制的激光打印机的命运。

自从世界上出现激光打印机，王选就非常关注。1979 年他设计 Ⅱ 型机的控制器时，"国内的激光打印机研制尚无眉目，国外的则很贵，例如 IBM 的产品高达 30 多万美元。"这让王选着实感叹，"这真是只有美国人才用得起啊！"所以他设计 Ⅱ 型机并未考虑与激光打印机相连，激光打印机在他心中还是一个梦想。

到 1981 年底，负责生产激光照排机的杭州通信设备厂搞出了激光打印机，输出的样张清晰度也达到了可接受的水平。王选立刻与杭州厂商量，把杭州激光打印机的分辨率定为正好是该厂照排机分辨率的一半，与此同时，王选在照排控制器上增加杭州激光打印机的接口和相应的微程序，并使扩充后的控制器成为世界上第一台照排机和大样印字机共享的字型发生器与控制器。

请注意，这是一项重要发明在投奔市场的过程中诞生。也就是王选说的"一个控制器既支持激光打印机，又支持照排机"，好处是可以大大降低系统成本。

不妨说是我国的低购买力，迫使王选又推出一项发明。1985 年我国首次开展"专利"工作，这项设计就申请了中国首批 CN8510275 专利。若抽象出来看，迫使这项发明诞生的是我们还"穷"这个"经济因素"。由于可减少成本，从而增强市场竞争力，这些经济因素就不仅适用于穷国，也适用于发达国家。不久西方纷纷采用此种"共享"法。今天，字型发生器的共享已发展到一个新阶段，如微软 Windows 上的字库不仅用作屏幕显示，也用作激光打印机和任何分辨率的照排机输出。王选是世界上开创此法的第一人。

但是，到 1984 年，当大量外国电子产品涌进中国，杭州通信设备厂的激光打印机输出清晰度不够，可靠性较差，维护量较大，这些缺点几乎在一夜之间变得相当突出。这意味着杭州产的激光打印机正在迅速失去市场竞争力。

走在中关村，王选感到一些相当残酷的事正在自己的事业中发生……尽管他头脑里充满了要搞民族产品的意识，现在，他发现，这意识在眼前的市场上发生着自己无法抗拒的变化，他在以另一种心情格外关注国外激光打印机的发展，"我是在准备与外国公司握手合作吗？"

一天，王选走进美国惠普公司在北京的办事处，看到即将推出的基于佳能打印机芯的惠普激光打印机广告，发现这打印机体积很小，尤其是价格之低让王选瞪直眼睛看了又看，很吃惊。

他小心翼翼地向惠普的工作人员打听。得到的回答是："佳能机芯采用了一种新技术，具体不清楚。"

就在这一年，他认识了前面讲到的铃木德一郎。

3　有许多牺牲为之奠基

铃木告诉王选："佳能在美国已经把日本理光的激光打印机打败了。"

"您可以帮我买两件佳能打印机芯吗？"

铃木答应了王选。

当时，佳能打印机芯还属于美、英、法等国控制的"巴统"组织对中国实行禁运的高技术产品。铃木先给王选提供了有关的视频接口手册。不久，铃木果然将两件机芯随身带进北京。王选说："这大概是最早进入中国的佳能打印机芯。"

王选得之，就开始按"手册"在华光系统的照排控制器上设计了佳能机的接口和对应的微程序。到 1987 年，佳能打印机进口成功，王选就在华光系统上连接佳能打印机，这意味着杭州产的激光打印机从此将退出舞台。

这是发生了一个怎样的故事？在我们自己心灵的深处，也会听见响动出这样的声音："天呐！这是我国自主研制的激光打印机，是高技术产品呀，它不是不能用，它昨天还在用啊！"杭州通信设备厂的科研人员、厂领导能不伤心？王选怎么能抛下患难与共走到今天的杭州产品，与日本人搞到一块呢？

"这是没办法的事情。"王选说，"如果不连接佳能打印机，国产华光系统肯定垮台，你们的照排机也就卖不出去了。"

就这样，杭州激光打印机的生命结束了。

不因为别的，因为技术不够"顶天"。

由此，我们看得更清楚，王选主持研制的主体技术部分，是因为技术确实"顶天"，与西方激战到现在，还能顶住。如果不够"顶天"，如果只差一点，那就会全线溃败，一个"卧薪尝胆，发愤图强"的故事就结束了。

为了与英、美、日、德的照排系统竞争，为了最后的胜利，我们还得拼命地往前走，不能全军覆没。你的技术跟不上，我们只好把你放在这里了……就像战争中突围，我们不能被彻底歼灭，我们总还得有一部分力量突出去……我们确实是在发达国家发达的科技实力和经济实力的包围中谋求突破的……我们不能停留，无法等待，我们得走了，只好把你放在这里了，愿历史记住你曾经的贡献！

再说我国自主研制的激光照排机的命运。

只要想起《光明日报》当初满腔热情对原理性样机做过的报道，王选总会感到那是多么难得！因为当初的"样机"离实用确实还差很远，几乎所有的设备均不可靠，能写出那篇报道确实靠的是感情。那时使用的还是大键盘，就这大键盘也严重接触不良，"使劲按两三下才出一个字，研制组的人要经常把键盘面板翻过来检修。"所以，激光照排机在那时还远不是唯一的不可靠因素。

到Ⅱ型系统，控制器已有很大改善。1985年春，北大的领导们参观在新华社使用的Ⅱ型系统，教务处长汪永铨当场就叮嘱王选："赶紧进口照排机，否则会影响整个系统。"

汪永铨是电子学专家，他生怕这事未能引起王选足够重视，说了好几遍。王选则支支吾吾地装作不置可否。"其实我心里非常明白。"所谓激光照排系统，激光照排机是多么重要的组成啊！华光系统一旦连接外国的激光照排机，必是对多年来研制激光照排机的同事和协作单位一个沉重打击。

从1977年开始，长春光机所和四平电子所就承担了748工程转镜式结构照排机的研制任务，照排机的机械和电路部分则由杭州通信设备厂承担，他们都已经与王选共同跋涉了十多年。

"当时没有他们的艰苦努力、日夜奋战，就没有最早输出的漂亮样张，也就无法得到印刷专项的大量经费。"这是王选的回顾，"他们都是共同渡过最困难时期的战友！"

在没有炮火的改革开放中，你可看见残酷的牺牲经常在发生？等到有一天，我们为王选的成功鼓掌，非常敬佩，是否知道在那成功中还有许多人以他们阶段性的不可或缺的创造性劳动，铺垫了这一辉煌……多年后，方正集团为开拓海外市场，给自己确定的英文商标是：FOUNDER。这"商标"除了英文读音与汉字"方正"的读音相近似外，英文的主要含意是：奠基者，创立者，缔造者。我总以为，倘把它读作：方正的事业，有许多"牺牲"为之奠基，我们的情感会非常神圣。

为参加世界银行招标，王选不得不连通了美国 ECRM 激光照排机。还有必要一说，连通美国照排机，并未使我国研制的照排机生命结束，而是让用户可以有国产机和进口机两种选择，也使华光Ⅳ型系统适应性广了。我国许多中小型印刷厂限于经济实力，选择国产照排机还是合适的。

至此，华光Ⅳ型系统是不是就没有问题了呢？

不是。

华光Ⅳ型机所凝聚的排版技术是很先进的，但制造工艺上有很大弱点。此时的潍坊总承厂早已从 1977 年的电讯仪表厂发展为计算机公司，应该说在制造工艺方面也有了不小的进步，但是，到 1988 年生产出来的产品，外观还是粗糙、笨重，若与外国设备放在一起，我们的华光机就粗糙得还不像个商品。此外，还有一个尚未找到原因的"怪毛病"，就是照排时偶尔出现"汉字填充不封闭拖尾巴"现象，也被称为"字长胡子"。

748 工程协作组在杭州开会，会后"字拖尾巴"的问题仍没找到原因，工艺粗糙的问题亟待解决，招标已听得见"擂台鼓响"了，毕竟如何应战？

4　沈忠康决断

你会不会问，北大 1985 年就开始组建公司了，为什么到 1988 年才风风火火地开始经营王选主持研制的照排系统？

这是无可奈何的事。你知道，748 工程是国家拨款的工程，原定由潍坊电讯仪表厂作为生产华光系统的总承厂，是"计划体制"下的决定，北大没有介入推销和生产的权力。那么，现在为什么又可以了呢？

还记得吗，王选曾说，沈忠康从 1983 年以来就对照排项目倾注了大量心血……1988 年，沈忠康就在看到华光Ⅳ型系统在孤军奋战中仍面对的严峻局面后，断然决定：让北大也参加推销和试生产华光Ⅳ型系统，以促进华光系统的商品化。

沈忠康是以"印刷技术装备协调小组副组长"的身份断然作出这个决定的，在当时他曾受到指责和批评，但这个决定的宝贵程度，足以使他无悔无怨。

或许，可以这样说，沈忠康这个"副组长"是计划体制下的一个领导者，他的决定，恰恰是在领导着我国自主研制的照排系统从"计划状态"走向市场。也可以说，是"国际招标"这种激烈的市场竞争，迫使着沈忠康作出抉择，让起步于计划经济时代的我国激光照排系统向市场运作方式转移。

这个决策是如此重要。因为在激烈的国际招标中我们并不能保证一定获胜。无论胜负，我们都必须在揭晓之前就去开拓从北京到各省的市场。那么，由北大师生组成的经营队伍去推销，携带的知识含量就是一笔极好的知识资本，是利用优势。正是在这背景下，北大教师和毕业生组成了一支知识新军，楼滨龙被任命为总经理，黄禄萍、张玉峰为副总经理。

还有必要讲到，当张玉峰在用心地经营北达经销电脑的时候，楼滨龙在积极地争取参与经营王选主持研制的照排系统。所以王选、张玉峰等人都说过：为争取把748工程的激光照排系统作为北大新技术公司的主营产品方面，楼滨龙作出了重大贡献。

现在，可以说，北大新技术公司参与推销和试生产华光Ⅳ型系统，是深刻地影响了公司发展的第一个重大决策。这个决策是沈忠康、王选、楼滨龙，以及北大领导者们的共同努力才完成的，这个决策对日后方正的发展具有决定性的意义。

1988年被看作是北大方正集团的起点，其实，这是王选主持的中文激光照排系统艰苦研制至今，也是北大在新时期办公司艰苦创业至今，迎来的一个重大转折点。

● **同时代的消息与参考故事**

前面讲到，肖克利在晶体管的技术成熟后离开贝尔实验室来到斯坦福，这故事的内部正运动着一个更值得我们捕捉的信息：美国的20世纪50年代，是一个科学家在冲动着走出实验室的时期。这种冲动，是美国把素有科研传统与实力的英国进一步抛在后面的重要原因。这种冲动也发生在教育界。要认识 20 世纪教育对经济的影响，最值得注视的莫过于斯坦福。

1891 年美国铁路大王利兰·斯坦福捐助了 8800 英亩土地和 2000 万美元创建了斯坦福大学。二战结束后，斯坦福大学校长华莱士·斯德林和副校长费莱德里克·特曼决定划出 7.5% 的校园土地（265 万平方米）出租给工厂，称为斯坦福工业园区。初为得到办学资金，后认识到这可以使大学的科研成果迅速从实验室转移到园区工厂，从而转化为经济。随后在工业园区内外创建的一系列公司成为"硅谷"的基础。

当斯坦福大学出现工业园区，当肖克利教授在此办起工厂，此时虽未见有"产学研接合"一说，教学－科研－生产相接合的模式已在这里风风火火地运作。可以说，是这模式孕育乃至"生产"出一个硅谷。当然，斯坦福能成为"硅谷"的发祥地，还得益于该大学有出租土地的自主权。

硅谷离旧金山只有 45 英里，费莱德里克·特曼教授不断鼓励自己的学生毕业后不要返回繁华的旧金山，就在当地创业。他的主张影响了一代又一代的学生。特曼教授被尊为"硅谷之父"。最早受他影响的两个学生威廉·修利特和戴维·帕卡创办了后来举世闻名的惠普公司。

第十章

——

为自己的优秀下泪

(1988 年——1989 年)

当企业亮起"红灯",我们听到了一个新词叫"下岗"。由于全国范围最先遭遇下岗的大部分是女工,《中国妇女》从 1988 年 1 月号开始就发起"女人的出路"大讨论。正是这一时期,北大一批男女教师和毕业生们开始了创建北大方正的历程,也是发展当时所称"知识经济"的历程。

1 赵威学经营

赵威是最早应招来到北大新技术公司的北大毕业生之一,后来成为方正集团最年轻的副总裁。他生于沈阳,初到公司才 22 岁,是一个大学毕业后决定在中关村谋求前途的外省青年。我描述赵威,总不免想,赵威的道路离今日大学生只有一步之遥,换一种说法,你不一定需要像中关村早期的创业者那样去从零开始,懂得继承,懂得在继承中开创,你同样会很有作为。赵威的道路对今日寻找前途的青年可能是一个有路可循的向导,一种激励。某天,我和赵威坐在某个酒店里喝茶,就对他说:"关于 88 年推销照排系统的故事,我可能从你的足迹写起。"

"那可不行。"赵威说，"那时经营部主任是晏懋洵老师，副主任有张兆东、姚秀琛老师。我大学刚毕业，什么都不会。"

"我重视的就是你还什么都不会。"

于是他告诉我，初到公司，首先给他们讲经营课的就是张兆东老师，首批被安排去搞照排系统经营的有 6 个毕业生。

"其中有女同学吗？"我问。

"有俩。"

"她们现在呢？"

"一个是香港方正销售部的副总经理，叫王萍。另一个叫李育红，是福州方正的总经理。"

"从大学初进公司，有什么感觉？"

"第一个变化是，读书时住 8 个人的宿舍，现在要住 20 人。因为是北大的公司，住也住在北大，进了公司也好像还在大学里，但一出去搞推销，马上就感到双眼一抹黑了。"

接着我就听他讲推销。此时，北大计算机研究所与潍坊计算机公司是技术转让关系为之提供技术，对方支付技术转让费。北大新技术公司与潍坊计算机公司是代销关系向对方买进产品，再卖出去。

赵威是单枪匹马去叩访市场的，每到一地，先找个便宜的小旅店住下，接着找电话簿。1988 年的电话簿都很薄，还残缺，与你眼睛高度相当的墙上写着不少电话号码，你开始给当地报社、印刷厂打电话，对方往往不知"激光照排系统"为何物。

"你们在什么位置？我去拜访你们。"赵威说。

"我们领导不在。"电话挂断了。

这样的对话反复出现。一次不行，赵威再挂一次。二次不行，第三次赵威就找上门去了。

"好在北大这块牌子，我去介绍，他们一般不会拒绝。"有的单位听后感兴趣了，赵威也感到有希望了，但一说订合同，对方讲："我们没钱。"

"今天的报纸有很多广告，有收入。那时，报社靠拨款，经费很紧张。推销照排系统不像卖电脑，一台最便宜的轻印刷系统也要 10 万元以上，高档的 100 多万元。上级没有专项拨款，报社想买也没有钱。"这就是赵威走向社会的早期见识。

讲到对方动心了，可是没钱，你还讲不讲呢？

讲。

讲照排系统可以极大地节省费用，提高效益，讲贷款买也能很快把钱赚回来……可是，要推销出一台仍然很难很难。

"比如讲铅是有毒的，这工人都知道，讲淘汰铅字，排字工人会集体抗议。"赵威说，"我是这时才知道，排字工人捡字块，在印刷厂是很有地位的。突然说不要铅字了，换成小女孩操作键盘，那大多数铸字、排字工人怎么办？"

有的省报有钱，想买了，又担心电脑系统一旦出故障怎么办？"哪天早上省长看报，桌上突然没日报，就是大事了。这里不是北京，出故障了，找你们也来不及，怎么办？"

陕西甘肃青海宁夏……赵威一个城市一个城市地走，走了一路，一台照排系统也没推销出去。"那时，与其说推销产品，不如说是在宣传照排知识。"

赵威至今印象最深的一次是在宝鸡日报社印刷厂给厂长讲照排，讲半天厂长也没弄明白，"咋就不要铅字了呢？"最后赵威明白了，厂长没见过计算机，于是告诉厂长："简单说，就是上面是台电视机，下面是个铁盒子，用这东西就可以不要铅字了。"

厂长这才将信将疑地有点感觉。

就这样，赵威的推销语言逐渐从大学课堂里的"专业化"走向"通俗化"。我们也由此看到，1988 年不单是北大办公司的一个转折，整个中国都处在一种转折之中，北大推销照排系统的"师生"们全国各地去走一路，宣传一路，也是在推动这种转折吧！

赵威回来了，一台也没推销出去。我问："那你如何能从一批同学中冒出来呢？"他望着我，似乎在考虑该不该讲。在随后的漫谈中，我还是看到了他的若干通往成功的要素。譬如，他开始推销照排系统，就把排版软件 13 种字体所能实现的多种功用都做在一张纸上。"去推销时，让人一看就明白，我就不用每次用嘴讲得麻烦了，效率还高。"

他这个"样张"被楼滨龙看见，楼滨龙很欣赏，把这"样张"压到自己的玻璃板下，并推荐给别的人员。这是赵威第一次被公司最高领导人发现：这是个肯动脑筋的青年。

这件事很了不起吗，很难做吗？不。但是很多人忽略。

一个人并非只有做那些天才能做的事，才会成功。即使在一个科技含量很高的企业，也有很多不需要天才完成的工作。总经理由此对赵威刮目相看并没有看错，一个杰出者，常常就在那些别人会忽略，他不会忽略的地方。

此后，赵威又在自己的工作中制定出合同单、报价单、执行单体系。同样，没人要求他这样做，他觉得原有的"不够好"就自己"建设"起来。他的这些"创新"很快被公司采纳。领导们从他的创新中不仅看到"适用"，看到有益于防止漏洞，还看到这个人有精益求精的追求和宝贵的负责精神。

其实，人生总是在那些具体的富有创造性的事情上建设自己。不必是惊天动地的事，动手设计一张适用的表格就是。

再说，赵威他们的推销虽不能马上卖出一台机器，但同各地建立了广泛联系。北大师生如此"推销"也有如宣传队，有如播种机。中国西部终于有了第一家决定采用华光照排系统的省报：《宁夏日报》。这简直是一缕曙光。

走出校门，看到贫穷依然写在西部的土地上。当然，收获是有的，最基本的收获就是：如此实在地看见了"我的祖国"，知道我们是在怎样的经济文化土壤上发展、推广我们的高科技。

2 姜纪冰学投标

《宁夏日报》的人员是 1988 年 7 月底来北大接受培训的。东部城市第一家决定采用华光系统的地方大报是《羊城晚报》，也派人来了。此外决定采用华光系统派员来接受培训的还有广西师范大学、内蒙古大学、哈尔滨工业大学、吉林大学、北京工业学院、北京航空航天大学、国家旅游局、铁道部办公厅等二十多家，从中可见，最早接受激光照排系统的主要是大学。

需要说明的是，以上大学均不属于将接受世界银行贷款的那 20 家。这就是"推销"争取来的首批用户。第一期培训班就这样在 8 月 1 日星期一热热闹闹地办起来了。赵威和他的同学们在这个培训班里忙内忙外，已经像一个个老师。

这项工作由公司培训部领导，培训部首任主任叫姜纪冰，原是北大无线电系的女教师，8 月 13 日培训班临近尾声，楼滨龙来找姜纪冰："有件重要的事，要你去干。"

姜纪冰性格豪爽，谈笑风生，随口应道："说吧！"

"招标需要有人专门去搞，我们决定派你去。"

"什么，我？"姜纪冰挺吃惊，"这是我不懂的事。"

"我们谁也不懂。"

"不行，我不行。"姜纪冰又问，"我们公司还有谁参加？"

"没有了，就你自己。"

"不行，不行。我不会。"

"我们昨晚开会到3点，每个人都分析过了，认为就你合适。"

"别难为我了，这事，线头在哪儿，我都找不到。"

"大家都信任你，你怎么办？"

就这样，姜纪冰硬着头皮接受了这个任务。

半年后，她说："我数了数，有36个线头。"

姜纪冰1940年出生，怎么也没想到自己到48岁时学投标。用她的话说，她开始到处找"线头"。比如北京外文印刷厂买进了英国蒙纳系统，她就到外文印刷厂去拜访蒙纳系统，去看蒙纳出的胶片，去卡表看速度……她到处收集各国汉字照排系统的商品说明书和有关资料，就像搞情报。她还绘制了一张像作战军事地图那么大的形势图表，上面标明各国照排系统的特点、长处和薄弱环节。这张图表墙壁贴不下，只好放在地上，她几乎每天都要脱鞋爬到图表里去，跪在地上，把新收集的情况填进表内，再把经比较后的有关情况及时告诉王选。

"发现我们的哪一条腿弱，就马上去加强。"姜纪冰说。

你看，要想成功，首先就得聚精会神去发现弱点。

这件事，国务院重大项目办公室、电子部系统工程办公室也很重视。"我发现他们的压力也不小。"姜纪冰说重大项目办、电子部系统工程办也经常要我们去汇报情况，还要总经理亲自去汇报。楼滨龙说："你情况比我熟悉，你自己去吧！"姜纪冰去了。重大项目办副主任董必钦开口就说："叫你们总经理来，你怎么一个人来了？"姜纪冰说我回来就跟楼滨龙发火："你看你，人家要你去。"从此，姜纪冰都拉着楼滨龙一起去。

考虑到国家教委对本次招标具有的影响力，在北京召开中央教育会议期间，姜纪冰去找国家教委秘书长朱育理。"我到处找，这个人去哪儿了？"终于打听到朱育理在一幢未营业的饭店的 5 层楼里准备会议材料。

姜纪冰找去了，在 503 室找到了朱育理。去说什么呢？说已经说得很熟练的北大设备怎么怎么好……从朱育理那里回来，姜纪冰找楼滨龙，见面就说："楼老师，糟了，我可能闯祸了。"

"什么祸？"

"朱秘书长讲，你说你们的设备好，我给你一个任务，敢接吗？我说什么任务？他说有一份发言稿，在李铁映那儿，明天李铁映改完，晚上 7 点我派人给你们送去，后天上午 9 点钟开会用，你们赶得出来吗？我一想，这事不能不接，就自作主张接下来了。"

楼滨龙说："这算什么祸，接得对。"

或许，朱秘书长有心要创造一个替北大说话的机会吧。第二天，公司组织人傍晚 5 点钟就在办公室里等稿。到 7 点了，没有送来。9 点了，还没送来。大家着急了，挂电话又找不到人。不让我们干了？还等下去吗？能回家吗？……10 点半，电话响了，说稿子李铁映还在改，等着吧。这下，大家算是又放心又着急。

12 点了，还没有送来。

1 点了，还没送来。

1 点零 5 分，送到了。

大家开始紧张战斗。李铁映的稿子改花了，还有不少繁体字，幸好这是估计到了的，所以每台设备都配了一个岁数大的老师专门读认，打字员只管耳闻老师读出的声音埋头输入。当文件全部由轻印刷系统印刷完毕，有人看了一下时间，凌晨 5 点 10 分。

中关村静悄悄，尚无市声。

又一次，姜纪冰在清华印刷厂拿到一个文本，上面有许多公式、复杂图形和表格。对方说，这是某公司的照排设备排不出来的，北大能不能排？姜纪冰把它拿回来给了王选。"一看，我们的设备也排不出来。"

王选马上组织人加班，几天后，北大的系统就增加了功能，可以排出来了。姜纪冰说："从着手搞投标以来，我心里也打鼓。经过这次，我看到我们北大计算机研究所的潜力、实力还是很强的。但是，如果不是搞公司，不参加投标，我们的技术也不会提高那么快。"

1988年夏，公司筹建起产品部，开始对华光Ⅳ型机的工艺进行改进，并组织生产。姜纪冰告诉我："当时的总工程师是北大物理系的唐晓阳老师，张玉峰负责进设备。"我问：进什么设备？她说就是进口一些先进的元器件等等。

几年后，我从周瑜采那儿无意间听她这样说："张玉峰当时管进货。一些重要的元器件是从美国进的。管进货这事承担的风险很大。货没准时到，他急得满嘴长泡。"

张玉峰自己则这样回顾说："当沈忠康决定让我们生产照排系统，我们都一个心眼奔世界先进水平去。"他说除了进口元器件，我们在香港做标牌，从台湾进机箱，板子是在成都一个军工厂做的，焊接在北京太极公司做。"我们充分利用了大陆、香港和台湾的先进技术，把原来的两层板改成了四层，体积变小了，走线更加合理。"

"1988年10月，公司彻底改进了工艺，"王选说，"字拖尾巴的问题解决了，这才知道，问题是印刷版不良工艺造成的。新产品造型轻巧、美观，生产的控制器也比原先的更稳定。"

北大新技术公司自此推出"北大华光Ⅳ型机"。

12月15日，一个激动人心的日子终于到来。

这天，公司在未名山庄召开了第一个大型展示会，全国各地（包括港澳地区）来了70多家报社、出版社、印刷厂的代表共400多人。这不同于过去的技术鉴定会，这400多人主要是用户。

这是北大新技术公司发展史上一个辉煌的盛会，一个把我国自主研制的照排系统推向市场的重大突破。这次展示会集中展示了北大产的高档精密照排系统、轻印刷系统、大屏幕报纸组版编排系统、普及型报刊编排系统等18个系列产品。赵威、王萍、李育红等年轻的男女大学毕业生们在那里做熟练的操作表演，参会的代表们不断发出一片片赞叹声。

由于北大生产的控制器已有明显的优点，公司决定，用新控制器把由北大推销出去的山东产的控制器全部换回来。为此，这个刚起步的公司主动损失了200多万元，但赢得了好声誉。

再说，1988 年北大新技术公司做的这第一个招标项目，金额是 187 万美元，折合人民币就是 1000 多万元。这笔生意得自己先造出设备，中标后，交给各家用户使用，一般要等正常运行 3 个月后，再由世界银行组织英国、德国等外国专家组成的专家组到实地验收，认为合格后，中标的公司才能拿到钱。如果缺必要的资金，这笔招标项目就会遇到很大的非科技性困难。而且，招收员工，去全国各地搞推销，开展示会……所有这些，动辄都要花钱。这就是王选说张玉峰搞北达所筹集起来的资金对公司早期发展贡献很大的原因。

1989 年初，华光系统与英、美、日、德等国的照排系统正面决战的时刻到来，这是一场名副其实的国际性竞争。华光系统以其无可置疑的高技术、高质量和日益增大的好名声，一举中标，大获全胜！

3　晏懋洵率队做市场

王选还说："在开拓照排系统市场方面，贡献最大的是晏懋洵。"他说晏懋洵任劳任怨，在打市场的日子里，每天都工作到很晚，连年轻人都说"熬不过他"。从 1988 年开始头尾 8 年他一直在推排版系统，对用户的熟悉程度没有任何人超过他。

晏懋洵说："那是因为楼滨龙不是事必躬亲。这是他的优点，是一个企业家的素质。"

我就问他："你是不是事必躬亲？"我这样问他是因为他后来成为方正集团的首任总裁。

他说："我是放心不下，所以许多工作我都要顾及，显得累一点，这是我的一个毛病，但我不是越俎代庖。"

前面说过，晏懋洵是张玉峰请出来担任北达营业部主任的。北达并入新技术公司，晏懋洵就成了公司经营部主任。也许是公司初创之日有太多重要的事需要经营部主任一桩桩亲自去抓，由此强化出晏懋洵的工作作风。

"我们是坐在火山口上做生意的。"晏懋洵说，"报社买了我们的设备，要是出了故障耽误出报，那就不是经济问题是政治问题。"所以很多环节晏懋洵都亲自去抓。设备真出了故障，报社告急，即使你在广东，只要头天下午来电话，晏懋洵立刻派出的人第二天就能赶到你那里，甚至是晏懋洵自己赶到了。

在湖南开展示会时，北大的人都感到，湖南与广东相邻，广东人精明，湖南人老实，比如湖南人定合同还不懂得还价。大伙戏称"计划经济是不还价的"。晏懋洵总在开展示会期间按规定给用户优惠之后再主动优惠 5%。这也是按公司规定允许的。晏懋洵说，不能因为用户不还价就不给人家，主动给了能赢得用户信任。用户果然喜出望外。晏懋洵总是能让用户感到他特别厚道，加上他很有学者风度的满头白发，用户总是很容易对他产生信任。王选说他对用户的熟悉程度公司里没有任何人超过他，有这样一个人同天南海北的用户发生广泛而密切的联系，实在是公司一笔很大的无形资产。

赵威说："在湖南开展示会我们住在长城酒店，一个房间两个铺，每铺是 80 块钱。展示会结束的当天，晏懋洵老师就领我们搬到一处旧楼，一个房间 3 个铺，总共 30 元，每人才花 10 元。"

晏懋洵的故乡在四川省隆昌县，1958 年从重庆考进北大，毕业后留校从事教研，先后发表过二十多篇论文。1985 年曾到英国赫尔大学做访问学者一年多，搞半导体晶体发光材料的微结构研究。回国后还搞了一年科研，然后被张玉峰请出来搞经营。晏懋洵说："我刚出来时说到钱，脸就红了。"

由于晏懋洵在开拓照排系统市场方面杰出的工作，晏懋洵被提拔为北大新技术公司唯一的常务副总经理，堪称脱颖而出。

王选曾说："方正的成功，得益于一批有科学头脑的企业家和有市场眼光的科学家的结合。"我们从楼滨龙、黄禄萍、张玉峰、晏懋洵、张兆东、张旋龙以及王选本人的知识结构中看到，这样一批知识分子的结合，共同作用于一个企业的发展和进步，是工业经济时代的传统企业所没有的构成。

4 吕之敏要走了

再说，当《经济日报》1987 年用华光系统印出全国最漂亮、出版速度最快的报纸时，人民日报社花 430 万美元买的两套美国 HTS 公司的照排系统也进入了安装调试阶段，结果如何？

就像上帝故意为难 HTS 公司，该公司派人在人民日报社长期调试，到 1988 年底两套系统仍故障频频，效率太低，最终成为"死机"。美国 HTS 系统的价格是当时华光系统的 15 倍，如此昂贵的设备竟是这样一个结果，谁也没有料到。

HTS 公司在无计可施的情况下，派人到北大找王选，希望购买王选的专利技术，以拯救骑虎难下前程可危的公司。王选没有说不卖，却用对方无法承受的"天价"让对方自己退了回去。

此时，人民日报社也感到压力很大，来请王选帮忙。

"王老师，您愿意帮我们吗？"来人说。

"没问题。"

王选带宋再生、肖建国、王列、王会民等技术骨干去人民日报社，对 HTS 公司的照排系统进行全面检查、剖析，随后改造，将"死机"救活。《人民日报》用以出报，速度比先前快 20 倍。

据说，这件事让人民日报社的人也很感慨。为什么我国有一个"先进"出现时，我们竟难以相信？那么，落后的就不仅是技术了。我们在哪里丢失了自信呢？

1989 年春天，美国 HTS 公司的总裁离开中国前，向中方表达了他对中国人的杰出发明的尊敬，并告说：为搞中文激光照排系统，他们付出了惨重的代价。而且，由于中国《人民日报》的名声之大，美国多家华文报纸都在关注 HTS 公司打入中国头号大报的状况，而 HTS 公司因失败而失去的声誉是无法挽回的。"今后，地球上再没有 HTS 公司了。"

王选还来不及想到自己的努力会使美国 HTS 计算机公司破产，仿佛有一种怜悯来到王选心中，他以同样的心情，向美国人也曾为中文激光照排付出的艰苦努力表示敬意！

1989 年，北大新技术公司就像在北京未名山庄开展示会那样，由晏懋洵率领，一个省一个省去开展示会，张兆东总是打前站，活生生一个开路先锋。华光Ⅳ型系统由此在我国新闻、出版、印刷业波澜壮阔地前进。这年，销售额首次突破一亿元。就在这年底，1989 年底，所有来华的研制出汉字激光照排系统的外国公司，全部退出中国大陆市场。

胜利的到来，仿佛是一夜之间，体验胜利，欣赏胜利，是不是很愉快呢？一天，吕之敏告诉王选：

"我要走了。"

"去哪儿？"

"澳大利亚。"

吕之敏正是 1978 年王选组织队伍最困难的时候来到这个项目组的。前面说过，在当时许多科技教研人员忙于出国、写论文的年月，王选的硬件组曾经走得只剩下王选和吕之敏两人……如今，吕之敏是华光Ⅳ型照排控制器的研制骨干，在这儿笑声朗朗地奋斗了 12 年，在看到华光系统进入香港市场的 1990 年，才说要随丈夫去澳大利亚。

临走之前，吕之敏突然泪不能禁，大哭一场……因为这项工程太难太难，因为过去的十多年太珍贵，那就哭吧！为我们曾经义无反顾地为祖国效力下泪，为我们自己的优秀下泪，这是深深地被自己感动、被互相感动的眼泪，这是高贵的眼泪！

● 同时代的消息与参考故事

1985 年英特尔推出 32 位元的 386 芯片，内含 27.5 万颗晶体管。这年，英特尔先后在台北和北京成立分公司。

此时，IBM 仍然沿用 286 而拒绝升级，这使英特尔不无焦虑。正是 IBM 这"不用 386"，信息产业崛起一批后起之秀，发生了一系列 IBM 始料不及的事情。康柏是靠生产与 IBM PC 兼容的兼容机起家的公司，1986 年康柏在 IBM 没有进入 386 的情况下最先推出 386PC，结果迅速发展为全球瞩目的电脑公司。

同年，台湾宏碁公司也推出 386PC。宏碁公司是施振荣 1976 年 32 岁时领头创建的，一开始就引进微处理器发展台湾的电子产业。1984 年施振荣派了 6 位科技人员驻硅谷一年，专门研究 32 位元架构，英特尔 386 芯片刚完成，宏碁公司很快就推出 386PC，自此崭露头角，很快发展为世界著名的电脑公司。

不久，生产 386PC 的公司越来越多。一些电脑公司还借 IBM 的巨大影响叫响"领先 IBM 推出 386"的口号。众多 386PC 迅速夺走了 IBM286PC 的市场。IBM 从 1987 年开始出现持续亏损。曾经在世界信息产业独领风骚的蓝色巨人正在失去昔日最耀眼的光环，英特尔和微软，则在迅速成长为新的巨人。IBM 为什么不用 386，为什么拒绝升级？

第十一章

——

知识的价值
（1989 年——1992 年）

比尔·盖茨成为世界首富，意味着一个不同于传统工业时代的知识经济时代正在出现，而且在风暴般地席卷世界。青年比尔·盖茨因看见一种新机遇而大受其益。如何把知识变成知识经济，在中国还是初见端倪，但也意味着，你面对着一个新的机遇。

1 初识求伯君

1989 年张旋龙主动来找张玉峰，带来了求伯君刚开发出来的金山汉卡和不久就将闻名全国的初版 WPS。这是一群发展知识经济的英雄好汉在开辟道路的年月彼此相遇，互相创造的故事。

张旋龙第一次遇见求伯君还是在 1986 年冬，他带金山汉卡到北京，头一天交给四通，第二天一早再去四通，一开机，发现电脑里的"金山公司"全部变成"四通公司"。

"谁干的？"张旋龙立刻问道。

无人答话。张旋龙发现别人以为他生气了，其实他是惊讶，谁把版权页的字变了呢？张旋龙随即笑道："干得挺漂亮的。"

"我们有个电脑小子，昨晚干到很晚。"有人答话。

张旋龙记起自己昨晚从北大回来很晚了，中关村一片冷清，北风打着呼哨，远远近近只有这店里的灯还亮着，不免奇怪，四通是很节省的，这半夜了还亮灯？

"昨晚，就是他在干活？"张旋龙问。

"没办法。他就是晚上干活，白天不上班的。"

"他在哪儿，我一定要看这个人。"

"他就住在颐宾楼。"

然后张旋龙听到了求伯君的姓名，得知他是四通招收的第一个由公司为他支付住宿费的外地员工，"四通为他租了一张床位。"正说着，求伯君来了。多年后，张旋龙这样描述："求伯君那时很瘦，长得像一个女孩，裤子宽得不得了。穿一件大衣，戴个帽子。"

求伯君自此也知道了，张旋龙就是那个带来汉卡的香港老板，他说他对那汉卡很感兴趣，想再来看看。第一次见面就这样，没说几句话，但留下了一个仿佛"一见如故"的印象。从四通走出来，张旋龙想："只给他租一张床位？委屈这个人了。"

又一次，张旋龙有一批电脑里的 BIOS 有问题，机器启动不了，他就找求伯君："我这东西是在香港请人弄的，有毛病。你帮帮忙？"求伯君说："试试看。"

第二天，张旋龙去看，求伯君已经弄好了。"就这两件事，"张旋龙说，"我看出，这人是真有水平。"

第二年求伯君调到深圳四通，公司让他负责一个经营部，经常与他做生意的是旋龙之弟张小龙。张旋龙也与求伯君有了较多接触，得知求伯君想搞一个更好的汉卡，写一个更好的文字处理系统以取代微软的 WordStar。这个想法在张旋龙看来是个很有"民族心"的雄心壮志，令张旋龙对求伯君肃然起敬。

张旋龙打算为求伯君提供开发环境了。求伯君能不能开发出来，张旋龙的投入能不能得到收益，有多大收益？这将是投资，是决策。"你凭什么决策，怎么知道他一定能成功呢？"我问。

"你自己不懂，要相信人家。"张旋龙说。

他差不多把这条看作就是自己的成功之道。在这个语境中，他说的"人家"

是指那些很有知识、很有技术的人才。他相当彻底地奉行自己确定的"相信知识分子"的"政策"。此外，他觉得这事还应该与四通商量。

张旋龙说："外面的人说我把求伯君挖走，求伯君也觉得我是挖他。其实，我不是。朋友的部下，你不可以挖的。"他说他那时就是感到像求伯君这样的人，应该赶紧为他创造条件，让他一心一意地开发软件，而不是在这里为经营提供"头痛医头，脚痛医脚"的技术服务。"我去找万润南说了。万润南说，这样的人才，我们也很难管，你张旋龙可以管，就去你那里吧！"

我问："放走求伯君，他们不觉得可惜吗？"

旋龙："他们怕求伯君去科海、联想，去了就跟他做对手了。所以说还是去你张旋龙那里吧，你把他弄去深圳弄去香港都行。"

我再问："他们是否真觉得求伯君是个人才呢？"

"那没问题。万润南就是说这人很难管。"

"可是，他为什么会觉得很难管呢？"

"我不知道。我从来就没想过要管他。"

然后聊起求伯君的过去。我得知求伯君生于 1964 年，比张旋龙小 8 岁，毕业于解放军国防科技大学，分配到石油部物探局在河北省徐水县的一个仪器厂。后来想辞职，单位不让辞职，求伯君连户口、档案都不要，抬腿就走人了。

"是不是因为这想走就走的经历，让人觉得难管？"

"求伯君离开那个仪器厂是对的。他在大学就给国防科技大学图书馆搞过一个管理系统，报纸还报道过。"张旋龙说，"公家没有很好地用这个人才，四通也没有很好地把他用起来，我看了可惜，他是一个天才。一个天生就是搞计算机软件的怪才。"

似乎想起什么，张旋龙的话停住，稍顿，接着说："其实，我也管他。包括他穿衣服、系领带，都是我教他的。包括他谈恋爱、生病，有什么难处，我都得管。他一心钻在软件里，世界有什么都不知道。他犟起来，他父母都管不住他。他心里难过，也会哭。写软件的人，心情不好根本就写不出来。所以，要容纳。不但要容纳，还要想办法让他心情好。"

听着这话，我心中不禁暗暗感动，也不免想，莫非商人作为投资的主体才会如此细致？所谓"无微不至"，不过如此吧！

1988 年 5 月，在国家批准中关村为我国第一个高新技术产业开发区的同时，张旋龙为求伯君在深圳租下一个包间，开发 WPS 的日日夜夜就这样开始。

求伯君几乎足不出户，比传统的大闺女还大闺女。不料竟得了肝炎。住院治疗，出院后继续日夜兼程地开发，肝炎复发。再住院。出院后又复发，第三次住院……求伯君竟把电脑搬到病房里去了。我听着这故事，渐渐感到，张旋龙与求伯君在这个过程中建立的友谊，非同一般。

1989 年春，WPS 的开发仍在进行，张旋龙已开始为 WPS 准备营销力量，他再次去找了万润南。

"可是，万润南不愿意跟我们合作。"

"为什么？"

"四通当时销得最好的产品是 2401 打字机，觉得推 WPS 会冲击他的打字机。我就跟万润南说，那我去找首钢。万润南说不行，首钢太厉害了。四通当时生意做到 10 个亿，首钢交的税都不止 10 个亿。我又跟万润南讲，那我找北大新技术公司。万润南说，那随便，这个小公司没关系。"

我听了感到奇怪，一个独立的香港商人，想找谁合作是他自己的事，怎会有如此的对话？旋龙说："我是可以不跟他讲的，但我觉得这是生意上的朋友，我要让他知道。"然后我想，这就是张旋龙吧！从四通出来，张旋龙坦坦荡荡地去找张玉峰。

2　相互信任是一种资源

一年半以前，是张玉峰来找张旋龙。现在，张旋龙去找张玉峰。路上，又记起张玉峰让他的那两盘棋……当然，他也想，四通在一心一意地推打字机，北大新技术公司在一心一意地推照排系统，张玉峰会怎么想呢？

没想到一谈即合。张玉峰不仅愿意组织力量销售 WPS，并愿意与张旋龙共同投资、组织对这块新汉卡的生产以及接着开发需要升级的 WPS 新版本。

我无法找回他们当初商谈的详情细节，也很难在他们今天的回顾中准确分出哪些见解是谁的，但我相信，借用"英雄所见略同"来概括他们的一谈即合，大约可也。

当然，也有一些话能分清出自谁的意识。

"我搞苹果机、Super 机，实际上都是卖加工。四通打字机的主要硬件是日本的，当然那里面也有中国人写的软件。我为什么想搞软件？搞出自己的软件，那才是卖自己的技术。我从 1980 年就开始卖芯片，这对中国虽然是有好处，但总是卖外国的东西，就始终是个代理，是老二。我想当当老大。"

张玉峰认为，四通说开发一个文字处理功能很强的汉卡会挤了他们的打字机，也说得对。现在的情况不是我们要挤他，而是目前市场上如果有这样一块新汉卡，是很赚钱的。

张玉峰与张旋龙的一谈即合，也基于他长时间以来对个人电脑的关注。北大照排系统的主要客户是报社、出版社、印刷厂。要搞信息产业，决不能放弃个人市场，那就不能放弃个人电脑。中关村的电脑市场正在发生变化，这变化可以这样表述：当张旋龙所以能生产 Super 电脑的秘密被中关村人洞悉，电子一条街上私人开电脑公司自己组装与 Super 机兼容的"组装机时代"就到来了。许多店的"组装机"还直接打出 Super 机牌号。到 1989 年，Super 机的牌子就渐渐被搞砸了。但是，数不清的"杂牌机"相继诞生，中关村的兼容机市场起来了。

大量"组装机"问世，必然会使个人电脑的价位进一步下降。当一台"组装电脑"与一台四通打字机价格相当，用户花一到二千元买一块功能强的汉卡装在电脑里，就能取代了四通打字机，同时还有电脑的其他功能。那么，大量的客户就会选择买电脑加 WPS，如此就会进一步促进个人电脑的销售。有那么多电脑在市场，在用户那里，及时搞出 WPS 供那么多电脑使用，岂不是最赚钱的吗？张玉峰与张旋龙大抵完成了这些筹谋。随后商定，各投资 8 万美元共同开发 Super 汉卡及文字处理系统 WPS。

"但是，"我问，"张玉峰为什么一下子就相信开发 WPS 一定能成功呢？"

"张玉峰这人很厉害，他也是会相信人。只要相信你，就相信得不得了。"张旋龙举例说，还没有合资的时候，我们就有了合作，不仅是卖 Super 机。他们生产照排系统，从美国进口元器件要通过香港转口，张玉峰也请我在香港帮忙。他要我帮助进货，口头说一声，几百万元就调过来了，没有合同的，也不怕我把款卷走。"他对你一旦相信，就相信到没有防人之心。"

似乎言犹未尽，张旋龙又说："万润南很早就想我到四通当副总裁，我说我不要。我跟你平起平坐多好。让我当副总裁，你还管我。我不要。但是后来，我去当了张玉峰的副总裁，这里面你就可以看出，张玉峰有他的魅力。"

张玉峰的故事让我再次想起他是一个高明的棋手，当他信任一个人时，或许就像他下出一个棋子，他只认真考虑此时下哪个棋，下到哪个部位最合适，不考虑这个棋子会不会背叛他。

"他相信你就放手你去做，这样他就轻松了，这是他的一个很大的优点。"说到这儿，张旋龙笑了笑，"我也很相信人，要不，我们合得来。"

我由此感到，人与人的相互信任，是一种资源。你努力去拥有这种品质，就在拥有这种资源。

3 科企合作中的"离婚"现象

正当张旋龙来找张玉峰谈合作，香港金山公司与北大新技术公司开始密切合作之时，山东潍坊计算机公司与王选领导的北大计算机研究所发生了矛盾。

事情的缘起，是从北大新技术公司介入生产和经营照排系统开始的。应该说，北大计算机研究所能同时为潍坊计算机公司和北大新技术公司提供技术支持，王选是高兴的，因为他总是希望他们卖出的系统越多，研究所得到的技术转让费就越多。其情形好比英特尔的芯片乐意提供给 IBM 使用，也乐意提供给康柏等任何计算机公司使用；同样，微软的软件乐意提供给全球任何计算机公司，多多益善。王选主持研发的技术，包括照排系统控制器（芯片），也包括相应的一系列软件，能有多一些公司来使用，怎能不是更好呢！

在以往的合作中，潍坊计算机公司每售出一台设备付给北大计算机研究所的技术转让费是一万元，这已经是低价格了，后来潍坊方面连这点钱也迟迟不支付，以至发展到北大方面不得不诉诸法律，通过法庭来解决。潍坊计算机公司与北大计算机研究所的合作也中断了。

改革开放以来，科研所与企业之间发生的此类矛盾不少。王选曾在他的文章中写道："有人对高校与企业的合作做过一个统计，凡只有技术合作和转让合同而没有经济实体的，最后大多数都'离婚'，原因之一是知识和技术的价值未得到应有的体现。"

我讲述这个故事，没有要论谁是谁非的意思。王选在改革开放之前，就那么自觉地把自己的技术去与企业结合，王选、陈堃銶、吕之敏等人都一次次去潍坊，那是一次次把"高新技术"送到厂里去，这无疑是可贵的。而潍坊计算机公司早于 20 世纪 70 年代就勇于在高技术领域吸收"尚未成熟的科技成果"，开发出产品，为更新我国的印刷业做出重大贡献，同样永远值得人们尊敬。

由于历史的原因，我国的科研力量主要集中在高校和科研所，企业的科研能力弱。我们虽以"技术转让"之类的方式来沟通科研机构与企业之间的关系，但科研院所和企业之间存在的鸿沟还是很深。这是一个有待解决的问题。

当北大新技术公司与王选领导的研究所合作，双方都隶属北大，知识分子与知识分子合作，是不是会更好一些呢？

这个问题姑且先放下。1991年初山东潍坊计算机公司单方面宣布推出新一代"华光系统"，同时把广告做到北大门口来，并通知北大新技术公司，你们不可再使用"华光"品牌，因"华光"是潍坊计算机公司注册的。既然是两家公司在竞争，潍坊的意见是应该尊重的。北大新技术公司正在销售的照排系统突然失去品牌，北大的知识分子得赶紧为自己的产品取个新名字了。

有人提议，就以王选的姓名为照排系统命名，王选不同意，认为"这样不利于团结更多的人"。新技术公司在北大校报登启示"征名"，应征者提供了近百个名字。经多方讨论筛选出几个，送到王选办公室。

这是1991年3月8日黄昏，王选的目光最后落在"北大方正"四字上，这四字被试印在一张假定的广告上，是琥珀体。这张"广告"是周瑜采送进来的，她负责征名工作。王选的第一印象是感觉"北大方正"四字被印成琥珀体很好看，有亲切感，但他望着那字，心中仍在斟酌。

想出"北大方正"四字的是北大《国学研究》编委、北大党委宣传部部长赵为民。他对这四字的解释是：

北大方正，由"点横竖撇捺，横折竖弯勾"组成，囊括了汉字的全部基本笔画，我国激光照排系统的特点正是"汉字"，汉字的特点则是方方正正。北大方正，没有繁简之分，在商业活动中，印制商标、广告，无论在大陆、香港、台湾，可以通用。北大方正，读起来字正腔圆。从形象上看，简洁朴实，顶天立地。从意蕴上看，体现的是不偏不倚，光明正大。

这个黄昏下班时间已过，不少人仍在办公室里等待王选决断。当王选看到时钟已经压在6点钟时，他拍板："就用'北大方正'。"此时，北大方正集团尚未成立，北大最新推出的第5代激光照排系统得名"北大方正"。

3月15日，因在报上做广告，"北大方正"这名首次见报。3月21日，李铁映访问北大，参观了照排系统，中央电视台做了报道，"北大方正"首次出现在电视新闻里。

4　一道鸿沟

北大的照排系统总算有了个好名字。现在可以来看看，知识分子与知识分子合作，会不会更好些呢？

1991 年北大新技术公司全员 180 人业绩做到了两个亿，真是兴旺发达，势头很好。从王选这个角度看，可以说，无论昨天还是今天，为了与最先来到我国市场的英国蒙纳系统竞争，为了赢得世界银行招标，王选诚心诚意地帮助过潍坊计算机公司，也诚心诚意地帮助过北大新技术公司，或者说，王选帮助公司与帮助自己是一致的。一个目标，就是一心一意要把 748 工程组科研开发的先进技术推向产业化。然而就在公司开拓市场捷报频传这个时期，王选遇到了未曾料及的很大困难和空前压力。

由于这项高技术产品已经进入市场盈利，国家已不再拨给科研经费。潍坊方面又中止了给北大计算机研究所的技术转让费。北大计算机研究所与北大新技术公司的合作，讲"亲兄弟，明算账"，然而公司只给研究所每套设备 3500 元的转让费，这是比潍坊计算机公司所给的更低的价格。更严重的是，北大新技术公司在组建"第二开发部"，以取代王选的研究所。

这是王选感到压力最大且最无可奈何的一个时期，他有一段回顾是这样说的："给我们的转让费已经很少，我们要组织后续的升级开发已经很困难。他们觉得我们提供的技术，公司招收的科研开发人员也可以做。那段时间很多人批评我，说我们研究所应该自办公司，否则我们没有任何销售渠道，人家愿给我们多少钱就给多少钱，愿意把我们甩掉就甩掉，我们毫无办法。"

我该怎样来描述这段故事呢？我想，这仍然是"科企合作"的矛盾在一对新的合作伙伴之间重演。

在王选与北大新技术公司的合作中，技术方面有上游、中游、下游三个部分。王选领导的是上游的科研开发，中游是如何把技术变成产品，亦即研究所与公司接合部的开发工作，下游是公司方面直接为市场服务的技术工作。这次矛盾，起初是公司里从事下游工作的几位年轻人在阅读美国杂志时看到，美国搞出的一种 PostScript 语言是更先进的技术，几位年轻人出于个人爱好和冲动就自发性地着手开发。当时分管公司软件部的副总经理是黄禄萍，还记得吗，1975 年黄禄萍曾经是北大第一个认识出王选方案有巨大价值并给予王选支持的人，现在，他同样认识出自己手下几位年轻人的开发具有很大价值，给予了支持。楼滨龙也给予了支持。于是有一种说法开始在社会上流传：

"王选的技术过时了。"

"王选也不行了，被排挤了。"

在王选这边，王选不是不知道美国出现 PostScript 语言，他同时知道，在 80 年代支持照排机 PostScript 解释器的速度还很慢，随着器件和算法的改进，PostScript 速度问题到 20 世纪 80 年代末才逐步缓解。这期间王选领导的研究所还有一些更重要的事得先做，比如我们的系统还不是彩色印刷系统，如不能解决彩印照排技术，就无法进入完全被外国彩印技术垄断的港澳台市场；我国内地随着经济发展，报业也会有很大的彩印需求，如不能迅速解决彩印问题，我们已有的非彩印市场也会得而复失。所以王选在 1990 年下半年才开始安排开发 PostScript。

北大新技术公司的软件部比王选先半步开发 PostScript，并准备取代王选领导的研究所。应该说，一个企业，建立自己的科研机构本无可厚非，而且是应该的。问题是，王选辛辛苦苦研究开发了这么多年的果实，提供给山东和北大的公司后，公司起来了，自己就到了该被抛弃的下场？

矛盾不可避免地发生了。在公司方面，晏懋洵与张玉峰都主张公司必须全心全意与王选合作，不能搞第二开发部。

晏懋洵认为，年轻人在工作中有了创造的灵感，此项创造又是积极的先进的，领导应该支持。但是，我们可以把这几位年轻人归王选领导。否则，我们这边从事的开发与王选的开发有部分是重复开发，这里就有资源的浪费。更重要的是我们和研究所的矛盾如果不能妥善解决，对双方都将带来严重损失。

晏懋洵对楼滨龙和黄禄萍谈了自己的意见，希望能被采纳，曾经得到认同，但黄禄萍最后还是没有采纳。黄禄萍并且把"第二开发部"搬到公司外面去，在外继续搞开发。楼滨龙对此默认。矛盾在继续发展。有关王选技术过时的说法从北大新技术公司传出，在北大，在中关村流传。

"楼滨龙还只是在领导层内部说，黄禄萍在很多公开的场合就讲研究所的技术已经没有优势。"当我从王选口里听到这话时，我听到一种感伤。

1975 年数学系的黄禄萍老师不仅辨认出了"王选方案"的价值，还为王选主持了"王选方案"介绍会，在那"才冒点绿芽"的时刻，黄禄萍所给予王选的支持是多么大，现在，为什么不继续支持王选呢？

"黄禄萍有科研能力，也有事业心，也想做一些事情出来。"有人这样对我说，"PostScript 语言的出现，能抢先开发，是一个机会。"并分析道，如果他今天是其他公司的领导，组织人与王选竞争是合理的。或者，他今天的角色是一位从事科研的人员，开发这项技术与王选竞争，也是对的。但是，他今天的角色已经不是一位科研人员，是企业领导，就应该站在领导者的角度从公司全局的利益去考虑问题，而不是从争取搞出发明创造的成果方面去考虑问题。

我曾向晏懋洵请教：如果公司继续搞"第二开发部"，会怎样？晏懋洵老师说：会矛盾恶化，造成合作破裂。即使公司把 PostScript 语言开发出来，仍然需要王选那边的"芯片"和其他一系列技术才能有大的作为。一旦合作破裂，就会给双方都带来灾难性的损失。

损失事实上已在发生。公司给研究所的技术转让费一直压在很低的价位，这是要害的事情。研究所缺乏必要的经济实力就很难支持创新的科研开发，很难留住人才，那么技术过时就会成为事实。我们目前虽然在国内市场销售很好，香港还只有一些小的报纸刚刚采用方正系统，国际竞争仍然激烈。我们被国外同行追上以至被淘汰的危险仍然是存在的。如彼，再眼睁睁地看着市场得而复失，锦绣成灰？

"我们可以自己办公司呀。王老师，为什么不办公司呢？"

是啊，王选怎么想的呢？

眼下，不仅与潍坊有"官司"问题，与北大自己办的公司也有"哑巴吃黄连"说不出来的苦楚，王选又在经历着另一种"内外交困"，处于非常尴尬的境地。

此时，北大陆续涌现出不少"系办公司"，王选领导的研究所里已有一大批博士、硕士，其中不乏有市场眼光者，纷纷发问：我们为什么不自办公司？

也许真应该考虑自办公司了。王选领导的研究所，在科研开发方面做了类似英特尔的工作，又做了类似微软的工作，但是，英特尔是公司，微软也是公司，王选领导的只是个研究所。研究所不是经济实体，所谓"技术转让费"其实很靠不住，靠一点技术转让费和国家有限的拨款要科研开发出创新技术，以保证一个产品在一个开放的世界保持着先进性，是不可能的。

王选似乎又一次走到了一个人生抉择的面前，他应该在此作出他人生的第六次选择了。可是，王选迟迟未做决断。为什么呢？

张玉峰坚持认为公司与研究所是唇齿相依的。他说，"王选不是王选一个人，是领导着一批能人。你说我们在技术上也能做到。我们没有先例。王选有这经历，他懂得深浅，懂得怎样向前发展。"

这一时期，张玉峰主张的与张旋龙合资开发汉卡，起初得到了公司领导层一致认同，投入开发后，楼滨龙与张玉峰发生了分歧。同一时期，楼滨龙对南方的房地产发生了兴趣，前往考察并要把资金投入开发南方房地产，张玉峰在公司一直负责资金运作，坚决抵制，与楼滨龙的分歧日益增大。

换句话说，现在，不仅公司与研究所之间有矛盾，公司内部高层领导之间也发生了矛盾。

一天，张玉峰召集公司在京全体中层干部开会，据说他在会上只讲了一句话："由于本人目前的健康状况，我辞去公司副总经理职务。"

大家尚未反应过来，张玉峰已起身离位，回家去了。

干部们面面相觑，不知还会发生什么。

北大计算机研究所与潍坊计算机公司的矛盾，以及与北大新技术公司主要领导人之间的矛盾，不是他们自身特有的问题，仍是科研部门与企业之间的矛盾。可见我国科学家与企业家的结合多么重要。上述合作及其矛盾，都是宝贵的实践中的组成部分。我们该怀着尊敬的心情来看待，并期望得到良好解决。

● 同时代的消息与参考故事

IBM 为什么不愿对 286 PC 进行升级？从进军 PC 市场以来，到 1985 年，IBM 已占有全球微机一半以上的市场，获得巨大成功，同时还拥有先前的大型机和小型机市场。IBM 不用 386 芯片的关键性原因是，286 PC 用的是 16 位元的芯片，386 芯片则是 32 位元的，大型机也是 32 位元的，IBM 认为如果自己一旦采用 32 位元的芯片做微机，不少原本在大型机和小型机上处理的工作就会移到 PC 上，那就会冲击它自己的大型机和小型机市场。IBM 认为个人电脑有 16 位元的芯片也就够了。

世界信息产业的发展如果能听命于 IBM 这位计算机皇帝的安排，对 IBM 当然是最理想的。然而这是一场信息革命，许多小公司掀起的 386 大潮迅速取代了 286 市场。386 PC 的问世不仅夺走了 IBM 的微机市场，也无情地削减了 IBM 大型机和小型机的市场。

1989 年，英特尔推出 486 芯片，内含 120 万颗晶体管。

1990 年，美国 DELL 公司和中国台湾宏碁公司率先推出 486 电脑。微软推出 Windows 3.0。

英特尔总裁葛洛夫说：IBM 失去对个人电脑业的控制地位，是因为 1986 年不愿采用英特尔的 386 微处理器。"从此，我们两个新手（英特尔和微软）陪一个老手（IBM）游戏的时代结束了。"

第十二章

——

通往市场的道路

（1991 年——1993 年）

古代社会的主体经济是农业经济。现代国家因企业经济的勃兴而兴起。中国教育常鼓励孩子们从小立志当科学家。当代中国社会，呼唤企业家有甚于呼唤科学家，看看这个故事，一个中国学生敢不敢由此萌生一个大志？

1 王选四请刘秋云

"我们为什么不自办公司？"研究所的人们一再问。

王选迟迟未决。他正组织对彩色照排系统的开发。要使研究所的实力处在前沿，不但要稳定住现有队伍，还要增收新生力量……有许许多多的事使王选越来越感到自己顾不过来，他迫切需要有人来帮助他搞管理。他开始在北大物色人。一天，时任北大副校长主管教师聘任工作的陈佳洱向王选推荐道：

"我告诉你一个人。"

"谁？"

"刘秋云。"

陈佳洱对刘秋云的深刻印象始于 1988 年在荷兰与刘秋云的一见。那时陈佳洱率中国教育代表团到欧洲考察我国留学生工作，刘秋云是中国驻荷兰大使馆一秘，也是教育处的负责人。他负责留学生工作，也负责接待我国大学、科研院所到荷兰的访问学者和进修人员。在工作中最让刘秋云感慨不已的就是我国出来进修的教师、学者都年龄明显偏老。

"我们有许多教师快50了不是教授，荷兰方面带他们做课题的外国教授才40来岁。"刘秋云作为接待者，一再深感尴尬。他还说，"荷兰的教育部长也才48岁。"

荷兰东接德国，在世界近代史上是先英国强大起来的国家，曾是欧洲的海上霸主，迄今拥有世界上最大的海港鹿特丹。这个只有4万多平方公里的国家有1450多万人，人口密度远高于中国，教授、学者在人群中的比例也远高于中国，而且年轻，给你的感觉就是这个国家非常年轻，朝气蓬勃。

刘秋云一再经历的尴尬场景并非荷兰才有，在欧洲各国中外学者相遇，莫不如此。北大派出来进修的教师也不年轻。刘秋云身临其境，常常是在内心呼唤：祖国啊祖国，你为何不年轻！

陈佳洱的欧洲考察，必也有亲身感受，与刘秋云在驻荷大使馆的交谈一定是发生了共鸣。刘秋云归国回到北大，陈佳洱起初希望他到北大现代物理中心工作。这个物理中心的主任是美籍华裔诺贝尔奖获得者李政道，副主任是陈佳洱。现在，陈佳洱把刘秋云推荐给王选，王选如何能不重视！

从1990年4月到1991年4月，整整一年，王选亲自登门请刘秋云竟多达4次。王选为什么非要请到刘秋云？刘秋云何以迟迟不肯"出山"？

2　诚心诚意的力量

在欧洲多年，刘秋云越发忘不了故乡的"相思桥"。

村前的相思桥有两码头、48个墩……1948年王选在上海进私立中学时，刘秋云在湖南乡下的相思村读小学二年级，是个私塾。上中学时，家乡改称朝阳公社相思大队了。有趣的是，"相思"这名没变。故乡人有勇于到外面闯世界的传统，村人留恋"相思"这名。相思村属于叫双峰县。刘秋云少时，他的父亲却在隆回县当工人，不是什么大工厂，只是个做糖果糕点的食品厂。然而这毕竟是到外面的世界去闯生活了。母亲在相思村种地，少年秋云随母亲长大，但牢牢地记住了父亲的一句话：好好读书，将来出去做大事。

小学读完，该考初中了，离村8里地有一所中学，"我不愿考这所中学。"村里不愿考这所中学的不止刘秋云一人。"我们决定去邵阳市参加考试。"

从相思村到邵阳市有100里，他们是步行去的。刘秋云至今记得与他同去奔考的同学叫邓吾生，"由他舅带我俩去。"1954年初夏的一天，天上还有晨星，3人穿草鞋走过相思桥上路，鸡鸣之声在身后的村庄里此落彼起，稻田里湿漉漉的水气沁人心脾……他们直走到日落星辰再起，总算看到了邵阳市的灯光。

回想起来，那也是一种决心，一种气概。百里奔考，刘秋云考上了邵阳市天继中学，也是一所私立中学。到高中毕业，整个中国就不存在私立学校了。1959年刘秋云考上了北大化学系。

一根湖南扁担，一头挑着小木箱，另一头挑棉被，脚下穿麻草鞋——那是用麻织的高级草鞋，刘秋云是这样来到北大的，同几年后从陕西背一袋馍来到北大的张玉峰，其实挺相似。

大学毕业填志愿可以填三个。刘秋云在第一栏里填上"服从分配"，在第二栏里填上"服从分配"，在第三栏还填上"服从分配"。刘秋云被分配留校，在北大外国留学生工作办公室工作。后又长期做人事工作，又到国家教委留学生司和我国驻外使馆做留学生工作，还编过一部《教育人事文集》。由于他与教授们比较熟悉，对大学青年工作以及留学生工作也熟悉，所以，刘秋云的经历中确实有帮助一个科研所搞管理工作的宝贵资源。

"可是，这是我不熟悉的领域。"他诚恳地对王选说，"我不熟悉计算机研究工作，也不懂市场。"

他觉得自己若答应下来是不负责任的。当时还有4个地方可供选择：外国留学生办公室，北大人事处，北大审计处，北大出版社。他觉得这4个地方自己都可去。

"我已经51岁了，难道还从头学？"刘秋云说。

"我54岁了，我也不懂市场，我也在学。"王选说。

"来吧，还可以干10年。咱们再奋斗10年。"王选又说。

刘秋云说我终于被王选的诚心诚意打动，被他说的"再奋斗10年"打动。那是1991年5月8日，夏天在窗外浓浓郁郁了。刘秋云说，我答应了。5月9日，我来报到。当时研究所46人，我是第46人。

　　刘秋云被北大任命为研究所副所长。作为所长的王选，个人填表时在"政治面貌"栏填的是"群众"，刘秋云又成为研究所的党支部书记，还兼工会主席。行政一摊被移到刘秋云肩上，他自然成为替王选分担压力的人。王选也透出了笑容，声称找到一个"政委"。

　　在这个"政委"的合作下，从1991年下半年开始，研究所人员的奖金变成了"隐型奖金"，人与人之间的奖金差距逐渐拉大，以至最高的和最低的可相差4～5倍。然而，这就是刘秋云所参与的重要工作吗？

　　"人的工作"是一个复杂而细致的工作，有许多事情也不是用经济方式可以解决，不是用数字可以衡量的。刘秋云与我谈王选曾以三字概括他的三个特点：直、实、急。

　　直，是说他正直和直率。实，是说他笃求真实，也非常实在。急，是说他一旦感到要办的事，常常等不得过夜，立刻去办。这是他多年来与外国照排系统争夺市场形成的工作作风。当然，也不排除一定程度的急躁。

　　说王选"直、实"，刘秋云还有他非常特殊的感受。比如王选发现谁有某个缺点，如果这缺点对大家的工作很不利，他就会去给对方提出来。为了让对方相信自己所讲的言之有据，他会像做数学、几何的证明题那样，相当严谨、准确地把你的问题"证明"出来。或者说，更像写科学论文的引证那样，相当精确地提供出自己所讲的这事的"出处"，告诉你，这是谁说的，谁看见的。

　　他这么说的时候毫无恶意，充满好心，非常诚恳。

　　一个人恐怕只有非常纯粹，才可能做出这么可爱的事情。

　　这是一种罕见的相当纯粹的科学家性格。遗憾社会并不是这么纯粹的，那些或许本该"忽略"的"出处"，一旦被"精确"，就更有麻烦了。刘秋云到所里不久，就发现了自己在这方面有工作要去做，并做得不动声色。

　　日后，刘秋云是方正集团的党委书记，没有人会觉得刘秋云的存在对谁有压力，又有谁能说出刘秋云有多少成就呢？刘秋云戏称自己是方正集团的"开会大员"。由于刘秋云也是研究所的党委书记，上级召集开会，方正集团和研究所的党委书记都得参加时，刘秋云一去就一个顶俩。"除了点名要王选、张玉峰等人去开的会，几乎所有的会，科研的、工会的、学生的、保密的、保卫的、计划生育的……都是我去参加。"

不仅会多，许多会都强调要主要领导人来。刘秋云来了，他是党委书记，够主要吧。刘秋云也说自己是公司的"信息交通员"。由于他是党委书记，许多事他就及时处理了。似乎有他这么一个人"内外交通"，王选、张玉峰才得以较少地被会议困扰。

需要报评奖了，刘秋云积极抓填报，为王选的成就，也为王选学生的成就，写意见，盖公章，呈送，甚至帮助领奖。有许多奖从他手上过，没有一个奖是他的。究竟有几人能说出刘秋云的成就？

一个党委书记默默地工作着，竟使人不觉得他有何成就。这让我想起老子论政，曾把"治政"分为四个层次，其中把"人们感觉不到统治者为我们做了什么"视为最高层次，认为最好的行政就是："功成事遂，百姓皆谓：我自然。"刘秋云在王选最困难的日子里被王选请来管"行政这一摊"，从这时起就与王选配合得非常默契。许多年来，许多有成就者相继登台领奖，刘秋云在台下鼓掌……该运转的都在运转，而浑然不觉刘秋云有什么成就。这没有成就的成就，我可以忽略吗？

从与王选"搭档"开始，刘秋云就对王选非常尊敬，在一切方面努力去理解他，配合他工作。作为党委书记，刘秋云的工作充分体现了"服务"，所谓"领导即服务"，所谓"服从、服务于经济建设"，在这里不是什么理论问题，而是特别宝贵的实践。作为个人，他们的高素质、修养和人格力量也跃然其中。

就在王选与刘秋云精诚合作的时候，北大新技术公司领导班子的危机继续加深。从 80 年代中关村起兴以来，有不少公司昙花一现，今已不存。有不少公司一分为二、一分为三……北大新技术公司的前途将是什么？

1992 年 6 月底，北大做出决定，楼滨龙卸任。同时任命公司常务副总经理晏懋洵为总经理。

晏懋洵认为，在过去的日子里出现的种种矛盾，最关键的还是要不要与研究所密切合作的问题。楼滨龙虽然离任了，但我们不能忘记，"把方正的基础奠定在与王选的结合上，这是在楼滨龙领导下奠定的，是楼滨龙对公司的重大贡献。"张玉峰也认同这个看法。

我们还该记住，1990 年楼滨龙荣获了第二届全国科技实业家创业奖金奖。每届能获这个荣誉的全国只有 10 人。这个荣誉并不因为楼滨龙的卸任而减其光辉。这个荣誉表明楼滨龙在我国新兴生产力萌生的时期为民族科技产业的进步作出的卓越贡献，也是北大新技术公司的贡献。

日后，王选说方正的成功得益于"有科学头脑的企业家和有市场眼光的科学家的结合"。不能忘记，这种结合是从楼滨龙开始的，是由楼滨龙、张玉峰、晏懋洵等方正企业家和王选共同奠基的。

这就是历史。一个民族或一个人，若失去历史也会失去前途。在一切共同奋斗的地方，都不可能没有分歧。奋斗，不免有失误。在我国企业，特别是高技术企业艰难地摸索前途的时期，不少人以自己的成功或失败为后人积累经验、铺垫道路。

楼滨龙卸任，晏懋洵把担子挑起来。张玉峰回公司继续担任副总经理。新的领导班子同王选有了更密切的合作。从前公司给研究所的技术转让费最高时全年240多万元，晏懋洵主持工作不再按支付"转让费"的形式给研究所付款，而是让王选根据发展的需要作出预算，公司给研究所拨款。这种方式使合作中的"两家"变得更像"一家人"。头一年公司给研究所的科研开发资金就达到600万元，第二年又增加到近1300万元，这有利于研究所迈开大的步伐，对方正未来的发展至关重要。

应该说，公司与研究所之间虽然发生了矛盾，公司领导人之间发生了分歧，但这些矛盾还是解决得比较好的，标志之一就是矛盾并未使公司和研究所伤元气，相反，双双都朝前发展了。公司新的领导班子产生，无疑使公司发展进入了一个新的里程。

3　谁成全了求伯君

北大新技术公司是以经营照排系统立身名世的。一张小小汉卡，在方正集团的发展中究竟有多大的意义？

照排系统面对的是报社、出版社、印刷厂等单位。汉卡及WPS是供微电脑使用的，这是北大新技术公司做的第一个"大众化"产品，其意义不仅在于赚钱，更在于开始涉足通往"个人用户"的领域。

值得记住，世界上最大的用户就是个人用户。

在这个开发汉卡的故事中，我们已知的一个最出名的英雄就是求伯君。1992年后中国许许多多用电脑的人，一开机就会先看到 WPS，同时看到"求伯君"的名字。那时在中国电脑行业，在千千万万拥有电脑的办公室里，最著名的人物不是美国的比尔·盖茨，也不是中国的王选，是求伯君。

但是，除了知道有个求伯君，极少人知道求伯君的过去。

求伯君的父亲叫求梅千，听起来像一个大艺术家的名字，却是一个穷乡僻壤的农民。少年求伯君曾随父母养猪、放牛。或可说，是跟母亲出远门讨饭的日子打开了少年求伯君的眼界，也打开了他父母的眼界。求梅千夫妇所做的最聪明的一件事就是不管日子多么难下决心要让孩子读书。求伯君小学毕业考上了离家 8 里地的公社中学，他每天早去晚归，着实锻炼了体力也锻炼了毅力。报考大学，他填报的第一志愿是东南大学数学系，却由于成绩出众而被解放军国防科技大学提前录取。大学毕业他被分配到石油部物探局在河北徐水的一个仪器厂。几年后当他想辞职，单位不同意，求伯君索性连户口、档案都不要，走了。

这故事发生在中关村电子一条街刚刚兴起的年头，是要有点儿英雄气概的。这个人从此以自己选择的方式去问一生的行动，去做自己愿做的事，这就是求伯君在这个年代的故事的开端。

前途将会遇到什么？不知道。只知道要靠自己的能力去生活了，求伯君在离开徐水去谋生的途中开发出了自己的第一个文字打印软件，并把它命名为"西山"。

那是他的故乡，1964 年他就诞生在浙江东部一个叫西山的小山村。你可以看到，20 岁的求伯君还是一个非常有感情有激情的人。他带着西山软件只身来到中关村。四通出价 2000 元买下了他的西山软件，并马上聘用了他。然后他才与张旋龙相遇。

现在是 1992 年，求伯君要出名了。他将是人们看到的幕前英雄。在幕后成全他的除了香港的张旋龙，还有北大的张玉峰和张兆东。这"三张"形成的扛鼎之力，或可谓"三英推伯君"，在我国发展微机软件的早期，成就了一段轰轰烈烈的中国佳话。

对北大新技术公司而言，开发汉卡还有一个重大意义。从前经营照排系统主要是直销。经营汉卡得搞分销。这就不仅是在产品方面进入一个新领域，在经营方面也将去经历新的"练摊"。在这个过程中，张兆东成为开路先锋。

张兆东是共和国的同龄人，1969年6月从浙江来到内蒙古巴彦淖尔盟磴口县巴彦高勒站生产建设兵团，这农场先先是个劳改农场，地处黄河以西，与宁夏相邻，离甘肃也很近。巴彦淖尔盟的西部和北部是草原和沙漠，磴县在东，可种粮。

在兵团，他种小麦、玉米，也种过"河套蜜瓜"，并像鲁迅作品里的闰土那样夜宿瓜地，月下看瓜。他也盖过房，当过仓管员。他的远在故乡的父母都是会计师，他在兵团也做过会计。对他锻炼最大的恐怕是"曾经管过全连100多人的伙食采购"。

经历过那种"知青生活"的人都能理解，要从那片岁月走进大学，并不比今天成为大学生容易。1973年大学招考工农兵学员，奉行"自愿报名，群众评议，领导审批，学校考试"的12字方针，张兆东原是"老三届"高一的学生，好不容易获得填报志愿的资格时，他放胆就填上了北大的"空间物理"专业。别人问他："这专业是干什么的？"

"不知道。"他说，"可能跟上天有关吧！"

内蒙的天空蔚蓝而高远，在当了4年知青后，张兆东填报"空间物理"专业，是一种想飞的感觉。命运像梦想的那么好，他被北大录取了。

"师部来电话了，让你去师部拿录取通知书。"

"我被录取了吗？"

"是的。"

师部在县城，包兰铁路经过那里。他在团部先办好了离队手续，然后去师部拿录取通知书，拿了就去坐火车……他说他到北大的当天下午知道了美国著名记者斯诺骨灰的安葬仪式就是今日在北大举行。如此，张兆东到北大的这一天是1973年10月19日。这天，周恩来总理亲临北大未名湖南岸的埃德加·斯诺墓地，邓颖超主持仪式，斯诺夫人在墓前讲话，斯诺的女儿也来了。参加仪式的海内外人士有300余人。张兆东没有看到这个仪式，但这个消息给他的感觉是：我确实到了北大，这毕竟是北大！

那时知青都说自己是"修理地球"的人。24岁的张兆东到北大才知空间物理专业属于地球物理学系，想想自己本以为这个专业跟上天有关，此时的感觉宛若从天上又掉到地球上。

进一步，张兆东知道了，自己所学的空间物理专业是个"保密专业"，因为与导弹、与军事有关。1977 年 1 月，这一届学生在冬季毕业了。张兆东是班上唯一被留校当教师的人。现在是 1992 年，张兆东被公司选派到汉卡前线来当开疆拓土的先锋。

在汉卡部，求伯君这位主要是从事科技开发的人任总经理，搞企业经营的张兆东成了副总经理兼汉卡部主任，这是一种不多见的结合。张兆东也有一个如何与求伯君沟通、合作的问题。

"我们经常吵。"张兆东说。

4 创造一个千手观音

所谓吵，张兆东总是从用户需要的角度，指出产品存在的缺陷，提出要求，甚至给求伯君限定时间，要他在这一时间内修改好。仿佛总经理不是求伯君而是张兆东。求伯君如何反应？

人说 WPS 就像是他的儿子，无论你让不让他当总经理，对 WPS 的改进，他都会全心全意去做。吵归吵，只要你没有抛开他，相反，你是如此认真而严厉地希望他的"程序"更好，这种吵，是会驱走求伯君独自写程序的寂寞的。

如果开拓汉卡市场不是很难很吃紧，也许就不会出现他们所说的"吵"。新的汉卡及 WPS 是 1990 年进入市场的，到 1991 年，同类产品竟大量出现，有些汉卡功能并不可靠，刚刚问世的 WPS 还没有真正立稳脚跟，就要被随后涌出的几十家公司的同类产品淹没了，怎么办？ WPS 还有没有前途，与张旋龙的合作如何继续？楼滨龙不像张玉峰那样坚定地认为做汉卡对公司大有好处，楼滨龙的担心也不是没有道理。反过来说，在这个背景下，要把汉卡做成功是很不容易的。

张兆东就是在这个背景下奉命去开拓汉卡市场。在第一线经营，张兆东自有一套摸索出来的经验和理论，比如怎样让利，如何尊重代理，最耐人琢磨的恐怕要算他主张"让人钻空子"。

让人"有空子可钻"，就会有人来琢磨你，跟你做生意。张兆东是这样认为的。因此在制定代理政策时如发现漏洞，只要那漏洞无碍大局，他不仅不去堵，还会有意识地留些小漏洞。

人称张兆东"会卖出破绽让众人争着占他的便宜",这话很妙。在"三国""水浒"中,常见那些"卖一个破绽就走"的故事,张兆东在当代"卖破绽",不是要陷对方于失败,是要让对方因多得利而与他合作。这办法大约是很有效的,张兆东将代理商很快发展到 300 多家。

当代经商,销售网络是极重要的,代理网络是销售网络的一部分,是公司规模的隐型延伸和扩大。见过千手观世音吗?你可以想象,一个行销网络发达的公司就有如千手观音菩萨神通广大。张兆东发展起来的代理网络后来交给总公司逐渐在各地建起来的分公司去管理,这就是公司无形资产的重要组成部分。

张兆东利用无形资产的又一个举动是,他主张把"金山汉卡"上的"金山"改成"北大",后又改成"方正汉卡"。张旋龙曾说:"张兆东很会替北大谋算,打广告用的是我们两家合资的钱,做的却是北大的名气、方正的名气。"当然,这也是张旋龙、求伯君同意的。他们都认同北大这块牌子含金量很高。

做过会计的张兆东对有形资金的使用也很会算计,为使资金周转到最佳状态,据说"由于他太算计进货出货的日期,所以总会有断货的时候"。他是不是应该再算得好一些,避免断货呢?

不。在他看来,偶有断货,倒有利于促销的。于是中关村再次出现当年张旋龙的 Super 机到货有人奔走相告的奇景,所不同的是,当年只是四通门前写出"Super 电脑到货",现在是许多商店一拿到方正汉卡就挂出"方正汉卡到货"的牌子。人们走在中关村,不留意都会随处看到"方正"字样,无怪乎张旋龙见了会说张兆东很会替方正谋算。张兆东的"偶有断货",也是他"卖破绽"的又一种表现吧。

汉卡部总共只有 12 人,这 12 人的主要任务不是卖汉卡,是联络和发货,这就是"做行销网络"。1992 年结束时方正汉卡已在全国几十种汉卡中遥遥领先。1993 年 2 月,晏懋洵在一次大会中讲到,1992 年方正出版系统的当年销售额"突破 3 亿元大关"。1993 年,张兆东继续用他的 12 个人做汉卡,截至 7 月,加上头两年做汉卡的累计销售额,也突破了 3 亿元,在整个汉卡市场占有最大的份额。可见一个小小汉卡,在当时对于促进方正的发展,也分量不轻。

张兆东说:"汉卡一块一两千元,比起出版系统是不起眼,但卖出 10 万套,我们就多 10 万个用户,多 10 万个用户的影响。"

事实上的影响力远不止是卖出 10 万套就多 10 万个用户，同汉卡配套使用的 WPS 能被大量复制。每卖出一套正版 WPS，盗版的在 10 套以上。据有关估计，WPS 的用户在中国当时约在 2000 万人。不论这个估计出入有多大，可以确定无疑的是，WPS 是电脑进入我国办公室的时期销售量最大，普及面最广的软件。1993 年 8 月 12 日，国家电子工业部部长胡启立给方正集团拍来贺电：其中写道："希望你们与香港金山公司继续携手共进，不断为用户提供先进适用的产品和优质服务。"这贺电，可以看作是国家对方正汉卡所产生的社会效益的肯定。

随着电脑的发展，软件可代替汉卡的功能，汉卡在 1995 年后就退出了市场，WPS 也遇到微软 Word 的严重冲击而大失用户，求伯君不甘失败，去卧薪尝胆试图东山再起，这是后话。

求伯君开发了 WPS，被人们看作是"中国第一程序员"。谁曾想到，这求伯君最早是香港商人张旋龙开发出来的。又有几人知道，香港商人张旋龙最早投资开发的这项事业，竟能对推动中国大陆的办公自动化进程做出历史性的贡献！

值得记住，任何一项不可能由个人去完成的轰轰烈烈的大事，都发端于某一位个人的头脑，也是具体的个人去开始筹谋和运作的，看到了这一点，或可能更易于感觉到——自己作为一个渺小的个人所蕴藏着的潜能。

5 公元一世纪的"方正"论

数不清的办公室里，打字员在问："求伯君是谁？"

电子部一位领导对张旋龙说："求伯君的名都爬过你了！"

张旋龙答道："没问题啊，我最好有十个求伯君的名都爬过我。"

这使我再次想起，在中国大陆开发出第一块汉卡 CC—DOS 的是严援朝，当严援朝 1983 年就为电子部的长城微机写出 CC—DOS 时，求伯君大学还没有毕业。尽管严援朝的创造性劳动获了国家科技进步二等奖，但严援朝是不可能在他写的 CC—DOS 上署名的。严援朝的创造寡为人知。求伯君却名扬天下，并将不断有作为。虽然我们有许许多多关于重视人才的理论和文本，但对人才的实际重视，及得上一个香港商人张旋龙吗？

上一章讲到"北大方正"一名是赵为民老师构思出来的，若干日子后，他又意外地在《汉书·晁错传》中发现了一段关于"方正"的描述，真是太妙了。这段文字是：

> 察身而不敢诬，奉法令不容私，尽心力不敢矜，
> 遭患难不避死，见贤不居其上，受禄不过其量，
> 不以无能居尊显之位。自行若此，可谓方正之
> 士矣

公元 1 世纪，我们的先人论"方正之士"写下了如此漂亮的文字，真是天意！这段话供我们"自行对照"，无论对于领导者还是普通人，都是不容易做到的啊！赵为民老师再次把这提供给方正集团，这段话及其凝聚的思想、境界，就是对方正非常重要的建设。将"方正"作为一种精神、一种信息，写在我们的科研上经营上，写在我们的旗帜上，上乘先贤，下启青年，这确然是能用以正己正人凝聚队伍的宝贵财富。

最后，我想可以这样说了，由于合作汉卡是北大新技术公司涉足的第一个通往个人用户的产品，还将导致与张旋龙的公司结为一体组成方正在香港的上市公司，为此我把北大新技术公司与张旋龙合作开发汉卡看作是方正发展中的第二个重大决策。

● 同时代的消息与参考故事

中国计算机系的学生曾一代又一代地遗憾，我们没有自己的微处理器，没有自己的操作系统，我们只能在美国人搞的平台上发挥作为，"我们不能自己也搞微处理器吗？不能自己也搞个操作系统吗？"

有些时机失去了要追回就很难。

1976 年盖茨发表《致电子爱好者的公开信》，抨击对他的第一个产品 BASIC 软件的非法拷贝。可见美国也有盗版者。但经若干年法律和道德方面的努力，美国人还是较好地接受了知识有价的意识。求伯君第一次听到有人盗他的版，挺高兴于自己写的软件竟然有人偷。到知道 WPS 的用户约有

2000 万人，90％以上都是盗版者，他就感到了自己每天都在被抢劫。

　　WPS 问世，需有张兆东等人从零开始去建代理网络，发展到 300 多家就为 WPS 取得了算得上是辉煌的成功。IBM 推出 PC 的 1981 年在全球有 10 万名员工，再加上遍布全球的一级、二级、三级代理，那就是一个更大的行销网络，IBM 能在须臾之间把盖茨的操作系统推广到世界各地。我们通常总是更关注科技力量，看看盖茨当初是怎么崛起的，你会不会对企业力量留下深刻印象？

第十三章

——

一个呼唤企业家的时代

（1992年——1994年）

女教师周瑜采奉命组建分布全国的34个分公司，公司没给她派兵点将，要她去茫茫人海中把做得动高技术企业的人才发掘出来，组成在各省区市场前线的经营队伍，这将是方正集团最大的人才资本。由此建立的行销网络，则是最重要的无形资产。如此一项重任，落到一位女教师肩上，这事将如何开端？

1 周瑜采奉命觅英才

1989年底，随着出版系统在许多省市轰轰烈烈地推进，售后服务的问题就提出来了。1990年公司派人先在广东和上海分别设"华南技术服务部"和"华东技术服务部"，加上北京本部，就是试图用"三大块"首先覆盖我国经济比较发达地区。但东三省怎么办，西部怎么办？1992年初公司决定设"企业发展部"，任命周瑜采为主任，去全国范围建分公司，把企业做大。这该是公司发展中的第三个重大决策。

这件事还是楼滨龙任总经理时开始的，在晏懋洵任总经理时完成。当初，楼滨龙把公司的决定告诉周瑜采，周瑜采的第一个反应是问："这是不是大家一致的决定。"

楼滨龙答："一致的决定。"

周瑜采所说的"大家"是指公司领导班子。她又去问张玉峰，得知这是"公司经理办公会的决策"。

"你的意见呢？"周瑜采又问。

"这也是我的意见。"张玉峰说。

我曾问周瑜采："你为什么要这样问？"她说："我知道公司领导层在汉卡问题上有不同意见。他们的意见不一致，事情就不好办。我得问清楚。"日后，当周瑜采千辛万苦把分公司建起来，她把成功的第一条归功于"公司领导层一致的重视"。

周瑜采是湖南长沙人，父母都是教师，1965 年她从长沙一中考进北大无线电系。她生于 1946 年，奉命组建分公司这年 46 岁。总公司没有给她派兵点将，只给她一个职务，各分公司的骨干要她这个"光杆主任"去茫茫人海中发现出来，发掘出来。

"我怎么开始呢？"她向张玉峰请教。

"这不是给你一个机会吗？"张玉峰说。

这使周瑜采想起 1987 年自己被动员出来之初，张玉峰给她描绘，说 5 年以后会如何，10 年以后如何，周瑜采似信非信，但张玉峰坚持说，我们每个人都会有多少多少机会。再仔细想想，张玉峰把张兆东请出来去当北玉公司的总经理，把晏懋洵请来当北达营业部主任，也都是"给一个机会"……也许，当领导的诀窍，就是要能给部下创造机会。周瑜采知道自己该怎么干了。

周瑜采此前是公司公关宣传部部长，从 1988 年开始就与铁道、煤矿、冶金、石油、化工部门，以及国家机关、政府部门广泛接触，同北京许多报社、出版社也有广泛接触。北京有不少人才汇集，或说有不少人才窝那儿，领导又很难给他们机会……周瑜采的首要目标就是到这些部门去物色人才，并设法"挖"来。她看中的第一个人叫祝剑秋。

"剑秋，我同你谈一件事。"周瑜采老师微笑着说。她说话的语气就像跟班干部商量打算去搞个什么校外活动。

祝剑秋生于 1962 年，吉林省德惠县人，18 岁考进东北大学，22 岁毕业分到冶金部的《冶金报》当记者。1990年《冶金报》用上北大的照排系统，祝剑秋在大学是学工业自动化专业的，为报社用上照排系统做了不少工作，给周瑜采留下很好印象。

"听说你又被提拔了？"周瑜采接着问。

"去年被提为总编室副主任，分管照排室。"

接下来，周瑜采知道了总编室主任是报社一位50多岁的副总编兼任，祝剑秋还是报社党委的青年委员，在报社是绝对的骨干，在冶金部是最年轻的处级干部之一，明摆着是"培养对象"。如此，祝剑秋就不是那种领导没给他机会的人，他刚刚30岁，可以说正大有机会……怎么办呢？我能把他"挖"来吗？

"我相信你这官能当上去。但是，到我们那儿，舞台更大。"周瑜采还是谈出了找他谈话的目的。

"可是，"祝剑秋说，"报社不会放的。"

"可以争取。不过，这首先要你自己权衡清楚，你再想想吧。"最后，周瑜采说，"你才30岁，到北大来做高技术企业，我们要逐步去打开海内外市场，我觉得你会有很多机会。"

2 祝剑秋去职赴机会

1997年祝剑秋已经是方正集团副总裁。我问："92年，你是怎么作出选择的？"

"周老师的话，的确使我对自己的未来重新考虑。"祝剑秋说，"我是学工的，当记者、编辑也获过奖。我的逻辑思维强，形象思维弱。文章再写下去，不会成为一流。搞企业，没试过，但我感觉自己对管理比较有信心。也许，真是一个机会。"

"报社不放怎么办？"

"我去找社长樊源兴，他原是北京科技大学的党委副书记，对大学、对高科技领域都很有感情，也很有认识。我希望他支持我，放我走。他批了。92年6月，我就来到公司。"

"你的工作，怎么开始呢？"

"先培训两个月。"

"两个月，培训什么？"

"要学的东西很多。首先是工商培训，怎么注册企业、税务登记。业务培训，怎么谈生意、签合同。还有技术培训。在周老师的安排下，我在公司经营部、技术服务部、系统工程部轮转着上班。9月初，周老师就派我去沈阳筹办沈阳方正。"

"几个人去？"

"就我一个人。"

我曾问周瑜采："为什么只派一个人去建沈阳方正？"

周瑜采道："用一个人，就充分信任他，放手让他去发展。就像公司信任我，我也让他一个人去开创。虽然他还没有一个兵，他已经是沈阳方正的总经理。公司给了他一个去施展的机会。"

且看祝剑秋单枪匹马去沈阳，如何施展。

到沈阳，他先在怡园宾馆租了一个单间，开始利用宾馆电话找同学、朋友、熟人帮助物色人选，同时贴广告招聘。

"好招吗？"我问。

"不容易。那时候敢把一个工作辞掉的人不多。北大名声很大，但北大新技术公司是走市场的公司。很多人还不敢出来，认为国营单位保险。我们招人完全看市场需要、生意大小，多招少招都在于我们的作为。我们必须盈利，否则就没有意义。所以招人要求还比较高。一般要名牌大学本科毕业的，专科不要。"

"为什么？"

"专科知识面比较窄。我招的第一个人是个研究生，叫郎东海，满族人。"就这样，到年底共招聘了5人。第二年7月6日祝剑秋奉命去建上海方正前夕，沈阳方正已发展到20余人。郎东海毕业于上海交大，祝剑秋带上郎东海同赴上海。

再说祝剑秋离开沈阳方正后，沈阳方正情况如何？

祝剑秋7月离沈阳，8月，沈阳方正又一期排版技术培训班开学，来自全省各地的用户在沈阳接受培训。有位叫龚彤彤的学员来自辽河石油勘探局钻采工艺研究院信息所，她在培训班结束后写过"一段难忘的回忆"，我读了不禁对她描绘的《在沈阳方正的日子里》，也很神往。

她说沈阳方正"从研究生到大学生各类人才荟萃一堂"，他们身穿印有"沈阳方正"的文化衫，互称"老师"。她说这里的见闻使她这个"同样受过高等教育的同龄人"为自己"汗颜"，也感觉自己"好久没有这么用功了"。她所以用功，"不单纯是自尊心的驱使，更是一种文化氛围的鼓舞。"

她还特别写道："王研老师虽然还很年轻，但已有100多名学员带着对她的依恋和敬重走上了各自的工作岗位。范铁生老师的渊博学识、精湛业务和脚踏实地的作风让学员们敬佩有加。"还写到另一位武君老师，说她的"简达、干练以及作为女性所拥有的坚韧和果敢"也给大家留下深刻印象。最后，龚彤彤以诗一般的语言表达了自己对这20多天学习生活的深深留恋和感激：

> 因为我，原只想收获一缕春风
> 他们却给了我整个春天
> 因为我，原只想采摘一片红叶
> 他们却给了我整个枫林。

一次短短培训，竟有如此心情。我以为难得。这是祝剑秋离开沈阳后的故事，算得上是祝剑秋昨日营造的成果吧！

再说，1993年夏天，祝剑秋与郎东海去接手设在上海的华东科技服务部，地点在《新民晚报》编辑部前一个不到20平方米的小屋。到1996年，上海方正营业额已达到1亿多元。1997年再跃升到2.3亿元。祝剑秋被提拔为方正集团副总裁。周瑜采不仅为祝剑秋的进步欣慰，也很为上海方正骄傲。这从她下面一段话中能听出来。

"上海方正的增值税交给上海，100多个员工主要是上海籍人才，一个维修、服务、营销的网络建在上海，每时每刻都在为上海服务，所以上海方正不仅是北大方正的企业，也被上海市认为是上海的高技术企业。"

1998年方正入主上海延中上市公司，把延中改为"方正科技"，面向股民。这是一项崭新的很有难度的工作，张玉峰亲自挂帅，任上海"方正科技"的董事长，36岁的祝剑秋成为这个上市公司的副董事长和常务副总经理。

方正集团的发展无疑很需要这样的年轻人，祝剑秋仍将不断地去经历许多新鲜事物，他的前头仍有许多新的机会。

3 各省方正的年轻人

1992 年周瑜采还从《中国煤炭报》"挖"来一位比祝剑秋年轻 3 岁的报社照排室主任，叫于力仲。他毕业于中国煤炭大学自动化控制专业。同样，他在公司短期培训后就被派往山西去创办太原方正。1993 年 4 月，太原方正成立。

"任伟泉是 94 年 4 月'挖'来的。他是个研究生，学无线电的。"这是周瑜采在告诉我又一个收获，"他被派去创建杭州方正。"这是组建分公司的第一种方式，号称"在北京挖掘人才"。

第二种方式是在各省就地挖掘人才。比如：刘军，1992 年从内蒙古大学新技术公司出来，创建内蒙方正，1995 年调南昌方正。何著京，1992 年从黑龙江省地矿局照排室主任的位子上出来，创建哈尔滨方正。杨扬，1992 年从新疆师大出来，创建新疆方正。

第三种方式是从北京总部选拔年轻人才派下去。

周瑜采介绍这些年轻人，无论是"挖"来的，还是派下去的，都如数家珍。她说："周劲，91 年北大地球物理系毕业，他是 70 年或者 71 年出生的人，92 年派他去创建重庆方正，他顶多就 22 岁，还是个孩子，他把重庆方正创建起来了。98 年被调回北京在方正技术研究院某研究所当所长。"

又说："赵坤，也是北大地球物理系毕业的，71 年或者 72 年出生，92 年 7 月来公司，93 年下半年派他去办福州方正，他也顶多 22 岁。98 年他被派到上海任方正科技的总经理助理。"

又说："杨明，90 年北大无线电系研究生毕业来公司，在技术服务部，92 年下半年去办武汉方正，98 年被调回北京总部当出版公司的副总。87 年北师大毕业的施泽忠，92 年来公司就在我的企业发展部，93 年派他去接任南京方正的总经理，98 年调回来任数字媒体公司的总经理。"

她还说，从各省就地招收的人才中，也产生了几位经理。"苏惠清 91 年上海交大毕业，98 年成为上海方正的总经理，是位女士。你想想，一位女士，在大上海，管的百十号人个个都是很有才华的，一年几亿元的营业额，不简单。"

由此她说到"分公司是个人才库",从这个人才库提拔起来的经理人,周瑜采还讲到卢兵、杨平勇、刘少华……几年间除了西藏的业务由成都方正负责外,在我国大陆各省会城市和沿海重点单列市建起了34个分公司,产生的经理就不止34个了。

这些年轻的经理们加在一起,已有一个班级的人,周瑜采就像是他们的班主任。我注意到,建分公司的过程,在这儿很像是一个继大学教育之后继续招人和育人的过程。

我还注意到,无论是第一位被周瑜采挖来的祝剑秋,还是后来陆续从分公司里被提拔起来的经理,他们中的绝大多数,少年时有过当科学家的理想,没有当企业家的理想。多数人是在尚无领导一个企业的思想准备之时,被周瑜采招来,经特别培训后就走上了去组建人马,领导一个企业的人生之路。

如前所述,要成长为一个真正的企业家并不容易。企业,在中国确实是一个相当艰巨的课题,这些年轻的男女经理们在经过了创业阶段之后,自身的素质和方正的体制都仍然会经历相当严厉的考验。

成立分公司后,集团的企业发展部每年都要组织对分公司领导和骨干员工的技术培训、销售培训、管理培训,培训人数每年约在500人次以上。

方正创办分公司的过程,像是个培养我国新一代企业家的工程。虽然我国已有"商学院""经济学院",大学里也开设"企业管理"等课程,一个企业家的培养却不仅需要课堂和书本,还需要"从战争中学习战争"。我以为,周瑜采老师的这项工作,即使是粗浅的开端,也有非凡的意义。

4 方正集团的诞生水到渠成

颇让我感动的还有,周瑜采一方面如数家珍似的谈论年轻人的作为,另一方面是历数公司领导层及公司各部门提供的支持,至于她自己好像没做什么,好像就是当了一回"班主任"。

你已知道,她把成功的第一条归功于领导层对这件事"一致的重视"。把成功的第二大因素,归功于王选领导的科研队伍有不断创新的技术,这使分公司拥有技术上的优势。她还说,到分公司去得最多的是王选老师。"他出差,常常都要去看分公司的年轻人,去一线了解市场情况。王选的学风给年轻人留下深刻印象，也促使他们平时要非常注意收集用户意见。"

第三大因素是总部各专业公司的支持，比如出版公司、汉卡公司不断有创新产品。她形象地说："我们的专业公司是一手牵研究所，一手牵分公司。把科技开发和市场销售连接得非常好。"她还指出，"张兆东在经营汉卡时坚持把各地卖汉卡的分销商引到分公司去，对分公司早期的发展起了很大的作用。"

第四大因素是总部各职能部门的密切配合。这包括财务、审计、人事、宣传等方面。第五大因素她说是"各分公司的总经理在第一线辛苦奉献，带领大家发展"。周瑜采何以将这个因素列为"最末"？我猜想，这是由于她同这些一线的经理们在感情上最亲近。假如叫她给自己排个位子，她大概会排在"第六因素"。

"不少经理的妻子在北京，刚结婚就分居。妻子要生孩子了，丈夫回不来。要剖腹产了，我们用电报催做丈夫的回来签字。孩子刚生下来，他又走了。调回来时，孩子上学了。"周瑜采老师讲述这些时颇动感情，还有几分感慨，我听出那意思是，没想到这一代年轻人仍然有我们那一代曾经的辛苦。

现在，略作一个回顾，我发现周瑜采关于如何创办分公司的介绍，严谨得就像是上课的"讲义"，你看：一是领导意见统一。二是有创新技术。三是有创新产品。四是职能部门支持。五是分公司经理带领大家在一线奋斗。

分公司的陆续成立，使北大方正集团的诞生水到渠成。1993 年 2 月 18 日，春节的喜庆色彩还披挂在北京香格里拉饭店的里里外外，这日又添一派浓浓的喜庆气氛，北大方正集团在这儿隆重召开成立大会。自此，方正一名响亮地成为公司的大名，也标志着方正的事业进入一个新的历史时期。晏懋洵担任方正集团第一任总裁。

1992 年开始建分公司的同时，还做的一件大事是重新逐鹿电脑市场，这是张玉峰耿耿于心，以为绝不可以放弃的一项大业。这件事是派小将赵威去撕开市场的。在这个众多国内外对手共同逐鹿的市场，在许多先行者已经占据很大市场的形势下，要闯进去，其实比"拓荒"更难。如何能卖出一个大气象？

● **同时代的消息与参考故事**

1975 年，英特尔诞生的第 7 年，该公司成立了英特尔大学。按英特尔华裔副总裁虞有澄博士的说法，英特尔办大学的目的是为了提高经理素质，并做好经验传承。英特尔大学讲授最新技术和管理课程，多数讲师是英特尔自己的经理人，也有不少是大学教授，如哈佛企业管理学院的教授。英特尔大学的设立，使英特尔的管理体系更为充实。

1998年7月，北大方正集团成立方正培训学院，周瑜采老师主持这项工作。至当年底，学院发展讲师60余名。讲师多数是方正各部门自己的人员，讲学可增强各部门的相互了解，提高管理人员和员工的通识能力，包括促进兼职讲师自身的学习。培训学院的诞生，使方正集团非常有利于在"知识"的氛围中发展。

英特尔总裁葛洛夫在英特尔大学讲过《对外沟通》。方正培训学院讲沟通课程的是李蓉等一批方正年轻人。李蓉是一位学习与工作都颇严谨的青年女子，她引起我的注意是由于她乐于助人。她讲"沟通"让我想到，助人其实就是一种非常有效的沟通。

第十四章

——

挺进个人电脑市场

（1992 年——1994 年）

由于个人用户是最大的用户，计算机的世界正在变成个人电脑的世界。互联网的发展，正凭借个人电脑把全球的人联络起来。没有人能够拒绝个人电脑这一生活工具。在中国，联想主营电脑，方正主营照排系统，方正若加上经营电脑并使之成为一大支柱产业，就会如虎添翼。

1 为人生立项

1992 年初，赵威是自荐做这件事的。公司里不少人对赵威忽然去卖电脑感到奇怪，"你做 PC，还不如去系统工程部呢！"

公司系统工程部，负责给照排系统联机、发货，技术相对简单，搬运的工作量大，辛苦，被认为是地位比较低的部门。赵威去卖 PC，则被认为比去系统工程部还不如。

当初推照排系统，公司组织人马全力投入，俨然一支新军，轰轰烈烈。现在要涉足电脑市场，公司设的一个部门叫"电子设备部"，这个部只有 1 个人，就是赵威自己。还需要谁，得靠他再去招人来创业。此时，中关村卖"组装

PC"的早已多得不新鲜，联想做美国 AST PC 代理已有多年，四通也在代理康柏 PC。26 岁的赵威没有经营电脑的经验，受各种因素限制，他只招了 4 个比他更年轻的大学毕业生。在公司一般人看来，这件事因张玉峰主张要做，其他领导人反对也不好，做就做吧，也就赵威招上几个人，就是赔了也赔不到哪里去。

带着憧憬被赵威招来的大学毕业生可能想不到自己是在这样的背景下起步，但青年赵威已有心理承受能力来接受这个情况，并继续用憧憬去鼓舞新人，这"大家都没有经验"的若干男女青年将如何为公司踩出一条大道？

我相信，任何不可能由个人去完成的事，最初总是由具体的个人发端的。这件事做得做不得，能不能做成，与主张做这件事的张玉峰有关系，更与赵威的素质密切相关。

赵威 1966 年 4 月出生，少时在沈阳郊区读书，1978 年小学毕业正赶上全国抓"重点中学"，他在全区统考中以总分第一被取进"省重点"沈阳四中。一个在郊区农村读书的孩子取得这样的成绩，他说这是自己"人生第一次受到很大鼓舞"。

三年后他考进辽宁省实验中学读高中，这重点中学没有体育尖子，赵威以 1.66 米的个子在学校体育运动会上还拿过中、长跑两个第一。这是他每天晨跑 3000 米的结果。拿到"两个第一"并不重要，坚持晨跑则不仅锻炼了体魄，更训练了毅力。

1984 年他考进北大力学系，大学一年级担任团支书，二年级担任系学生会主席，三年级担任北大学生常务代表大会主席。大四读完，赵威就面对着自己人生的一大选择。

北大学生常代会不同于学生会，常代会主席去党政部门工作的机会颇优，北大先前的常代会主席如今有当上省委书记的。从政，可以是赵威颇有前景的一个发展方向。留校，或者接着考研究生，都可以是他的选择。1988 年正是中关村被批准为我国第一个高新技术产业开发试验区的年头，赵威选择了投身企业。我相信，赵威 1988 年选择"公司"不是一般地来求职，如果只想找个职业，他大可不必找企业。

所以我以为赵威来投奔公司是为人生立好了一个项目的，这项目不妨说就叫"做企业"，或许也可以说，赵威是个有志于成为一个企业家的人，这无可厚非，就像有人想当科学家。

我如此叙述是想请你注意"为人生立项"。1988年赵威进公司一开始就乐于独当一面地去做那些比较难做的事，除了最初到西北5省推销照排系统，1990年是他第一个自荐去广东建华南科技服务部，此后两年该部3个人管华南5省区，每年做了1000多万元业务，这一实践便是创办分公司的最初尝试。1992年他再次自荐来经营电脑……他的选择，我看都与他有心要去经历一个企业的方方面面有关。

赵威奉命后，第一步是想，自己从未卖过PC，有些什么设想应该去征求张玉峰意见，他就专门找了张玉峰谈自己的打算。张玉峰听了只对他说："你专业比我好，外语也比我好，让你做，就以你为主，能自己定的事就自己定。解决不了的事，再找我。"又说，"不必请示的也请示，就是找麻烦还误时间。你就放开做，出了问题，我会负责。"

赵威立刻觉得有一种解放感使身心畅然，从张玉峰那里出来，街上正是初春的阳光，赵威感到了天空高阔，他说，"我希望有个独立发展的空间，张玉峰老师给了我最大的空间。"

但是，他还没有一个独立的办公场地。这似乎是1992年公司整体的困难。他在另两个部门合用的一个办公室放了一张办公桌，这办公室有40平方米，他就在其中一角开始招人。

"一开始，就很尴尬。"

"为什么？"我问。

赵威说很多人是奔照排系统来的，听说卖PC，用奇怪的眼睛看我："你们也卖PC？"或者问，"你们为什么呀？"

然而这就是一个学习选人的过程。他选的第一人叫冯沛然。"为人生立项"的好处，在冯沛然身上似乎体现得更充分。

2　学文科的冯沛然

且说冯沛然生于1966年8月18日，这是毛泽东主席首次检阅红卫兵的日子。冯沛然比赵威小4个月。他读书的经历颇为罕见：高中毕业考进北京一所邮电学院，读了两年，想重新高考，考北大。按我国有关规定，有资格参加高考的不包括高校在校生。他要想重新参加高考，就得把自己变成一个非在校生。他好端端已经读了两年大学，如今考大学仍然是很不容易的事，有几人能放弃大学不念，把自己变成一个社会青年……你有那么大的把握，肯定能考进北大？

冯沛然毅然决然地按照自己的选择行事了。

结果，他考进了北大政治学与行政管理系。

这不是寻常之举。能如此选择并能做到的人，也不寻常吧。1992年大学毕业的最后一个学期，冯沛然为将来打算：毕业后去公司，但不想离开北大，那么最理想的地方就是北大新技术公司。春节刚过他就来报名，没想到一面试，他被淘汰了。

"哦，学文科的，学文科的我们不要。"

冯沛然失意而归。但去公司的愿望没变。在做论文的日子里，他跑到"科海"的一个小公司去站柜台卖电脑。一个月后，有朋友告诉他："听说北大新技术公司还要招人，你再去试试？"

他去了，到公司人事部便问："我是学文科的，行吗？"

对方说："没关系。你去面试。"

冯沛然走在那走廊，心中仍不免空空荡荡，感觉公司对卖电脑的要求不高，似乎什么人都可以。他见到了赵威，告诉赵威：

"我就是爱做PC。"

这个"爱"字很要紧。在我与冯沛然的接触中，我能看到冯沛然对于做PC，倘用两个字概括，就是"热爱"。他投入的不是认真、负责而已，投入的是情感，是热爱。

热爱，也许就是能做好这项工作的伟大原因。

"爱做PC"，这就是冯沛然为自己立的"人生项目"。

这个"项目"是既定不变的，即使没来北大新技术公司，他去其他公司也是"做PC"。我相信他同样会走出一条大道。1992年赵威做PC最大的收获是得人，首先就是招到了冯沛然这个人。

接着，赵威还招收了另外3人：黄晓光、张好和叶蕙。其中叶蕙是女子，毕业于中国政法大学。冯沛然热爱做PC，也热爱做PC的叶蕙，双双就在卖PC的过程中结成了夫妻。

包括赵威，就这 4 男 1 女，开始了做 PC 的历程。

头一年，他们代理美国 AST 公司的 486 电脑。"到中关村去贴广告，往人家自行车筐里放价格单，中关村许多小公司做过的事，我们都做过。"赵威说。

"改配置、联机、发货……第一重的活是搬运，卸集装箱。头一年，我一半是卖东西，一半是扛箱子。"冯沛然说。

当时公司第一大业务是出版系统，第二大是汉卡，他们自称卖 PC 是"三等公民"，但也风风火火地体会了创业的滋味。业务开始一点一点地长大，几个月后，"一个月做到二三百万元生意"，就很让这些大学刚毕业的男女青年激动不已了。

"可是，这个部虽叫电子设备部，不是一个独立的部门，只是经营部里的一个组。"冯沛然说。

"我一直想独立出去，独立出去才能长大。汉卡搬到白石桥去，就长大了。"赵威说。

但是，主持汉卡的是张兆东，赵威这一批全是"小年轻"，要从公司经营部里完全独立出去，行吗？

3 为青年创造机会是很高明的创造

张玉峰感觉到了这 5 个年轻人的"电子设备部"挂在公司经营部下面很难放开发展。1993 年春，张玉峰提出："卖 PC 这几个人一定要搬出去，让他们单独去发展。"

此时的中关村寸土寸金，想租一个好门店不容易。通过努力，找了一个地方，在海淀剧院旁边，约 200 平方米，一年租金 150 万元。这 5 个人一年能挣回 150 万元吗？

这房子可挑剔的地方也不少，夏天会漏雨，冬天没暖气……它值这么多租金吗？张玉峰的基本意见是："不能简单去讨论这房租贵还是不贵，的确要看租了这房子对于我们是增加盈利还是亏本。从赵威他们经营的情况看，赚的钱将远远超过 150 万是肯定的。"在张玉峰看来，只有走出去另立门面，5 个人就会变成 50 个人，500 个人，这才是发展！

张玉峰的意见被认同。赵威等人搬进那座年租 150 万元的房子去独立经营。"想着这 150 万元的年租，对我们也是一种鞭策。"从此，他们果真开始了扩充人马扩大经营，头一年做出了 5000 万元生意，成为 AST 在中国的第二大代理，仅次于代理 AST 多年的联想集团。

此后，总酷爱有个独立发展空间的赵威又想做"独家总代理"。适逢 IBM 在低谷中转入 486 PC 不久，正期望振兴，赵威去找了 IBM 在中国的机构，对他们说："你们要在中国迅速上规模，需要在中国找一个有全国销售网络的合作伙伴。联想做了 AST，四通做康柏，只有方正是最理想的合作伙伴了。"

对方同意赵威的意见，但 IBM 根据自己多年行销的经验，根本不可能同意让任何一家公司在中国当独家总代理。赵威总想"独家"，这个想法是不是不合时宜？赵威又去找了惠普，惠普同样觉得这个北大的年轻人在提一个不现实的要求。

有意思的是，张玉峰很重视赵威的积极性，张旋龙也很用心地为此物色了一家公司——即奥尔森和安德森于 1957 年创办的 DEC 公司，他们开创了计算机小型机的时代，公司曾非常繁荣，被誉为"小型机王国"，现在也挺进微机领域，渴望尽快进入中国市场。在张玉峰、张旋龙的努力下，方正到底成了这家公司在华的独家总代理。

现在，你可再次看到，张玉峰并没有特别要求这些年轻人要如何努力，仅仅是给他们尽可能充分的理解和支持，这些年轻人就已经如箭在弦，张弓满满地想不辜负信任了。换句话说，一个会建功立业的领导，不是他自己能拉几斤弓能杀多少敌，而是懂得给部下创造机会，创造一个"发展的空间"。

"现在，就看我们自己有多少本领了。"赵威说。

中关村是中国最大的电脑销售地，大家都熟悉品牌，也日益讲究名牌。DEC PC 还说不上有什么名气。要在中关村推销 DEC PC 一开始就寸步难行。所幸是方正已有分布在各省会城市的分公司，这使赵威通过分公司向全国发展成为可能。

不久，奇迹出现，DEC486 在全国各地的卖价比 AST486 高出 5000 元左右还经常断货，供不应求。这是怎么回事？

通过各省分公司可以对 DEC 电脑做到"全国联保"是个重要因素。销出 3

个月，返修率为零，可证 DEC 产品质量过硬，是又一个重要因素。此外，最有特点的也许还是：如何利用了"独家总代理"这个因素。

赵威曾这样说：要想让经销商卖力地经营 DEC PC，就得让他们多赚钱。如何能让经销商多赚钱？作为"独家总代理"，可以保持住价格的稳定性，而不会出现多家代理为竞争而竞相杀价……让 DEC 保持一个高价位，就能给经销商一个高利润。再加上 DEC 在 PC 上开发出 6 个扩展槽，便于中国用户插接汉卡等，又逢方正汉卡和 WPS 此时正热销市场，对多种有利因素的宣传和利用，也给用户一个良好印象，感觉 DEC 就是质量更好的高档 PC。

"我们应该把货囤在自己手里。"这是赵威的又一个主张。他说的"自己手里"，主要是指囤在各省方正，不让经销商大量进货，以避免经销商再拿去分销。赵威说他的这些想法，是因为看到中关村炒货，分销再分销，"一台机器搬了三次，说是卖了三台，其实到用户手里就是一台。中间只是增加成本，没增加任何有价值的东西。"

减少中间倒腾的环节，使直接卖 PC 的人有高利润，这办法是把卖 PC 者的积极性也高度调动起来，某种意义上是把卖 PC 的非方正人员也"领导"起来了。

"你来负责做大客户吧！"这是赵威交给冯沛然的一项大任务。大客户即相对于个人用户的部门用户。照排系统的主要使用对象就是大客户，如报社、出版社。向大客户推销，原是赵威比较熟悉的，但青年赵威注重去跋涉自己陌生的领域。"做大客户"就落到了冯沛然身上。

4　你见过可口可乐的推销员吗

"DEC 有很好的技术。"只听冯沛然这句话，就能感到他对经营 PC 真有一种由衷的喜欢。他经营 DEC PC，也仿佛是 DEC 的老朋友。

"DEC 在全美计算机行业中排名第二，92 年营业额高达 140 亿美元，世界上运行速度最快的 Alpha AXP 芯片就是 DEC 公司的杰作……"一讲起 DEC，他差不多也算得上如数家珍。

"DEC 在中国也有不少老客户，主要在科研所、大企业，我得去找出来，然后对他们说，你们已经用过 DEC 的产品，知道它质量可靠。现在 DEC 有了 PC，很好，相信它吧！"冯沛然的语言也充满热情，"不过，一开始我不懂怎么做，没生意。"

"那你怎么做进去呢？"

"专门给了我一个车，我到处跑，还是做不进去。"

"后来呢？"

"我找了一本 1992 年版的中国政府机构名录，上面有门牌号码，还有从部长到处长的电话。"

"这对你有什么用？"

"每个部委里都有一个信息中心，通过他们可以找到 DEC 的老客户。"冯沛然又解释说，这些老客户也就是大客户，做大客户就是"做部门"，经常是一做一批。做大客户还经常要跟主管他们的上级行政部门打交道。"我是学行政管理的，很快我发现，我学的专业，对于我跟行政部门打交道很有帮助。"

与冯沛然有了较多的交谈后，我发现他的知识远超出他在大学学过的范围。他属于那种干这一行就会去找与这一行相关的许多书来阅读的人。你可以看到，他正是围绕着"做 PC"这个早已选定的"项目"去不断积累与此有关的各种知识，这就是通往成功的最有效途径。古人说的"书山有路勤为径"，我看是应该这样理解的。

他对 DEC 公司的了解，从公司的创业到公司领导者的学问构成和性格，都能讲得让人感觉他就像在 DEC 公司干过。为了让我理解做分销和做大客户的不同，且各有奥妙，他告诉我：

"你可以想想推销波音飞机和推销可口可乐，一架波音飞机上亿元，需要强有力的推销队伍去完成，有许多常人不知道的推销学问。一罐可口可乐谁都见过，可是，谁见过可口可乐的推销员？你见过吗？"

"我从未想过这个问题。"

"你在美洲、欧洲，在中国的任何一个城市，都能看到可口可乐。那些卖可口可乐的也没见过可口可乐的推销员。这么小小一罐可口可乐是如何配送到数不清的大商场、小商店、小售货亭里去的呢？这就是学问。"

冯沛然讲述的"学问"让我看到了一个陌生的"推销世界"。比如与波音飞机推销人员对话的常常是政府要员，参加有关签字仪式的甚至是政府总理。这与去敲门搞推销不可同日而语了。可口可乐的推销员究竟在哪儿？你看不见他，却可由此看到，推销未必就是你自己跑遍各地去联系。

"卖波音飞机和卖可口可乐，正好在生意的两个极端。"

可是赵威、冯沛然他们是卖个人电脑，卖同一样东西。要在卖同一样东西里，既做大客户，又做个人用户；既做直销，又做分销，冯沛然感觉这就是非常有意思的尝试。

做大客户期间，冯沛然并不放松对"分销"的兴趣，并去琢磨为什么看不见可口可乐的推销员……当他发现可口可乐其实做了许多高明的工作，这不仅顿开眼界，更由于对生意场中上述"两极"的把握，他在这一行便有了一种"贯通"的感觉。

1993 年方正独家代理 DEC PC，生意做到 1.5 亿元。1994 年，赵威作为方正经营电脑的总经理，冯沛然作为副总经理，人员发展到 30 余人，这一年生意翻了 3 番，达到 5 个亿，使 DEC PC 的销量在中国 PC 市场一跃进入第三名。

做"独家总代理"是否最好，还可以研究。赵威这一批年轻人卖 PC 卖出了成绩，已是确定无疑。张玉峰早先就知道通过卖别人的电脑来积累自己的资金，练自己的本领。从 1987 年创办北达卖第一台 PC 开始，他就不是只想当一个 PC 代理商。可是，要想成为一个 PC 制造商，从哪儿开始？

从卖 PC 开始。这是张玉峰所操作的一步步棋：1992 年促成赵威卖 PC，1993 年坚持让年轻人去独立发展，1994 年青年们卖 PC 卖出好气象，1995 年进军电脑制造业——方正电脑诞生。由于已经可以看得到的因素，我把 1992 年北大新技术公司经营 PC 看作是方正集团发展中第四个重大决策。

但是，张玉峰想"做电脑"为什么要从卖电脑开始？

还有，我们一边讲述王选艰苦卓绝的科研是如何通过企业的运作把曾经占据中国市场的外国照排系统通通赶出中国大陆市场；一边又以同样的热情讲述如何做外国 PC 的独家总代理，帮助美国公司的电脑打进中国市场……这一切如何理解？

这一切现在都得先放下暂且不表。因为 1993 年还发生了一些很重要的大事，最重要的就是：王选老师做出了自己一生中第六次重大选择。

● 同时代的消息与参考故事

1992 年是世界 IT 产业发展非常重要的一年。这年微软推出非常成功的 Windows 3.1 版本。英特尔从 1987 年在全球半导体公司排名第十位变成 1992 年的排名第一，成为世界上最大的半导体公司。

IBM 投入生产 486 个人电脑。全球几乎所有 PC 制造商都加入了生产 486 PC 的行列。486 取代 386，不仅芯片速度提高，更因为与微软最新视窗软件结合，把电脑功能提升到一个新境界，吸引了更多人成为电脑用户，世界范围大规模的 PC 市场在 1992 年真正形成。

1993 年个人电脑全球销量达 4000 万台，超过了汽车。

1994 年达 5000 万台，超过了电视和录像机，成为增长最快的消费类高技术产品。

第十五章

———

让年轻人的思想开出鲜花
(1993 年)

当感觉自己是"黄昏的太阳",这似乎是一件残酷的事。王选却在感觉自己不如年轻人的时候,作出了他一生中最智慧的抉择。他常常在与你接触的 24 小时内就确定可以收你为硕士生或博士生,似乎简单得与你参加研究生考试没有多大关系。若说他取士有春秋气度,是不算夸张的。

1 一个觉悟

1993 年春节前夕,像往年一样,王选闭门搞设计。年后,他的一位硕士研究生回来,王选把设计给他看。

"王老师,你设计的这些都没有用。"学生刘志红 25 岁,看过后说:"IBM PC 的主线上有一条线,你可以检测这个信号。"

王选愣住。因为他明白了,自己苦苦钻研了两个星期的设计,被学生一句话否定了。这是王选一生中极其重要的一个事件。

"本来,我以为自己做一线的工作可以做到 60 岁。"现在,犹如看见一个海边的黄昏,往事潮水般在夕照中涌来……从投身这项科研至今,18 年了,他奉献了所有的寒暑假，所有的节假日。"18年来可以说一口气都没有歇过。"他为自己始终能站在这个领域的最前沿感到自豪。可是，"今天，我看到，在我最熟悉的领域，我已经不如年轻人了。在我不那么熟悉的领域，岂不是更差！"

这似乎是一件残酷的事情，"我已经是黄昏的太阳了。"

但是，犹如一声棒喝，王选在56岁获得了一个"觉悟"。

他作出了自己一生中第六次重大抉择：让年轻人来干！

他表扬了刘志红："你这个主意非常好。"接着，也批评他："你这好主意，为什么自己出不来，非要我用一个傻主意才把你的好主意逼出来呢？"

这是非常有力的一问。这更像是一句对自己的追问。

这是由于你还没有把他放到一个担负重任的位置上去，你自己还在扛着，他的大脑中就不容易产生出新思想新方案。

王选的抉择在这一问之后，发生了裂变！一个特别宝贵的亮光出现，这亮光不在于发现自己做一线的工作已不如年轻人，今后可由自己多出思想，年轻人出干劲……不，不是这样。而是应该创造一种氛围、一种气候，这种气候要能让年轻人自己的思想里不断开出鲜花来，才会硕果累累。

是的，恐怕没有什么比这更重要了。一个人，只有当他的主体意识，他的心愿与心情，他的精神与体力都活跃起来，他才是一个完整的人，一个生机勃勃的富有创造力的人，一个主人。

他在告诫自己，千万不要因为自己拥有成就而不幸扮演一个对年轻人可能构成限制、控制或压制的角色。就在这年，王选把几位不同年龄段的年轻人同时推上研究室主任的位置，可证他实施这一抉择迈出大步。他的这一愿望得到了刘秋云的鼎力支持。

肖建国（36岁）任彩色系统研究室主任。

阳振坤（27岁）任栅格图像研究室主任。

汤帜（27岁）任文字处理研究室主任。

如果说王选从前研制的主要成果是照排设备，今后的成果更主要是"人"，能创造高科技成果的人。值得看一看他的学生。

2 教学生去实现"跨越"

肖建国 1957 年 3 月生于辽宁鞍山，是"文革"结束我国恢复高考时首批考进大学的。毕业后有了工作，3 年后再考进北大计算机系研究生班，30 岁毕业，在班上成绩排第 6 位，王选却发现了这个"第 6 位"的实际创造能力，在主管北大教师聘任工作的陈佳洱副校长支持下，留下了他。

学校同意肖建国留校了，还有一关，因肖建国入学前已有工作单位，王选又向主管他的单位付了钱才把他要来。这或可说，王选为了得到一个优秀学生，不惜"花钱买士"。

"我终于找到了一个可以终身干事的地方。"这是肖建国对导师表达感谢的话。1988 年，他 31 岁就主持完成了世界上第一个大屏幕中文报纸组版系统的软件设计，从而使我国报纸编排系统进入世界先进水平。在这个过程中，"现场开发"，肖建国曾在解放军报社的大沙发上睡了 3 个月。人们分不清他是搞科研的还是修机器的。但他的实际创造能力得到了无可置疑的证实。

接着，王选又把搞彩色系统的项目交给肖建国去主持。

这是一个重大项目。当我国大陆的报社纷纷用上我国自己的照排系统，香港报纸仍主要由外国照排系统垄断。香港报刊广告多，对彩印的要求也多，多年来一直是采用外国彩色电子分色机搞彩印。进口分色机价格昂贵，在经济发达的香港有市场，在大陆市场就令人望而生畏。但是，一旦要印刷高质量的彩色品，大陆单位也往往跑香港去印，花费更大。加上台湾也是采用进口分色机，事实上，进口彩色电子分色机全面地垄断着中国的彩印市场。北大方正只有研制出先进的彩色照排系统，才能真正在出版、印刷领域称雄。

早在 1987 年，王选参加国家经委和电子部主持召开的印刷专项科研规划会就在会上就指出："我国花了近 20 年时间仿制国外的彩色电子分色机，仿制成一代，马上被国外的新一代所淘汰，一直未能进入市场。不能再走这条路。"

"你认为该怎么走？"

"我认为，由于这种分色机是一个专用的封闭系统，我们已能预见到它势必被开放的彩色系统淘汰。因此不应该再跟在外国人后面仿制，应该跨越分色机，直接研制开放的彩色系统。"

王选的意见是想提供给我国目前还在从事分色机研制的人员参考，应该果断放弃此种再不会有结果的研制。他的意见其实已坦诚得非常难能，可惜，在1987年他的意见没有得到重视。

现在他把这个思考已久的重大项目交给肖建国去主持——还记得王选曾经跨越二代机、三代机，直接研制四代机吗？现在，他教学生跨越国外"分色机"，直接研制开放的彩色照排系统。

就这教学生去实现"跨越"，以及"让年轻人来主持"，都是不同凡响的事啊！王选若自己挂帅，主持这样一个重大项目有何不可？科研出成果，项目主持人即第一发明人。科研成果，那就是通往教授、通往院士的阶梯。1989年王选还不是院士，但他心里考虑的是："再不可由我来主持了。"

这个项目，多不寻常啊！我国用了近20年仿制外国的分色机，花了多少人力和物力，竟没有产生一个商品。现在，将由肖建国主持的研制工作去实现零的突破。一旦成功，必将淘汰垄断我国彩色印刷业的外国分色机，这是一件什么事？虽艰难，却也惊心动魄啊！导师的信任，导师为此创造的条件，足以使32岁的肖建国热血沸腾。

1992年2月21日凌晨1时许，这也是中国新闻出版史上值得记载的时刻，肖建国和他领导的另两位重要研制者王会民、鲁志武都在澳门日报社的印刷机房里，亲眼看到世界上第一个彩色照排与中文合一的编排和输出系统印出了第一批彩报。《澳门日报》从这一天开始，再没有用过外国的电子分色机出报。

"成功了！成功了！"

这声音从澳门通过电话传送到导师的耳朵，王选放下电话就对身边的人说："肖建国还不满35岁。"

方正系统实现的这项"中文彩印世界第一"，就此拉开了中文报业一场彩色革命的序幕。5月，《大公报》在香港率先采用方正彩色系统。接着，《新晚报》《明报》等许多报刊相继采用。至此，在汉字照排印刷领域，北大方正终于开始了在港、澳地区"收复失地"的激动人心的历程。

随后，马来西亚的《光华日报》，印度尼西亚的《印尼日报》，美国旧金山的《星岛日报》，还有巴西侨报、欧洲侨报纷至沓来。中国大陆最先采用方正彩色系统的是《科技日报》，时间是1992年6月。同月采用的还有《深圳日报》。7月1日，《人民日报·海外版》采用。到1993年海内外采用的已有近百家，报界称，北大方正在世界华文报刊领域刮起了一场"汉字彩报"旋风。

王会民回顾说："王选老师曾说要给年轻人提供创造历史的舞台。我在参与研制彩色系统时确实体验了'创造历史'的激动。"

肖建国回顾说："从报纸排版的文字处理技术到彩色图象处理技术，毫无相似之处。我没有经验，在王选老师的指导和帮助下，我和同事们克服了许多技术上的困难，终于有所成就。"并说，"当彩色系统申报科研成果时，我曾想过署上王选老师的名，但他坚决反对。后来他既没有署第一名，也没有署最后一名。"

从肖建国昨天的经历中已能看到，王选注重"让年轻人来做"，其实早有基础。1993 年，王选不仅把肖建国推上彩色系统研究室主任的岗位，还努力为肖建国奔走，使他在这年 8 月被破格提拔为北大教授。

就在 1993 年春，国外彩色出版系统出现了新情况，即出现了"调频网"技术。王选说，这是应用随机过程数学原理做彩色照片印刷的新颖方法，可以作高保真度的七色印刷，将使未来的彩色出版物比现在人们所看到的更加细腻，更加活灵活现，多姿多彩，国外称为"网点革命"。

请注意，这是又一个用数学方法来实现的高技术。这是一个严峻的挑战。方正系统必须尽快攻破这一技术，王选再次把这个重大"项目"交给肖建国去主持。

然而，要实现"高保真"的彩印效果，仅靠肖建国攻关小组的科研是不够的，还需要阳振坤小组研制的新一代栅格图象处理器提供强有力的支持。这一回，身为彩色系统研究室主任的肖建国将如何拿下这个项目？新任栅格图象研究室主任的阳振坤又是怎样一个人才？

3 让学生来超越自己

阳振坤是另一个奇才。

他是个农民的儿子，生于湖北江汉平原一个被称为雷场的乡村。我初次听说阳振坤，是搞彩色系统的王会民向我这样介绍："阳振坤以绝对的优势考入北大数学系。我们这些人大本都读 4 年，他读 3 年就提前毕业，并报考张恭庆教授的硕士研究生。"

我不禁为之一振。中科院院士张恭庆是王选 1954 年的同班同学。王选曾说那一届同学中"数学比我好的有很多"，这"很多"中张恭庆当推第一。如今张恭庆是北大数学研究所所长。

张恭庆收下了阳振坤。只一年半，阳振坤又提前读完硕士必修和选修的全部课程，来找王选教授。

"你都读完了？"王选问。

阳振坤把成绩放在王选面前。

"张恭庆老师同意吗？"

"我想搞应用研究。"

无可挑剔的成绩，他还想把自己的数学才华变成产品，王选当即同意接受他为自己未来的博士生。真不知那个贫穷的山村是怎样培育出这个农民儿子的数学天赋。初次听说阳振坤我就想，这个农民之子的故事，对我国许多的农村孩子会是一种鼓舞吧！

雷场是个 3000 人口的大村，村中只有小学。阳振坤有兄弟姐妹 5 个，他是老四。在方正大厦，我开始访问他的故乡和童年。

阳振坤讲到，中学时代，他受到了一个叫郭春华的物理老师帮助，"这是我终身难忘的。"他说还在初一，郭老师就对我的父亲说："你这孩子不能在这里上学。"

"为啥？"

"你这孩子很会念书。这中学太差。"

父亲觉得这孩子有书念就不错了，还能怎样？

初二读完，郭春华老师被调到本省仙桃市三伏潭镇中学去任教，三伏潭中学有高中，是方圆一带的重点中学，郭春华老师竟把阳振坤当自己的"孩子"带到三伏潭。初中读完，阳振坤被录取到荆州中学读高中，从那里考进北大。

18 岁，阳振坤来到北大，从大一开始，就由数学系老师介绍去给科学院、北大、农大的子弟当家教。假期，还去干体力活。读书，也像有鞭子赶着他，总想早一天毕业早工作，有了工资才能回报父母。似乎就是这样马不停蹄地学习，以至 3 年读完本科，也使他一直强烈地想把学到的知识变成经济。

"王老师，我现在就到您这儿来学计算机课程，行吗？"首次去见王选教授，阳振坤就这样说。王选答应了他的要求。到 24 岁，阳振坤正式成为王选的博士生。

"王选老师给了你一个什么题目？"我问。

"1990 年我对栅格图像处理器还没有多少了解。王老师就把研制新一代栅格图像处理器的项目交给我。我当时很惊讶。"

"为什么？"

"因为王选老师主持研制的第四代照排系统当时正处于供不应求状态，第五代更先进的产品还在加紧研制中，为什么就要做淘汰这两代产品的研究呢？"

栅格图像处理器即电子出版系统的"心脏"，英文缩写为 RIP。世界上最早研制 RIP 的是英国的蒙纳公司。最早采用字型轮廓描述方法来研制 RIP 的则是王选。80 年代以来，王选主持研制的 5 代 RIP 由于比西方更早使用字型轮廓描述方法，成功地抵御了国外产品进入中国市场。但后来美国出现了一个叫 Adobe 的公司，他们开始搞一种 PostScript 语言，不再以处理文字为主，变成以处理彩色图形和图像为主，汉字的"天然屏障"就不复存在。到 1990 年底，美国 Adobe 公司又推出 PostScript Level 2，在描述能力和效率方面前进了一大步，渐成国际标准。如果我们不迅速向国际标准靠拢，我们的产品就无法进入国际市场，已有的国内市场也可能重新被外国人攻入。

北大新技术公司软件部的几位年轻人也是因为看到了这个情况，开始尝试着开发 PostScript，楼滨龙、黄禄萍也是看到了这个情况，支持公司的年轻人开发，并成立了所谓"第二开发部"。在研究所这边，王选把主持开发 PostScript Level 2 RIP 的重任交给了 24 岁的阳振坤。

当阳振坤了解到 RIP 的世界形势，惊讶的是，前五代 RIP 都是王选老师亲自主持研制的，现在王选为他选择的课题是要他来超越王选。

4　王选式的鼓励

阳振坤带着贾文华、张力两位年轻人投入了艰苦的开发。王选在他尚未做出来时就开始在许多场合宣称："我的欧洲专利技术已被阳振坤更新了一半。"

也许王选感到用任何语言都难以表彰他的正在努力创造奇迹的学生。按正常的上班时间计算，阳振坤曾被记录为一个月上了 56 天班，他白天黑夜都在工作室里，就像他整个人都生活在计算机的心脏里，你看见他就像看见一个 RIP，一个心脏。

王选深知如此努力工作的人们应该有良好的住房，有较高的报酬或奖金，然而在研究所的现行体制下，这些都做不到。1990 年也是潍坊方面中止给"技术转让费"，北大新技术公司也把"技术转让费"压得很低的时期，研究所正非常困难。

怎么办呢？如何带领年轻人去创造奇迹，如何对他们优秀的劳动给予奖励？一个穷教授似乎只能竭尽全力地使用"鼓励"，使用"赞扬"。他的"赞扬"和"宣称"对阳振坤的鼓励也确实不小，其情形好比当年《光明日报》那篇文章称王选科研组获"重大突破"。现在，王选的"宣称"也在使阳振坤去努力争取自己的成果与导师的"宣称"相符。

1992 年底，王选终于可以对新闻界宣称："阳振坤博士领导的一个全部由年轻人组成的小组，完成了中国人研制的第一个 PostScript Level 2 RIP。"

1993 年王选把阳振坤推上研究室主任的位置后又去为他的职称奔走，使他当年 7 月被评为讲师，当年 8 月又被破格晋升为副教授。1994 年，阳振坤的大脑里突然萌生出奇想：能不能开发纯软件 RIP 呢？几天后，他专门找了王选。

"王老师，我还没有足够的理由来说服您同意，但我有一个直觉，纯软件 RIP 将会成为未来的主流。"

彻底抛弃 RIP 里的硬件，完全由软件来支撑，这不啻是个非常大胆的奇想，这意味着对王选"欧洲专利"的彻底超越。

是惊，是喜？王选曾期望年轻人思想开出鲜花，现在，他终于看到了奇景，听到了花开的声音。

5 取士的春秋气度

与阳振坤同龄的汤帜被任命为文字处理研究室主任，他的故事同样像一首诗。

汤帜大学本科读的是无线电物理，毕业后报考本专业硕士研究生，因"政治不及格"，转而投师王选。那是一天上午，王选看了他的"本科"成绩，首先注意的是他的数学成绩 90 多分，此外凡与计算机有关的课程成绩都比较高，搞软件设计还得了个本校学生"五四科学奖"。可见这个学生数学基础好，软件方面有过实践，潜力大……当天下午，王选就破格收下了他。

至此，我们对王选"取士"的魄力该有印象了。他常常在与你接触的 24 小时内就确定可以收你为硕士生或博士生，似乎简单得与你参加研究生考试没多大关系。在他那儿你很难听到"我们研究一下"。他在很短时间里对你产生的信任，往往成为你想去偿还的一笔债务，所谓"士为知己者死"。他的取士看起来如此随和自由，其实，在他这儿是最严格的。王选永远是"取士唯贤"毫无徇私可言。如果说他取士的气魄上承春秋或有春秋气度，也不算夸奖。因为"一饭三吐哺，起以待士，忧恐失天下贤人"的周公还是春秋以前的人。解读王选，注重他创新是一个方面，中华民族有伟大的传统，如何继承，同样光彩照人。

此外，你是否注意到，王选识别人才有一个近乎"秘诀"的观察点，即首先看你的"数学基础"。本书还将陆续讲关于数学的故事，因为认识数学是我们认识"知识经济"的一把钥匙。

汤帜读完王选的硕士，再读王选的博士。

"在机器面前比在人面前，我感到自由得多。我能专注地来写程序。"汤帜是这样描述自己的，也许汤帜更适合于自己埋头写程序，王选却在他博士生刚读完就让他当"主任"。

王选为什么如此用汤帜？我们可以先听听王选这番话：

"一大批优秀的中国青年把黄金年华贡献给了美国企业，除了待遇方面的差别外，确实在美国能够接触到最前沿的研究开发课题，容易得到长进。我经常思考下列问题：为什么不少中国青年去美国后作出了创造性的贡献，如何创造条件使在国内工作的年轻人能进入某个领域研究开发的最前沿？"

他这段话写在《寻求最前沿的需求刺激》一文中。所谓"需求刺激"，是指"市场需求"对发明创造的"刺激"。

"1993 年，我们打《明报》，那才刺激。"这是张旋龙的话。

张旋龙所说的"打"是打擂台的意思。为充分领略市场需求对发明创造的巨大作用，我得暂时搁下汤帜的故事，先讲讲这个包括张旋龙在内，众多方正精兵强将再次"打擂台"的故事。

6 最前沿的市场需求是最好的导师

1993 年，当国外出现"调频网"技术，香港明报集团在采用了方正系统出彩色报纸后又打算采用更高档的彩色系统来实现高档画刊的"高保真"印刷。明报集团以招标的方式来做这件事，海内外投标者共有 6 家。张旋龙成为这次代表方正投标的前锋。

这次投标，就需要肖建国正主持的研究了。王选曾在一篇文章中写道："负责这一研究的肖建国和杨斌于 1993 年 8 月也研制出北大方正自己的调频挂网技术，很快给香港《明报》试用。"

可是，试用后，《明报》一方面对彩色照片的印刷质量提高很满意，另一方面又抱怨输出速度慢，张旋龙在港很快得知消息。

"我们的速度是比人家慢。比两家慢，两家都是美国公司的产品。《明报》打算不用方正的了。"张旋龙说。

"后来呢？"我问。

"我在香港熟呀。"

"难道也走后门？"

"那倒不是。"

张旋龙说，当时的《明报》总经理许笑栋先生跟我关系很好，他们打算不用了得告诉我。他们电脑部的总经理杨学良就找我下面排版部的总经理施朝阳说："你告诉你们的老板张旋龙，你这太慢了，你叫你们老板自己退出去。"

张旋龙马上告诉杨学良："你安排一下，我跟你们总经理吃饭，有话跟他说。"杨学良说："旋龙，总经理也知道这事，你们现在的产品是不行，以后行了再来，我们一定支持你。"张旋龙看看没别的办法，就说："这样，你给我一个机会，我明天回北京，回来不行就不行。"

第二天一早张旋龙就飞来北京，"当时王选老师正生病住院，会议由陈堃銶老师主持，我把情况说了。我挺着急，我还说，你们的目标要叫我'做海外'，明报集团是香港最大的报业集团，如果《明报》拿不下来，以后我继续帮你们做中国人的生意好了，做外国的、海外版的，可能就没戏了。"

大家就纷纷说话。知道这是由于采用调频网技术后，运算量很大，以至输出速度降低。会议开到通宵。张旋龙未必能听懂技术上的细节，但张旋龙信心十足。他曾很有感慨地说："我最羡慕北京这些人了，出了问题，有一大帮优秀的人跟你商量。我在那边是孤军作战，不知找谁。"

这晚的会议，虽然王选老师没在场，大家都围绕着他平日的观点来思考。这是肖建国小组，阳振坤小组，以及其他软、硬件小组都要紧密配合协同作战才有可能解决的难题。另一个尖锐的难题是，时间非常紧迫，我们的科技人员却不可能立刻赴港，如等到一系列去香港的报批手续做完，这事也就完蛋了。

怎么办？正是南方最炎热的 8 月，北大方正近 20 名强将精兵开赴深圳，就在罗湖大门的北侧设帐，"大家下定决心，要打这个渡江战役。"

就在与香港只有一河之隔的罗湖桥北岸，开发人员协同作战，张旋龙不断把《明报》那边的意见和要求送过来，这边得以及时地"边听边改"，系统一天一个样，在一个多月内解决了十大难题，使系统既能排书报，又能排杂志和广告，最大限度地满足了海外市场的要求。在速度上，使最初 10 多小时才能完成的工作，仅隔两周，就缩短到 190 分钟，随后又缩短到 30 分钟，最后只需 7 ~ 9 分钟。在彩印效果、适用和速度上都全面超过了参加投标的其他任何系统。

明报集团不仅为北大人员隔河设帐夜以继日地搞开发感动，也为北大仿佛潜藏着的突然爆发出来的技术力量震撼。1993 年 10 月 9 日明报集团与方正集团签约，正式采用方正高档彩色系统。

现在，我们可以看到，在张旋龙前来告急、王选尚在住院的情况下，如不是这样一批年轻人挑得起重担，这《明报》的"擂台"如何打得下来？

现在，我们也看到，港、澳地区的彩印需求大于内地，是如何更有效地呼唤出王选的学生们在彩印领域的创造。连王选本人也是深得市场的教导。比如去日本考察回来，王选拿着一本 1200 页每两周按期出版的彩色杂志告诉大家："日本的彩色印刷业不亚于美国，市场的规模比中国大 10 倍。发达的日本市场带来很多国内碰不到的需求，会极大地刺激我们一批优秀年轻人的创造才华，使年轻人产生去打开发达国家市场，领导技术新潮流的使命感。"

7 智者的选择

王选在 1991 年成为中国科学院院士，1993 年成为第三世界科学院院士，1994 年又成为中国工程院院士。人们盛赞他，他在许多场合却这样表达："一年戴一顶桂冠，一下子成了三院士，这时我 57 岁了。可惜，在我年轻最需要的时候没有得到承认。现在忽然成为计算机界的权威。可是，在高新技术领域年轻人有明显优势，55 岁以上的专家创造的高峰期绝对已经过去了，哪里有 57 岁的权威呢？"王选似乎一生都没有得到一个骄傲的机会，或者说终于获得了一个可以谦虚的资格。

"当然，"他说，"要找 60 岁左右，像我这种年龄犯错误的可以找出一批来。"然后他讲到其中最著名的"三位赫赫有名的伟大的发明家"，第一位就是美籍华裔电脑巨匠王安，另两位是曾被誉为"巨型计算机之父"的克雷和创办了"小型机王国"公司的奥尔森，他们都在 60 岁左右犯了跟自己的成就同样大的错误，使公司从辉煌跌入困境。

他也想到了曹操 50 多岁作《龟虽寿》，那"烈士暮年，壮心不已"的名句是很激励不少老骥的，使人总想在晚年继续作出重要贡献。他说这种心态是好的，但是，"我以为，伏枥老骥最好用'扶植新秀，甘为人梯'来实现自己志在千里的雄心壮志。"

他还说："在高新技术领域千万不要迷信院士。院士者，就是他一生做了贡献，给他一种安慰，一种肯定而已。"并说，"计算机技术是年轻的技术，年轻一代应探索新的方法和途径来超越前辈。"

有一回，中央电视台采访李素丽、王选等人，主持人说："请你们每人用一句话向观众介绍自己。"话筒递到李素丽面前，李素丽说："我是一个善良的人。"话筒递到王选面前，王选说：

"我是一个曾经作出贡献的过时的计算机专家。"

一言道出，如有惊雷。这是一个科学家的自我介绍，有着惊人的准确。更高的准确性是，他在利用媒体请你——注意青年！

某天，他在报上看到几句关于名人与普通人"区别"的话，就记下来，然后在作报告时讲出来，总能引起哄堂大笑。

名人用过的东西叫文物，凡人用过的东西就是废物。

名人喝酒叫豪饮，凡人就是贪杯。

名人平易近人叫亲切，凡人就叫巴结。

名人能说会辩叫雄辩，凡人就是狡辩。

名人做过的傻事叫轶事，凡人做的就是蠢事。

名人倔强叫个性，凡人就叫劣根性。

名人与名人互相不服气，凡人与凡人倒是和和气气。

　　他接着说，在高新技术领域绝对不能崇尚名人，要重视"小人物"。王选懂得重视年轻人，生命就在自己的身心依然绿油油地生长，而不是变成那种人称的"泰斗"。从前苏东坡说："谁道人生无再少，门前流水尚能西。"56 岁以后的王选在往年轻的方向活，这是一种让时光倒流的活法，很高妙。

　　王选还说："就科学技术而论，对原子弹贡献最大的是周光召，对氢弹贡献最大的是于敏。我觉得，两弹元勋邓稼先之伟大在于，不仅自己有才华，而且能让他手下比他更出众的人充分施展才华。"

　　关于王选提携年轻人，我曾很由衷地对王选老师说过："这总是很让人感动的事。"王选说："如果不这样做，就不会有方正后来的更大成功，王选也就被人抛弃了。"

　　我想，王选说的并不夸张。方正系统实现高保真彩色印刷，不是只拿下《明报》招标而已，这是实现了彩色技术的又一重大突破。只要想想，这件事仅在科研方面，就需要几支优秀的青年科技队伍如此努力地协同作战才能走到这一步……如果王选怕年轻人超过自己，如果不是如此努力地创造让年轻人去创造的环境，已取得辉煌成就的方正系统也可能昙花一现啊！

　　所以，当王选在他 56 岁感到不如年轻人的时候，悟到了可以把自己肩上的担子移到年轻人的肩上去，这实在是一个聪明的办法，是他一生中最智慧的抉择。

　　1993 年，继《明报》之后，一天出 1000 页的台湾《联合报》也与北大方正联系……台湾，这是中国大海那边的又一大市场，一个多么诱人的市场。紧接着，东南亚、北美的中文高档彩印市场也频频向北大方正发来信号，一个走向世界的激动人心的时期正在向方正招手，1994 年王选将如何挺进台湾呢？

但是，我又得先放下王选的故事了。你已看到，张旋龙以一种新的身份出现在《明报》招标的故事中，早在1992年底方正集团尚未成立之时，张玉峰就找张旋龙，要与张旋龙合资，把他的金山公司变成香港方正，这是个非常大的事，张旋龙如何面对张玉峰突然提出的这一大事？

● 同时代的消息与参考故事

1993年英特尔推出奔腾（Pentium）处理器，含三百万颗晶体管。今天，若有人问，英特尔靠什么成功？多数人马上会想到英特尔的高技术。然而这只是一个最容易看到的层次。

英特尔是靠存储器起家的，公司成立3年后就推出了全球第一颗微处理器（1971年），然而到第13年（1985年）仍把自己定位为一个存储器公司。此时日本后起的存储器公司以十分有效的经营迅速夺走英特尔开创的存储器市场。英特尔连续一年半出现严重亏损，业界开始怀疑英特尔是否还能生存下去。一天，公司总裁葛洛夫问董事长兼首席执行长摩尔："如果我们下台，另选一名总裁，他会采取什么行动？"摩尔想了想，说："他会放弃存储器。"葛洛夫："那么，我们为什么不自己动手这么干呢？"就在这次著名的对话后，葛洛夫开始了挽救英特尔的第一次策略转型。他顶住种种压力，组织了公司首度裁员并关闭工厂，领导着公司留下来的人员全力进军微处理器市场。正是这个葛洛夫，是英特尔发展中最耐人寻味的领导者。

他1936年生于匈牙利的布达佩斯，作为犹太血统的匈牙利人在二战中躲过了纳粹的迫害。二战后，他在社会主义制度下的匈牙利长到了20岁，就在这1956年，因苏联入侵匈牙利造成饥荒和不安全，葛洛夫离匈牙利来到美国，此时他一点儿英语都不会，如何变成美国制度下的一位世界顶尖级企业家？

第十六章

——

回家的路

(1956 年——1978 年)

茫茫印度洋上的毛里求斯岛，张旋龙的父亲就生在这里。爷爷为他取名铠卿，铠是凯的谐音，卿是对儿子的爱称。生儿曰铠（凯）卿，生孙曰旋龙，"凯旋"之意就写在子孙的名上，回归的愿望该多么强烈多么深长……似乎这样的家庭，注定有不同凡响的声音。

1 张旋龙的人生一大选择

某天，张玉峰来找张旋龙谈合资，对他说："我只有 3000 万人民币，又不能让你占大头，我们各占 50% 吧。"

张旋龙说："你是说真的吗？我金山的资产不止这个价吧！"

张玉峰说："我就这么多钱，我要占一半。你可以把你那房地产啊什么的拨出去。"

张玉峰是说真的。"以前，我说过我是愿意帮方正的忙。但我没想到，这次张玉峰是想把我的金山公司变成香港方正，跟不跟他合呢？这也是我人生一个很大的选择。"这是张旋龙所描述的这件事的开端。

"这其实是考虑得比较久的事了。"张玉峰说。

1989年我们就开始做海外，最早《澳门日报》买了我们的照排系统，厂房也装修了，人员也招了，就等着我们过去搞培训。突然发生了春夏之交的政治风波，我们的人过不去了，我们又是北大的，护照更做不下来。可是合同跟人家签了。你本来说你什么都行，突然你什么都不行了。最后，还是在珠海海关的帮助下，我们借用了海关的房子，请《澳门日报》的人过来培训。

你说要走向世界，现在才体会到，还得靠海外的人做海外。即使做好培训也是不够的。你在海外没有技术服务队伍，设备出问题要你去排除故障，你一个护照办下来还要两个月，人家的报纸还出不出？这样，谁敢买你的系统呢？

1991年我们就在香港办了一个北达信息公司，当时想，我们有很多外国的进货是从香港转口，有很多事需要这个在港的公司去做。但是这个公司能力非常有限。有几件事，我是很感慨的。

一个公司运营，总想减少成本，大家通常的做法是，通过银行开信用证，有时还开个远期信用证给对方，对方可以先把货发过来，比如货到香港要20天，我们从开出信用证之日起两个月再付款，那差不多可以把货卖掉我再付款，就能用很少的成本做这生意。可是我们在香港办的这个公司开不了信用证，因为我们没有钱存到香港银行。你如果在香港有物业做抵押，有一定的信誉额度也行。但是我们什么都没有。

我们从1988年推照排系统开始，我负责从国外进口元器件，就经常找张旋龙帮忙。你知道，我们一开始是非常穷的，我从卖张旋龙的Super机开始就是把货卖完再给他付款。1989年后正是我们在海内外大力推广照排系统的时候，也是公司发展需要很多资金的时候，我经常是在资金最困难的时候，对张旋龙说："你去帮开个信用证吧。"

"没关系，只要我有。"张旋龙从来是这么痛快。

张旋龙去开信用证，当然是用他的财产做抵押。他帮北大这个忙，是付出劳动，承担风险，但完全无回报的。我常常想，张旋龙一个香港商人，为什么要这样帮我？后来，我们在香港办的"北达"，所有的帐目都由张旋龙的公司帮我保管，他每个礼拜给我一个帐单。

再比方，我们合作汉卡，前期的开发费用是金山公司投资的，分利润是方正一半，金山一半。在方正发展的过程中，张旋龙还随时随地帮助做了许多大家在内地不知道的事。我一直想，要靠海外的人做海外，难道还有比张旋龙更好的人吗！

以上是张玉峰的叙述。

2　在方正资金最紧张的日子里

合，还是不合呢？这不仅是张旋龙人生中一大选择，也是张旋龙全家的很大选择。"我们金山是个家族公司。"张旋龙说，"我的几个弟妹，妹夫也在公司里。"

金山公司的创办者是张旋龙的父亲张铠卿，张先生当初就是取"铠"字中的"金山"二字做公司的名。如果与北大新技术公司合资，在香港注册，就叫方正香港有限公司。此时方正集团还没成立，在香港做事还要靠金山的名气。如果合了，金山公司也还存在，一个董事会两块牌子，张玉峰当董事长，张旋龙当副董事长兼总经理。

"什么，爸爸创业的金山就这样啦？"

张旋龙说，起初，我们全家讨论，我的弟妹都说：这样不干。

但是，后来都同意了。

1993 年 2 月 18 日，方正集团总裁晏懋洵在方正集团成立大会上说："我们投资 500 万美元，与同我们有着长时间合作的香港金山公司合资成立了香港方正，共同开发海外市场。"

香港方正成立后，做的第一家就是《明报》，把《明报》做下来，在香港的影响力是最大的，此后海外市场迅速做开。但香港方正做的远不只是开发海外市场，这时国内还有几十家分公司在发展，发展中的方正集团正有许多进出口业务要经过香港做。这是方正发展最重要的一个时期，除了照排系统，赵威他们在做进口电脑，业务量大大增加，资金严重不足。

正是这资金严重不足的时期，张玉峰又叫张旋龙首先去建加拿大方正，因加拿大有一个造大屏幕显示器的厂，其产品是全世界最好的，肖建国已经搞出了大屏幕中文报纸组版系统，方正还没有自己的显示器。

　　"张玉峰叫我去把加拿大这家厂的'大屏幕'全包下来，这对于我们推大屏幕组版系统非常有利。可是要包下这家的产品，没有经济实力是不可能的。"张旋龙说，"你跟人家定合同也不成，人家要看你有多少财产，你在银行有多少钱可以动用，银行给你出具够额的信用证才行。当时我们一下子需要很多很多资金。"

　　香港方正注册资金是8000万港币，像方正集团这样一个大公司，在香港仅有8000万港币的额信是非常不够的。张玉峰说："当时我们四面八方都要用钱。在我们业务最紧急的时候，我们找了中国银行，也找了在香港的中国银行，我们曾经讲过，用我们在国内的这么多公司、分公司向北京的中国银行做担保，再通过在香港的中国银行帮帮我们，我找了他们总行的人，也找了他们信贷部的人，都没办法，真是办不成啊！到处都说是为经济建设服务，你要搞了经济就知道，那种不适合搞经济建设的体制，不适合搞经济建设的观念，在我国还到处都是。你经常对他们无可奈何。这时，又是张旋龙说，我来吧！"

　　张旋龙说："当时要贷款、开信用证，我自己的财产都抵押进去也不够，我把我们三兄弟，还有我妹妹都动员起来，把我们全部的资产、房产都抵押了，当时担保了一个多亿给北大去做生意。当初合资说，方正要占50%的股份，要我把房产都拨出去，现在还是全部抵押给你了。能让我这么干，也是张玉峰的本事。我们全家根本就是把命都押给你了。"

　　"张玉峰很神秘。"不少人这样说。

　　张玉峰自小养成"观棋不语真君子"的性格，不大说话，这大约是被感觉"神秘"的原因之一。我见张玉峰，常常总能想见一个大棋盘。如果我会画画，我就该给这本书画一张大棋盘，让张玉峰盘腿坐在棋盘中。

　　像这个"依靠海外的人做海外"的故事，不仅充分利用了张旋龙这样一个杰出的香港商人，还利用了他的公司。

　　张旋龙说："张玉峰这步棋走得太高级了。因为在香港要想上市，不是你什么时候想上就能上的，你必须在香港有连续3年的业绩，3年都赚钱，才可以上市。如果没有1992年底来找我金山合资，方正到1995年底就不可能在香港上市。"

　　方正在香港上市才成为一个真正走向国际市场的大公司，这步棋，按张旋龙的看法，"是 1992 年底张玉峰来找我那个时候走出来的"。如此，我把与张旋龙合作"成立香港方正"，以及日后选择在香港上市看作是方正发展中的第五个重大决策。

张玉峰说："我还能说什么呢？张旋龙把他自己和他的弟弟妹妹的所有物业，全部私有财产都抵押进来了，为方正做信誉担保，而且完全无回报的。人家问我，张旋龙为什么对我这么好？我自己想，可能是缘分吧！有时，我就说，他是我的堂兄弟。可是，方正也不是我自己的方正呀，张旋龙为什么呢？"

3　遥远的毛里求斯岛

"我这人还是很有民族心的。"张旋龙说。

还是燕山大酒店 1711 房，我与张旋龙坐在餐桌前交谈。

不是吃饭，只是交谈。这次交谈，给我这样一个深刻印象：

一百多年来，海外华人对祖国的热爱，有时是我们国内的人难以想象的。那种对祖国铭心镂骨深深的热爱，也总是与祖国曾经的不幸和苦难乳水交融。

旋龙的父亲张铠卿生在毛里求斯，那是非洲的一个岛国，16 世纪末荷兰殖民者来此，后有法国侵入，1810 年被英国占领，殖民者运入大量印度和中国劳工发展种植园经济，甘蔗面积占绝大部分。张旋龙的祖籍在广东梅县，故乡盛产水稻和甘蔗，故乡在上一个世纪就有许多人被英国殖民者运到毛里求斯。

旋龙的祖父是一个遗腹子，有关曾祖的故事就模糊得连面目都没有了。毛里求斯说在非洲，却是在茫茫印度洋的肚子里，由毛里求斯岛和罗得里格斯等诸岛组成，四面都是一望无际的海水。据说，中国劳工在那里对祖国的思念，是漂流世界其他国家的华侨都难以想象的。

"我爷爷是在船上煮饭的。"张旋龙说。

在印度洋上，与非洲大陆遥隔着千里水路的一个大岛叫马达加斯加岛，毛里求斯岛离马达加斯加岛还有 1400 多里，"爷爷学会了偷带货物，在海岸与海岸之间做点生意，攒下了一点钱。"许多中国劳工攒钱的最初目的是想攒一笔路费返回故乡。

爷爷回归的愿望尚未实现，生下了儿子为之取名铠卿，"铠"是"凯"的谐音，"卿"是对儿子的爱称。生子曰"铠（凯）卿"，生孙曰"旋龙"，"凯旋"

之意就写在子孙的名上，你想，回归的愿望该有多么强烈多么深长！

回归祖国的愿望虽然还没有实现，但爷爷到底把家移居到亚洲的印度尼西亚了。少年张铠卿在印尼华侨学校读书，16 岁那年，爷爷泪水汪汪地送儿子上船，终于使铠卿回到了故乡。

噢，梅县。这就是故乡梅县。铠卿在梅县中学继续读书，随后考入上海同济大学。抗战时在国统区参加了青年军打日本。解放战争时期又加入解放军的队伍随大军南下。到泉州，张铠卿奉命留下来参加筹办泉州市卫生学校，后任该校教导处主任。就在这儿，张旋龙于 1956 年 5 月 11 日生在泉州。

王选曾说自己从小学到中学在班上只是成绩比较好，不是最好，这一方面是由于"我不是很聪明"，另一方面可能和当班干部被分解了一部分精力有关。"但是，我当了多年班干部，使我后来从事科研获益很大。"因为当代科研需要多学科的跨领域联合攻关，因此组织科研的能力比独自埋头科研重要得多。

张玉峰也讲到，他在决定是否出来办公司的前夜，认真权衡自己有无办公司的能力，那时，想起来的就是：自己从初三当科代表开始，此后一直当班干部，这经历培养了我的组织能力。这是从课本里学不到的一种能力。

现在张旋龙也说："我从小学一年级开始就是班长。"

泉州实验小学是张旋龙的母校，读到三年级时遇到了文化大革命，校内校外到处是红旗红袖章，曾经是班长的张旋龙忽然被宣布不能加入"红小兵"，原因是他父亲已经被人贴出大字报，揭发出他父亲在民国时期曾参加"青年军"，有历史问题。

10 岁的张旋龙哭了。那天中午，同学们都回家了，学校操场上空空荡荡，张旋龙面对着一棵大树在呜呜地哭。他哭得非常伤心……父亲到底是什么人，他认不清了。仿佛眨眼之间，他的家变成了一个可怕的地方。

班主任是一位女教师，发现了他。女教师走过来了，张旋龙哭得更伤心，女教师决定送他回家。

老师牵着旋龙的手，与他踏上了帮他回家的路……此后几十年风风雨雨，海内海外，张旋龙再没有忘记这段回家的路。

老师的手非常温暖。

"我永远记得我三年级的班主任黄庆玉老师。"

张旋龙永远记得的另一位老师是初二的班主任陈璇瑛。

初二的张旋龙仍然是班长，在"入团"问题上又因父亲的"青年军历史"遇到争议，陈璇瑛老师不但在班上说，还到学校领导那儿说："如果班上有一个人能入团，这个人就应该是张旋龙。"

陈璇瑛是教数学的老师，在她的力争下张旋龙入了团。

是的，香港商人张旋龙曾经是一位共青团员。

陈老师及时地保护了张旋龙年轻的自信心，她使张旋龙深深地记住，被人信任是很重要的，而只要你真诚地去做一个好人，就总会被好人所理解所相信。

虽然，人生可能经常不被人相信，但人生什么时候都可以去争取被人相信，即取信于人。这一点对于张旋龙日后经商起了突出的作用。他总是把如何取信于顾客，取信于合作者放在第一位。他深信坑人的行为，都是坑自己。

4　流泪的谎言

今天，张旋龙作为北大方正集团香港上市公司的总裁，在香港已很有名气。张旋龙的大弟张泉龙、二弟张小龙，在香港也都是各有产业的商人。人称"张家三条龙"。此外，张旋龙的妹妹张小霞在香港也是商海女杰。

但很少人知道——北大和方正集团内也很少人知道，这个香港的商人之家，在70年代竟是大陆的教师之家。

你已知张铠卿毕业于上海同济大学，是泉州卫生学校的教务处主任。张旋龙的母亲赵少茹则毕业于福州幼儿师范，是泉州市幼儿园的教师。张旋龙上高中时成为泉州一中的团委书记，学生会副主席，毕业后就留校当教师。他们四兄妹都毕业于泉州一中，两个弟弟毕业后都在教书，当代课老师。妹妹毕业后在医院当护士。张旋龙的家，从海外的华侨之家，到大陆的教师之家，再到香港的商人之家，这是一种怎样的变迁？而今，张旋龙是全球高校企业第一家上市公司的总裁，这又是一种怎样的造化？

我不惜篇幅写张旋龙的故事，因我越来越感到，张旋龙一家几代人在百年中举家迁徙的路，是中国百年来呼唤教育、呼唤科技、呼唤经济的历史旋律中一段典型的传奇。

张旋龙的爷爷 1960 年去世。奶奶于 1970 年在香港来信，让儿子张铠卿去香港接收遗产。那时要从"福建前线"去香港相当困难。经许多曲折，张铠卿总算在 1972 年被批准出去。

到香港，他已永远看不见母亲。

"我奶奶很可怜，在香港住在别人家里。奶奶在香港等儿子，等啊等，没有等到，在 1971 年就死了。"

到达香港的张铠卿此时才知已没有任何遗产可继承，原有一些财产被海外的亲戚变卖了。现在，一个大陆学校的教务处主任，独自一人要在香港生存下去都成问题。但张铠卿已不想回大陆。

他是学医的，就利用中医知识给人看病。由于他没有执照，这条路走不通。转眼已是 1973 年，他 50 岁了，在租来的一间只能放下一张单人床的小屋里给远在泉州的妻子和旋龙兄妹写信。他在信中编造自己在香港生活得很好的谎言，还给妻儿寄来一些钱，他说不宜多寄，怕影响不好。

那是父亲流着眼泪编织的谎言，那谎言中其实有父亲真实的理想，50 岁的张铠卿决心学做生意，相信自己的努力会把谎言变成现实。此时的张旋龙高中尚未毕业，母亲领着 4 个都在读书的子女，日子过得非常艰难。

"后来，卫生学校不让我们住了。我母亲的幼儿园又没有住房。我们租房子住，日子很苦，也不见父亲寄钱来。"

再后来，父亲来信，让全家人都去香港。"来吧，"父亲在呼唤，"来吧，都来吧，我想念你们，这里很好！"

1978 年张旋龙终于被批准去香港。3 月 12 日，是他告别母亲和 3 个弟妹出去的日子。这年他 22 岁，母亲在他的口袋里装了两个鸡蛋，对他说："到香港后就先去念书。"

他说："妈妈，我会。"

他就是带着这个目的去香港的。他一直很遗憾没有读到大学。"我想去香港读大学。我还想去美国读大学。"汽车载着他离开故乡，他在车窗里望见泉州巍峨的东西双塔渐渐远去，在心里对故乡说："再见！"

长途汽车沿着福建、广东两省的沿海公路把他拉到汕头，再到深圳……他说，我到香港时没人来接我，我是发了电报的。我根本不知道父亲在外做生意没接到电报。我初到香港，谁也不认识，我一个人在车站等啊等，口袋里只有不到 100 元港币……直到夜里 12 点后，我才看到父亲，我的眼泪一下就掉下来。

父亲离家那年旋龙才 16 岁。离别 6 年，旋龙发现父亲老了很多。父亲把他带回家，他才知道父亲这 6 年其实很惨。

"他在香港只租一间房，比这间还小。"说这话时，张旋龙指着北京燕山大酒店 1711 房内一间厨房样的小间。他说他无法想象父亲这 6 年在香港是怎么过的。父亲的香港小屋里只有一张单人床，当晚我和父亲就睡在那张单人床上，一人睡一头。

这是一个永难忘记的不眠之夜。张旋龙期望去美国读大学的梦，在这一夜破灭。

张铠卿已经 55 岁，在香港 6 年间他养过金鱼、鳗鱼，卖过牛仔裤。"有时挣了一点，但又赔进去，总是很失败。"总结失败的原因，张旋龙说："一是我父亲当教师出身的，没做过生意。二是他按大陆看到的那一套做生意根本不灵。"

但是，张旋龙不也是教师出身吗？ 1984 年底，张旋龙来中关村时已拥有"不到 100 万美元"的资产。由此上溯到 1978 年张旋龙到香港那年，也是 6 年，这 6 年间那"不到 100 万美元"是怎么赚来的呢？

我曾听大学生们这样说：改革开放都 20 年了，今天做生意不像当初，早先胆大的敢做就先富起来了，现在哪儿的"摊位"都满着。我们已经处在一个更难起步的时期，加上没有资金，两手空空，我们能怎么开始呢？

我也曾以为这话不无道理。但是，再看张旋龙呢？

1978 年的香港寸土万金。1978 年那个春天之夜，张旋龙与父亲同睡在一张单人床上，窘迫如彼，分明是穷光蛋。论知识，张旋龙高中毕业。论经验，张旋龙父子做生意起步的经验都是零，以零经验要在香港这样的商海中踩出一条成功之路，岂不更难！

然而，香港金山公司的 17 层金山大厦拔地而起！张旋龙与父亲从挤在一张单人床上开始，究竟怎样挣出了那最初的"不到 100 万美元"，我想，这是一个吸引我的谜。

● **同时代的消息与参考故事**

　　来到美国，葛洛夫进了一所被认为"缺少时代气息"的纽约城市大学，正是这所不大出名的大学帮助葛洛夫度过了最初的在美求学历程。1960 年 24 岁的葛洛夫从这所大学获得了化学工程管理学士学位。1963 年从加利福尼亚大学伯克利分校获得哲学博士学位。在中国要想用 3 年时间从学士变成博士，即使你是天才，迄今也是不可能的。葛洛夫在美国的教育环境下赢得了早日成为博士并早日去参加实践的时间，毕业后他进了仙童半导体公司。1968 年随诺宜斯、摩尔创立英特尔公司时葛洛夫 32 岁。

　　公司创业初期，作为集成电路发明人之一的诺宜斯因有很好的声望，负责与外界联系，曾创造了 30 分钟内为公司募集 250 万美元创业基金的记录。摩尔与葛洛夫共同负责公司的内部管理，他们的合作被认为"两位一体"达至密切无间。这种密切并非不发生争论，而是积极地就事论事，不牵涉个人，追求的结果是要解决问题。这种方式有益于不隐藏矛盾，较快发现问题和迅速解决。英特尔称之"建设性的对立"。由于诺宜斯和摩尔的声望，葛洛夫在其中发生的奇妙作为长期以来是被外界忽略的。其实，这种"建设性的对立"已是葛洛夫的哲学功底在起重要作用。

第十七章

——

请为我唱一首出塞曲

(1979 年——1984 年)

　　没有资本，没有地位，没有经验，如何能在大厦高森，商贾如潮的香港踩出一条发家之路？张旋龙一家是从卖小小芯片迅速起兴，这正是知识经济破晓之时，一个商人发家的典型经历。

　　都说要有竞争意识，你将看到"联手"意识比"竞争"意识更重要。成功并不是从竞争中得来的，而是从"联手""互补"中增长出成功。人生若没有志同道合的朋友，要想取得任何成功都几乎是不可能的。

1　带血渍的西装

　　张旋龙到香港后就给母亲和弟妹写信，告知：父亲在这里辛苦得很，情况不是父亲说的那样，但如果全家都来情况就会好起来。当年 11 月，母亲带着 3 个儿女举家来到香港。

　　张旋龙初到一家皮箱厂做工，"开始是打杂，扫地、关门全是我的事，月工资 500 港币。"工厂离父亲住的地方很远，张旋龙就住在厂里，星期六晚才回来与父亲一聚。全家团圆后，两个弟弟也打工，母亲和妹妹替人加工衣服。一个星期天，小龙捡来一张报纸对旋龙道：

"哥，做这可以。月工资有一万元。"

报上登的是做导游的事。旅行社要招会讲国语、闽南语和英语的人。张旋龙白天做工，晚上去学英语，加上国语和闽南语原本就精通。月薪万元当然是诱人的，不妨一试。

当导游不是做工，母亲说，"你去买一套西装。"

旋龙去了，花 30 元在地摊上买了一件旧货穿回来，很高兴。

母亲一看："怎么袖子上有血？"

旋龙看，血还不少。"洗洗吧！"

母亲只好拿去洗。洗净了，旋龙穿着去旅行社应试，还是很高兴，"这是我一生中的第一件西装。"

这是 1979 年底，大陆正逐渐开放，来香港旅游的人多起来。这是一项正在热起来的产业，旅行社收下了他。张旋龙此时知道了，月工资其实也只有 700 港币，其他收入要看你的本事，比如带旅游者去买东西，挣佣金和小费。

开始跟着老导游带旅游团了，张旋龙对自己说，要像尊敬老师那样尊敬老导游。初次跟团，旅行车刚离市区向风景点去，老导游忽然说："停车。"

车停。老导游又指着张旋龙说："你可以不要去了。"

张旋龙简直不敢相信："为什么？"

"不为什么，你下车吧！"

张旋龙下车了，车门关上，旅行车扬长而去。

大路上孤零零一个穿西装的张旋龙。

他落泪了，这就是香港？

从此知道老导游不愿让新手跟车，不愿让你学会如何向游客介绍……"我没有香港文凭，英语又不好，又比较土，从大陆去的也被人看不起，他们就可以随便欺负我。"

马路上有一个站牌，张旋龙可以乘车回来。他没乘车，在一步步走回来的路上，决心发愤图强，超过他们。

与方正合作后，王选、张玉峰，以及北大校长、党委书记到香港，张旋龙都带着他们游香港，他们无一例外地说过：

"旋龙，你还真行啊！"

"你对香港怎么这么熟悉！"

"我原来就是干这一行的。我在这行是从最小做到最大。"

"什么叫最大？"

"不到一年，我就被任命为导游部的总经理。"旋龙说。

这不是做工，是"做企业"了。似乎无意间张旋龙有了做企业的开端。这不是自己从零开始做一个企业，是在别人的企业里做企业。这样做企业也可以做得轰轰烈烈。这个"开端"给了张旋龙重要启示，日后到中关村，对如何利用四通做生意他已胸有成竹。

导游要靠"讲"，他是当教师出身的，懂得把有关知识汇集起来讲。比如介绍香港跑马场，他就说：香港一星期跑两天马，一天跑 10 场到 20 场，一场投注一亿到两亿港币，这在全世界也是很惊人的。香港百分之七八十的人都会去参与。当然那是一种赌。有心脏病的人要小心，赢钱输钱都可能心脏病发作。发作了，这地方很方便，对面就有一家医院。万一抢救不过来，处理善后也很方便，对面有一家火葬场……这火葬场一句听来不吉利，但大家听着都笑了。张旋龙的介绍，往往把某一旅游景点的方圆建筑都有机联系起来，游客只听一次就牢牢记住，回去就可以向人复述了。

由于张旋龙对香港比较陌生，为方便自己记住，他像备课写讲义那样把各旅游景点的风光人文、历史掌故编写出来，突出知识性和趣味性，很快大受欢迎，并有了好名声。

"我们的旅行社是香港最大的本地旅行社。"1980 年随着大陆去港人员增多旅游业更加兴旺，旅行社需要更多导游，旅行社之间也有竞争。张旋龙所在的旅行社发现了张旋龙的"导游话本"，决定让他办班培训公司的导游。于是张旋龙的"讲义"成了教材，张旋龙也因此被提为导游部总经理。

那些保守的老导游不仅不如张旋龙，也不如他的学员。他们本来怕被新手抢了饭碗，结果在游客更多的时代，他们正被张旋龙培训出的一大群新手淘汰。

通过教会更多的导游吸引游客，从而为公司赚钱，这是利用知识赚钱，是通过传播的"开放性"而不是"垄断性"赚钱，这是张旋龙得到的另一个启示。然而，张旋龙一家真正的转机，还是因为张铠卿发现了英特尔的小小芯片。

2 告慰母亲

就在 1978 年，IBM 还没有在波克镇成立 PC 研究小组之时，张铠卿发现了小小芯片，并开始尝试着做芯片生意。

这个发现与张铠卿原本对无线电感兴趣有关。早在抗战时期，他的高中学校只有一台收音机，大家每天都收听，忽然收音机坏了，是张铠卿把它修好。

从美国往香港带芯片是件冒险事情。虞有澄在《我看英特尔》一书中曾写道，当初从美国进口微处理器到台湾"常需大费周折"，以至有人称"那真是要过五关斩六将"。要填一大堆登记表格，要接受问话，还得通过外交部、国防部、中央情报局……"因此，有时干脆就放进手提箱直接带进来。"张铠卿就属于把芯片"放进手提箱"直接带进香港的。

"带芯片，来回走，费用很大。"张旋龙一家没房产、没资金，当然也没人帮他开个"信用证"，要把生意做大是很难的。"全家人去打工，把挣来的钱都交给我父亲去做芯片生意，父亲心里压力也大，要是被海关没收，就惨了。"

虞有澄在他的书中还说，台湾人早期弄到台湾的微处理器主要是"卖进中山科学院与电信研究所，因而开发出军事与通信用途"。同时也卖到台湾的交通、清华等大学作基础应用研究。

张铠卿把芯片弄到香港后，又辗转弄进祖国大陆。"我父亲虽然在'文革'中受冤屈，还是很有爱国心的。"旋龙说，"那时芯片还是'巴统'严控不让带进中国的高科技产品。我父亲就想，这东西带回国内不但能赚钱，对国内的科研也肯定有好处。"

张铠卿带进大陆的芯片最早就卖给了株洲电子研究所，在这个研究所搞出了"单板机"，就是类似 1975 年美国 MITS 公司搞出世界上第一台微电脑那样的东西：没有键盘，没有显示器，只有面板上装着集成电路……接着又搞出双板机。

因生意上的需要，金山公司成立，注册地点就是他们一家人租来住的房子。"全部面积也只有这个套间大。"张旋龙指着燕山大酒店 1711 房说。

1981 年张旋龙在旅行社已有近万元月收入，这本是全家感到欣喜的薪金，到年底张旋龙辞去旅行社工作已不觉得可惜，可见全家都来做电脑生意正有大好前景。金山公司开始卖进口显示器、苹果电脑，接着又在香港搞出了苹果兼容机……1982 年起，张旋龙接替父亲跑大陆做芯片生意。

"英国是巴统成员国，不让我们把芯片带进中国大陆。大陆海关不少人对芯片还模模糊糊。有一次我的芯片被深圳海关扣了，我就去讲：那边不让我进，这边你也不让我进，我冒着风险从巴统那边运过来，运成功了，你们不让？"

到国内，张旋龙起初跑的多是山沟，"那些地方每天早晨吹军号，连招待所都没有，我去就住在幼儿园里。"从这话中你可以知道，张铠卿父子弄到大陆的芯片也是被用于科研，比如用于潜艇、卫星等军事和通信方面。到 1984 年国内城市经济体制改革开始，张旋龙立刻就来到北京中关村。

张铠卿一家去香港，似乎大陆少了几位教师，香港多一户商人。其实不然。从前京师大学堂的办学宗旨即"开通智慧，振兴实业"。在我看来，张旋龙一家是因赴港而使这个"教育之家"的作用得到不寻常的延伸，特别是张旋龙到中关村后，对北大方正的发展，也是有意义的。

"我愿意把一亿多元资产抵押给方正，一是对张玉峰、王选信得过。二是我比较有民族心。三是北京大学这个牌子，我从小就想考北大，现在做生意把我们联在一起。"

张旋龙能如此，与他生长在大陆是有关系的。22 岁去香港，他的文化获得和感情基础基本上是共和国培育的。回顾往事，张旋龙最感伤的是，母亲在泉州搞了一辈子幼儿教育，晚年到香港不得不放弃教育去做女工，"我曾看见我母亲暗自流泪。"张旋龙的感伤，因母亲 1987 年得癌症仅半年就去世了，辛苦一生没有看到今天。

"我以前觉得我什么都行，到我母亲要去世时，我第一次感到，没办法了……我留不住母亲了。母亲没看见我们家与北大的公司合为一体，这是我最大的遗憾。"

我望着张旋龙说这话时依然遗憾深深的表情，不禁想，张旋龙愿为北大的事不惜动员全家把一切资产都作了抵押，其中也有告慰母亲的情感吧！

3　创建海外方正

张旋龙说：我以前就听张玉峰和王选讲过，在国内搞分公司，我们有很多优秀的人，做海外市场就非常缺乏海外的人，要请一位高级人才又请不起。我在旁边听了就说："你们看我怎么样？"

是啊，怎么就像没看见张旋龙呢？张旋龙并不在意。他与王选、张玉峰接触，总把他们当老师敬重的。方正（香港）有限公司在香港上市后，方正集团的董事会成员有7人，张旋龙说："这里面有张玉峰、王选、张兆东，还有北大党委书记和两个副校长，他们全都是教授、学者，就我一个是没读过大学的，所以我有点自卑。"

张玉峰说："你这人傻了，你看，我们向你学了多少东西！"

张旋龙说，王选和张玉峰都安慰我，说我还有许多本事他们都学不到。当然，张旋龙也说，我是教了他们不少东西。比如我带一些做企业的人跟王选老师见面，他穿凉鞋、西装短裤，我就悄悄告诉他，这样不行。包括张玉峰，你不能说你内涵很好，你外表随便穿都行，不行的。为什么要打领带？你现在是做生意，不是做学问，你要在最短时间里让人相信跟你合作很有前景。我不是说王老师他们都不懂这些，是他们在国内讲朴素随便惯了，重视不够。"为什么说人家到公司，第一件事先留心观察你的厕所？一看厕所这么干净，证明你管理还行。"

张旋龙还说，包括你产品的外表不讲究也不行，你看日本人的一个糖果，里面很一般，外表包装一层又一层。方正最早去日本时，一个几万美金的卡，用报纸包着卷一卷就去了。日本人一看，"这能值几万美元？"

外国公司来，你怎么谈判，怎么在最短时间让人相信你……所以很多跟外国公司的合作，张玉峰就说张旋龙你去，我在某些方面就像是搞外交的。除了卖现成的方正产品，我也把项目弄来，由我们方正研究院去开发。王选老师经常说我是方正的"福将"。

方正所有海外分公司的董事长都是我，也是我物色人去组建的。最早建的是加拿大方正。第二家是马来西亚方正，是王选老师告诉我要去建的。

"张旋龙，你要去马来西亚。"有一天，王选说。

"马来西亚人家是马来文，我们去干什么？"

"你错了，马来西亚讲中文的人口比香港还多。"

于是张旋龙到马来西亚首都吉隆坡，建起了马来西亚方正。此后，又去建了美国方正、日本方正，新加坡方正，陆续把方正产品卖到外国市场去，张旋龙为此奔走累得腰都有点弯了。张玉峰曾这样说："我们方正今天能拥有这么多海外市场，除了王选领导的创新技术之外，应该说张旋龙是第一大功臣。"

张玉峰还说，我也想，是什么东西驱使他这样去做？有一次张旋龙开玩笑说："我赚的钱，这一辈子可能就是花上面几张，但我还不断地在把这钱加厚，我为什么还要做呢？"在另外的场合，张旋龙还开玩笑说："王选说要做民族英雄，那我跟王选老师一样，我也要做民族英雄。"张玉峰说，我觉得张旋龙这话不是开玩笑，他真的一心一意想在世界市场上有我们的一席之地，我觉得他这种民族心，是我们能够长期合作下去的非常重要的基石。

"我现在虽然不是自己做老板，我是做方正，但我很自豪。"这是张旋龙的表述。我对他讲的"做方正"印象极深，不及细想又听他说："过去我是向美国人、日本人买东西倒给中国人，现在我是把中国的东西卖出去。这些东西不是原材料，是我们北京大学一批优秀人才做的高技术产品。虽然都是做买卖，感觉是完全不一样的。"

此刻，如再想想张旋龙的先人曾流落非洲，"凯旋"之意就写在子孙的名上，到张旋龙这一代来到北京与北大合作，又把中国的高技术产品打出去，张旋龙的快乐结结实实是凯旋！

4 不能忽略的个人友谊

张玉峰与张旋龙都把早先合作汉卡一事，叫作"谈恋爱"，把后来张旋龙的金山公司加入北大方正，与方正集团结成一个经济共同体叫"结婚"。

我注意到他俩的这一说法里确有一种深厚的感情因素。我看到张玉峰与张旋龙在合作中形成的相互尊重、相互信任的友谊，是方正集团发展中非常重要的因素。我所以这么说，不仅因为我意识到应该重视"个人"对社会（团体）进步的重大意义，更意识到，作为个人要想成功，千万不要忽略人与人之间的个人友谊。虽然人们都说经商就要有竞争意识，我看成功并不是从竞争中得来的，而是从"联手""互补"中增长出成功。

一个香港之夜，张旋龙请张玉峰去听蔡琴的歌。蔡琴是台湾的青年女歌手。此后张玉峰和张旋龙都说，在流行歌手里有大学学历的并不多。这话似乎表达出他们都看重蔡琴有大学学历，然而，真正打动他们的还是蔡琴的歌。蔡琴一支《出塞曲》把他俩都深深打动。

请为我唱一首出塞曲
用那遗忘了的古老言语
请用美丽的颤音轻轻呼唤
我心中的大好河山

那只有长城外才有的清香
谁说出塞的调子太悲伤
如果你不爱听，那是因为
你心中没有渴望

我们总是要一唱再唱
想着草原千里闪着金光
想着风沙呼啸过大漠
想着黄河岸啊阴山旁

英雄骑马壮
骑马归故乡

即使时过境迁，他俩会忘记这个共同听歌的夜晚吗？歌声中，张玉峰可曾想起自己的西部窑洞小学，张旋龙会不会想起自己在香港地摊买一件带血渍的西装……就像听张明敏唱"洋装虽然穿在身，我心依然是中国心"，歌声中能看见长城，看见黄河……因为是台湾歌手唱，因为在香港听，你会深深感到，那些海外的人们对祖国对故乡的情感多么深长。

很久以来，有人说教育救国、科技救国，很少人说经商救国……通过经商，不但可积聚起资金，还可广聚人才，开发技术，集结起去进军世界市场的集团……这不是他们的实践吗？

不久，张旋龙还将与王选前去台湾，去叩访台湾市场。由于某种政治因素，要进入台湾市场并不比进入美国市场容易，"请为我唱一首出塞曲，用那遗忘了的古老言语"……王选与张旋龙的友谊，同样深厚。

　　友谊是一种创造。真诚地赞扬对方的优点，你就在分享对方的优点。如果说谦虚是一种难得的美好感觉，赞扬比什么都更能赐予对方谦虚。世间并不是只有残酷的竞争，曹雪芹写过"万两黄金容易得，知心一个也难求"，能创造出真正的友谊，你就会站在一个境界，由衷地感谢人生。

● 同时代的消息与参考故事

　　1984 年美国《财富》杂志把葛洛夫评为"美国最严厉的老板"之一。英特尔公司华裔副总裁虞有澄回顾说，在某个星期五早上的工作会议上，葛洛夫终于忍无可忍了，他一拳打在会议桌上："英特尔是制造业的组织，规定 8 点上班就要所有人都 8 点上班。"从此，早晨 8 点零 6 分到公司，你就要把名签到"英雄榜"上。1987 年葛洛夫以总裁再兼任首席执行长，更把他的"纪律管理"推行到公司的一切方面。当然，这一切都联系着赏罚分明。葛洛夫在这里把酷爱自由的美国人训练成纪律严明的军人似的员工。

　　自葛洛夫出任首席执行长以后的 10 年间，英特尔营业额增长了 8 倍，股票上扬 24 倍，对投资者的年回报率高达 44%。摩尔说："如果没有葛洛夫，我们将是一个小型的散漫的没有多少利润的小公司。"从这充分的评价中，我们仍可以看到，他们之间的配合依然密切无间。这无疑是英特尔的财富。

　　在我们生活的周围，很少人会觉得哲学同企业有什么关系。葛洛夫曾说："我有一个规则：要想预见今后 10 年会发生什么，就要回顾过去 10 年中发生的事。"在葛洛夫这"规则"中，可以再次看到他的哲学博士功底对他审时度势，把握未来是非常有用的。我们还可以这样来理解：不认识历史，你无法预见未来。一个人的前途，是生长在他的基础之上的。

第十八章

——

不要忽略这知识资本

（1993 年——1994 年）

很久以来，人们都说英雄事迹是精神财富，我看王选及其同仁的道路，对我国千百万科研人员、几亿学生乃至许多领导者来说不仅是"精神财富"，也是一种知识资源。当我们认真去读解，就在拥有一笔宝贵的知识资本。

1 越出汉字领域

1994 年是 748 工程 20 周年，《西藏日报》由方正系统印出。至此，全国所有省级报纸均"告别铅与火"，北大开创的这项高技术产品拥有了全国内地 99％的报业市场。

我国少数民族文的开发标志着方正系统越出汉字领域，这一成功将是方正技术挺进外国文字领域的前奏。这件事始于 1989 年，最早从事少数民族文软件开发的是周宁老师。

周宁 1969 年 8 月从北京上山下乡到黑龙江生产建设兵团，1973 年考进北大数学系，1978 年大学恢复研究生考试，周宁又考上北大数学系研究生，毕业后留校任教。1988 年为尽快把王选主持的照排系统市场化，公司成立了软件部，周宁任副主任，主任是公司副总经理黄禄萍兼任。

"我们软件部的工作，实际上是在王选和陈堃銶老师的安排和指导下开展的。在排版软件方面陈堃銶是绝对权威。"周宁说。

1989年周宁在内蒙古大学蒙文研究所所长确精扎布的协助下，经3个月努力首先开发出蒙文软件，1990年用于《内蒙古日报》和蒙文出版社，这是北大中文系统首次突破汉字领域。

随后，开发出满文。接着，王选安排周宁去做基于Windows的开发工作。少数民族文的开发就移交到了北大数学系毕业的青年研究生王国印身上。王国印先后开发出了朝鲜文、维吾尔文、哈萨克文、克尔克孜文、壮文、傣文、彝文、藏文软件。其中藏文软件的开发难度最大。

王国印曾向民族翻译局的江噶（藏族）请教，并与之共同开展工作，又入藏去拜师。一进藏，就要先对付"缺氧"问题。脑袋发胀、呼吸困难，但你仍需使劲地使用大脑。"有一次，跟我一起进藏的陈翠芬反应得更利害。我们一起上楼，忽然发现她不在，回头去找她，她躺在楼梯上了。"

神秘的藏族文字本身是一门大学问，藏族人民对藏文的重视与崇拜，也有异乎寻常的情感。藏文不仅西藏使用，青海、甘肃、四川、云南的藏民也使用。藏族文字不是方块字，也不同于常见的单向拼音，每个音节的组成以基字为中心，然后有上加字、下加字、前加字、后加字等等，都齐全时很像叠罗汉，古称"崩益"，就是"叠字"的意思。这种特有的拼音文字有辅音字母，元音符号，还有用来拼写外来语的5个反写字母，5个"送气"字母。总起来说，它是藏族语言的书写符号，它奇特的形象不单给开发带来神秘色彩，也带来难度。

我在西藏跑的时间比王国印更长，地方更多更远，因对藏文化有着浓厚的兴趣与敬忧，并有比较投入的了解，所以我比较能理解王国印这项工作的艰难和非凡意义。

同世界上所有的文明一样，藏民族最早的文字也是由本土的宗教组织收集并用以书写教义从而流传下来。早期藏文的收集者和传播者是苯波教徒，主要流通于象雄（今阿里）地区。到公元7世纪前期，松赞干布派吞米·桑布扎等10多位青年去印度学习，归来后由吞米·桑布扎主持对古老的藏文加以整理规范，并借鉴当时梵文体系的某些字体融汇其中——这其实是一种创造性的"藏族文字开发"工作，所以藏族的历史著作多称藏文的创制者是吞米·桑布扎。

我不知吞米·桑布扎主持这项工作时年岁多少，但可以肯定，英明的松赞干布是以年轻人为主体来做这件藏族历史上的千秋大事。

同世界上所有的早期文明一样，古时掌握着古老文字的僧侣就是当时的高级知识分子，若不是青年勇于创新，就很难对藏民族奉若神明的文字有推陈出新的改造。

颇有创新的新藏文又经松赞干布的大力提倡，开始较普遍地使用。松赞干布时期是藏族历史上最富有创造性的大发展时期，藏文自普遍使用以来，随着政治、经济、文化的迅速发展，以及与各民族、各邻邦的交往，特别是大量汉文和梵文典籍被翻译成藏文——那一时期，陆续被派往唐朝长安和印度去留学归来的藏族青年做了大量造福后代的事情。

此时，一方面是藏族文化得到极大丰富，另一方面也产生了语词上的不统一和正字法的混乱现象等等。松赞干布的后人又对藏文进行两次规范化整理，尤以第二次规模最大，影响最深。藏族不少历史著作对这"第二次厘订"的参加人员、厘订内容、法令和准则等等做了相当隆重的记载。

元朝西藏汇入中国，藏文字又有许多发展，藏族学者撰写了不少正字法著作，如八思巴弟子扎巴僧格所著《正字学恒河》。本世纪50年代后又是藏文化大发展的时期，《西藏日报》长期以来对收集和应用有所发展变化的藏族文字，并为改进、改革做了大量工作。这次开发藏文软件，将集中地吸收前人与今人的成果，势必对藏文的发展产生深远的影响，这也是藏族当代历史上一件隆重的盛事啊！

汉族人王国印开发藏文软件时年27岁。

王国印的名字会被藏族历史记住的。

方正集团也会被藏族历史记住的。

还有必要记下，北大新技术公司与西藏签订合同的时间是1992年，合同上定的是当时的最先进产品"方正91系统"。到软件开发成功要给西藏发货时，"方正93系统"问世，这是更先进的设备，单速度就比"91系统"快10倍以上。此时北大新技术公司已发展为方正集团，北大方正决定：仍按"91系统"的价格向西藏发最好的"方正93系统"。

1994年4月22日，《西藏日报》由北大方正彩色系统印出，这就是对周恩来总理批准的748工程20周年最好的纪念。

当全国所有省级报纸均"告别铅与火",全国内地99%的报业都用上了我国自主技术的照排系统。这样,我国内地的报业、印刷厂没有走过第二代、第三代照排机的历程,从落后的铅排直接跳到具世界先进水平的激光照排,真的实现了"一步登天"。接下来我们就可以看看,王选20年前选择"技术上的跨越",对我国当前科技和经济发展仍然具有的多么大的现实指导意义。

2　何谓顶天的技术

王选曾说从科研走向市场的过程"九死一生",我看这"九死一生"还可以读作我国大部分科技成果没有成活。比如我国花了近20年时间仿制外国电子分色机,仿制出一代,马上被外国新一代产品所淘汰,始终未能进入市场。再比如,比王选更早研制照排系统的5个单位,哪一家都不是技术力量差,都不是不努力,哪一家都经过了相当艰苦的奋斗,其中实力最雄厚的一家是由十几个研究所及重点厂组成的上海重点攻关工程……仅仅只是由于选择了重复研究国外已有的技术,最后,研制工作都不得不全军覆没。

类似的情况发生在科研各领域。

许多科技成果,尽管鉴定会上可以得到诸如"国内首创""填补了国内空白"之类的好评,可是,中国已日益成为世界市场的一部分,任何企业在厂门口推销产品就已经是在世界市场上叫卖,在这样的"国情"里,我国的柜台内分明陈列着国外先进的同类产品——柜台内不空白,成果鉴定书上写着"填补了国内空白"有多大意义?

这是古老的掩耳盗铃的故事在当代中国不断重演。有资格做上述"鉴定"的不少是中国当代科技专家、科学家、院士。王选也是院士,我们应该听听这位院士是如何直面真实,恳切地道出他的灼见。他在1996年9月10日这样写道:

　　80年代末,北京有一家著名的高新技术企业,把多年积累的利润用于开发小巨型机。这一方向并没有错,但采用的总体设计技术方案是过时的,尽管在局部可能有所创新,但总的技术路线是错误的。结果费了九牛二虎之力完成的机器很难有市场。按照中国的惯例,这一项目有隆重的鉴定会,得到了"国内首创""填补空白""国际水平"之类的评语，当然还有电视台的突出报道和报章杂志的宣传（现在科技界都知道，假如完全相信众多的鉴定会评语和宣传报道的话，中国早就是一个科技超级大国了）。

这一项目假如是国家拨款的攻关项目，则也许还能申报奖励，主要研制人员还可以因此而提职称，甚至得到某些荣誉。但倒霉的是，这一项目是企业投的钱，不能进入市场，钱就收不回来，企业外面名声很大，但已经亏损和面临危机。再加上其他的严重问题，这一曾经辉煌的企业就此一蹶不振。

王选也是院士，还是中国科协副主席，他讲的不是一件事，而是一个比较普遍的现象，他对我国大量科研成果最终未能走向市场深感痛心，他不加掩饰地指出此种现象的实质，行文中还不乏鲁迅先生杂文的犀利，心情也是为了引起"疗救的希望"，当他如此坦诚、严正地将他的上述文字发表出来，实属可贵。

有很多人在事实上的重大损失面前鼓掌、庆功。

王选则在痛心，乃至于不能不感慨而说。

问题更在于这情况其实"大家都知道"，由于鉴定时就知道此成果不可能转化，所以有人把成果鉴定书称为"死亡判决书"。看到这些我们也就能够理解，为什么多年来我国竟有90％以上的科技成果未能转化。这确然是非常严酷的"九死一生"。

其实，有数千年报国传统的中国知识分子谁不希望为国作出大贡献？遗憾是，我们有太多的科研并非研究多年后终于失败，而是在当初技术路线的选择上就败了。乃败于兵马未动之先，一开始就注定永无转化之日。这就见出"选择"的要害了。"走"字底托出一个"先"谓"选"，乃走向前途的第一步吧！一件事，一个项目，选对了事情就成功了一半；选错了，可能不是事倍功半，而是劳而无功。

应该说，我国的优秀人才是很多的。你已看到，搞彩色出版系统，王选指导学生肖建国再次选择了"跨越"——跨过国外彩色电子分色机的技术路线，直接研制开放的彩色系统——他的学生也获得巨大成功。那么，在别人的诸多不成功中，可能缺的并不是"科研能力"，而是选择的能力。

肖建国此一成功非同小可，一举就把垄断我国彩印市场 20 多年的外国电子分色机全部、干净、彻底淘汰。这样，我国出版系统不但"一步登天"跨入激光照排，也以相同方式直接跨越到先进的图文合一编排彩印；电子"远程传版"技术则使我国各大报刊在没有广泛采用传真机远传"报版"的情况下，直接使用照排系统远传到各大城市的印刷点同时出报……所有这些都因为王选当初选择了"顶天的技术"，或说"技术上的跨越"，从而使整个民族的新闻出版业、印刷业全面实现了划时代的跨越。

王选的方式，在中共十五大报告中表述为："我国是发展中国家，应该更加重视运用最新技术成果，实现技术发展的跨越"。

所谓发展中国家，就是落后于发达国家的国家，我们从这些故事中应该获得这样一个深刻印象：一个落后的国家，在一个开放的世界，去追赶发达国家的先进技术是没有意义的，要善于"一步登天"，直接跨越到最前沿去开发你的聪明才智。

还应该看到，在高科技领域，若没有深厚的数学基础，没有跨领域研究，就不会有创新。1995 年我国科技队伍已经拥有一千八百万人。试想，一个王选，紧紧把握住了"跨越"和"创新"就有如此景观，我国众多科技人员在科研选题立项之时，若能真正认识到"顶天""跨越""创新"对自己科研的前途有着怎样事关成败的重大意义，则不仅可避免成千成万的无效劳动，大部分人的成功必将推举出中华震撼世界的辉煌！

3 21 万条失效专利

1998 年春，国家科委新闻发布会称，1997 年全国登记的重大科研成果就有 3 万多件。能转化为现实生产力的有多少呢？据乐观的估计不到 20％。实际情况如何？

在此，我想介绍一本书，书名叫《科教兴国动员令》，这本书的"著作责任者"是"中华人民共和国教育部"。书中有一篇文章题为《发展知识经济的关键和大学的使命》，作者是闵维方。

闵维方是北大常务副校长，他在美国斯坦福大学留学期间曾用 4 年攻读了斯坦福的两个硕士学位和一个博士学位，这在斯坦福大学的历史上是空前的。

闵维方的署名文章《发展知识经济的关键与大学的使命》，曾作为国务院办公厅〔1998〕22号《参阅文件》分送党和国家领导人，中央军委领导人，各省、自治区、直辖市人民政府，各民主党派中央等部门参阅。就在这篇文章中，闵维方写道："发达国家的高新技术成果转化率一般是40%～50%，而我国的转化率却只有6%～8%。"

我介绍了不少文字仅引用一句话，是为了说明这句话的权威性应该是很高的。

1998年11月6日《北京青年报》报道一条新闻，开篇就说："近日，北京市专利管理局面向社会推出了一张特殊的光盘，上面载有21万条失效专利。"专利局做这件事，是鉴于"专利的转化率一直很低"，认为"主要原因是信息闭塞"，为了使这些"藏在深闺人不识"的失效专利或有再被利用的机会，所以"从故纸堆中整理出来，将其浓缩在一张薄薄的光盘之中"，以利沟通。

文章还介绍说，发明专利的保护期限是20年，实用新型专利是10年，超过这个期限"无论什么专利都将失效"。也有未到年限，发明人"自动放弃"的。由于光盘上的21万条专利都是失效的，"因此使用该专利就用不着再向专利人付一分钱的转让费用"。文章标题显目写道：21万条失效专利待字闺中 百万人智慧免费撷取。

1998年4月1日中国专利局主办的《中国专利报》登载中国专利局高卢麟局长在答记者问时谈道："全世界每年有发明专利80万～100万件，美国每年大概有15万～16万件，日本每年20万～30万件，我国仅有1万件左右。"

现在我们来回顾一下，1979年王选搞出"原理性样机"时，中国还没有实行专利制度。我国专利方面最权威的报纸说我国每年取得的专利约在万余条。1998年是改革开放20年，一整理，竟有21万条失效专利。你读这条新闻，会感伤吗？

"待字闺中"一说源出古代女子成年许嫁才命字，待字即待嫁的意思。当代技术进步日新月异，一项发明待字闺中10年、20年，也是徐娘半老了。北京市专利局仍热心为之做"红娘"，是珍惜那里或有仍然可利用的知识资源。此种工作日后若能做在"姑娘青春时"就更好了。

其实，一项崭新的科研成果成为"专利"待字闺中，本身已是一个传统的值得研究的问题。王选的科研成果虽然按西方始于工业经济时代的传统方式登记了专利，但他和他的学生们的科研成果从来就是自己继续从事马不停蹄的开发，一秒钟也没有在"闺中待嫁"，即使如此，王选也拼搏得"九死一生"，声称"只要松一口气就彻底完蛋"。那些待字闺中10年、20年的成果，损失何其大呢！

产生于工业经济时代的专利局，在高技术日新月异的知识经济时代日益到来之时该如何开展业务，恐怕是个新课题。更大的课题非专利局能独立解决，需更多的人来共同关心和求解。

我国在不到20年时间里，失效专利就有21万条。在这里，也能看到，我国引进风持续20年，本国的科研与开发之间，出现了多么严重的脱节。在许多人见怪不怪、习以为常的意识中，也存在严重的盲点。

在《北京青年报》上述报道见报后4天，《工人日报》于11月10日发表《科技成果转化怎么这般难？》，文中写道："据不完全统计，（我国）高校科研成果转化率大约只有5％左右。"

1999年1月26日《经济日报》发表《失效专利能引发淘金热吗？》2月2日《经济日报》再以几乎整版篇幅发表《中国失效专利选登》。

这些几乎是最近的消息都在告诉我们，上述故事不是历史，是"现在进行时"。我国许多科技成果未能转化的浪费，不仅是科研经费的损失，更是科研人才的巨大浪费。

我们说"科教兴国"，说"科学技术是第一生产力"，可是大部分的科研经千辛万苦把经费变成了知识，而未能把知识变成经济。我国在这方面的损失是惊人的。科研和生产实践相结合，依然是重要的成功之道。我们的解放牌汽车，我们的拖拉机曾经在祖国大地奔驰。我们一直在说我们缺少什么，很少考虑我们丢失了什么。这是值得再认识的。

4　人生要有"善败"意识

前面讲过选择的重要，选错可能劳而无功。可是，生活中选错的事情经常发生，选错了骑虎难下，咋办？我想请你注意"善胜与善败"的意识。在这里暂不说"善胜"只说"善败"。为加深对"善败"的印象，请听我讲一个看来与当代科研完全无关的古代故事。

从前袁崇焕率宁远婴城不足 2 万守军与努尔哈赤所率 10 万八旗雄师对抗，努尔哈赤败走。清史记下的是："帝自 25 岁征战以来战无不胜攻无不克，唯宁远一城不下。"明史记下的是："辽左发难，各城望风奔溃。八年来贼始一挫。"此役，努尔哈赤失败，史有定论。甚至认为这是努尔哈赤征战一生亲自指挥的重要战役中唯一的败仗。

我以为，不然。

宁远之战，10 万八旗军伤亡不过数千。攻城不下，努尔哈赤派遣一支轻骑攻袭西距宁远城不远的觉华岛（明朝在关外屯放军需粮草的基地），全歼明朝守岛官兵，焚毁 2000 船只及大量粮草，夷基地为废墟。明朝损失超过努尔哈赤在宁远城下之失。

宁远之战，努尔哈赤所关注的不是一个战役的胜败，而是眼见城中居民人人宁战死城堞也不愿城破受辱，由此看到明朝人心尚未丧尽，夺明朝天下的时机尚未到来，所以下令撤军。退兵时，八旗军仍旗旌如潮，俨如出征。

此后又经历了皇太极一代，到顺治帝时关内发生巨变，李自成攻下了北京，清朝入关的时机才算到来。努尔哈赤当初攻宁远并非眼前这一仗打不胜，而是从一场战斗中把握战略大势，不做武夫之斗，不怕担当打败仗的名声，果断地把部队撤走，此种"善败"，堪称经典。

所以，在我看来，努尔哈赤一生征战最理智最胜算的一仗，恰恰是被史家认为他打了败仗的"宁远之战"。他以果断的退兵告诫后代，选择时机远比勇战重要得多。

投资科研犹如战争当然也有风险。一项科研的投资常需几十万、几百万、几千万元……在我正写着这些文字的时刻，仍有许许多多永无转化之日的科研项目在进行着，每一秒钟都有数不清的科研经费在浪费……如何能拯救出这巨大的财富？

若能从王选的故事中获得眼光，并拥有"善败"意识，当可减少风险。许许多多的科研者、领导者、投资者们，可否对自己眼下正进行着、开展着的那项科研再做一番审视？如发现它们其实没有进入柜台的可能，及时撤出人力、物力、资金……依然不失为一件胜算的事。

特别是从事科研的青年朋友本身，应该意识到，一项最终不可能进入市场的应用研究，损失的就不止是投入的资金，而是耗进去的青春，世间有金钱可以重新买来你的青春吗？

人生当有善败意识。一旦发现自己遭遇的是一场不可能取胜的战斗，千万不要拼死决战，而应迅速把有生力量转移走，这叫善败。善败则不算败。古人说胜败乃兵家常事，没有人能从来不败，惟善败者才可能立于不败，再争取成为胜利者。

5　到台湾去扩大战果

接着讲王选善胜的故事。所谓善胜，就是像王选这样，当方正系统在我国内地取得了胜利，就抓住战机迅速出击到港、澳，到新加坡、马来西亚、美国、加拿大等一切有华人居住的地方去开拓一切华文市场。一句话，能迅速扩大战果者，即善胜者。

随着《澳门日报》和香港《大公报》《新晚报》《明报》等许多报刊被方正系统刷新，某种"收复失地"的喜悦确确实实使王选和方正集团的人们都感到激动。

"我同王选出国最多。"张旋龙说，"我陪王老师去马来西亚、美国、日本……我不懂技术，我很相信王选。王选也很相信我。我对外面比较熟。我也舍得花钱。那时出去很寒酸的，但你要做生意，就不能住太差的饭店。你一定要摆出那个架势，你穷样子，人家就瞧不上你。出去，方方面面都是我来安排，见谁见谁，该住哪里，我就像是做外交的。"

又说，"王选每一次去台湾，都是我陪他去。第一次是1994年3月。我、王选和陈堃銶老师，就我们3人一块去的。"

参观国民党中央日报社，看到他们用的设备，王选不禁问："这不是蒙纳系统吗？"

对方说："是的。是英国产品。"

王选看到该设备的字形仍在用落后的黑白段描述，而且不支持Postscript，随后又看到台湾报纸的彩色版仍全部用外国进口电分机，文字和图片分开制作，人工剪贴，王选就知道了：我们也可以在台湾"收复失地"。

"你们用进口电分机出报，作一版要多少时间？"王选问。

"一小时半到两小时。"

"如果用北大方正的彩色系统，不到 10 分钟就能出一版。"

"我们已经从《明报》知道了。"

国民党的"《中央日报》"要用大陆的设备，毕竟是不容易的。但是，他们决定要用了。为什么？

在台湾，王选 3 人也去参观了台湾的报业集团，看到一些超级报业集团每天出 800 个版面，其中 100 多个彩色版，台湾《联合报》一天就出 1000 页，这使王选和陈堃銶都不能不感到惊叹。报纸的时效要求非常苛刻，大量的广告是报业集团的主要收入，彩色广告的质量更至关重要。当今世界上没有任何外国同类产品能比北大方正的彩色照排系统更好，采用方正系统能给台湾报业带来巨大好处，台湾报纸怎能不用？

方正系统能为台湾经济发展带来很大好处，这就是台湾报纸必然要用的原因。这是市场法则、经济法则所决定的，没有哪一种政权能抗拒。台湾《中央日报》社的一位负责人对王选说：

"你们的江泽民听到北大用最先进的技术武装国民党的"《中央日报》"，会很不高兴。"

王选回答说："江泽民听到这事，一定会很高兴。"

1995 年元宵节的晚上，党和国家领导人在人民大会堂邀请在京著名专家学者共度元宵，王选把这事告诉了江泽民主席，江主席果真很高兴，说："你们要把这事做好，促进两岸交流。"

两个月后，江泽民想起这事，又问："北大方正在台湾《中央日报》的进展怎么样？"

王选说："我们已经进去了。"

国民党"《中央日报》"社除了购买方正的非彩色系统之外，还一次就进了两套最高档的方正彩色系统。王选说："我国内地还没有一家报社一次就购进两套这么高档的设备。"

再去台湾，国民党"《中央日报》"社的一位负责人一见面就告诉王选："你知道吗，用方正的远程传版技术，我们传到洛杉矶，第二天一早印出来的"《中央日报》"比在台湾印出来的还清晰。"

此前台湾用的是从外国进口的 30 万美元一台的传真机远程传版，代价比方正系统高得多，效率则低得多。现在，王选完全能理解对方为何如此喜悦。

当港、澳、台的报刊均用上方正彩色系统，可以说，在汉字照排印刷领域收复失地的奋斗，实现了"全国山河一片红"。

在这同时，方正系统继续挺进到亚洲多国的华文报业以及美国《世界日报》《星岛日报》等华文报刊出版业，方正系统正以其锐不可当的先进技术将挺进到全球一切华文世界……王选的声誉正使他走到哪里都有很好的"广告效应"。

此时，王选领导的研究所与方正集团仍处于"分立"状态，所里的年轻人雄心勃勃，仍有希望研究所能自办公司的。可是，王选为什么就不肯自办公司？

●同时代的消息与参考故事

与葛洛夫严明纪律的管理截然不同，比尔·盖茨着意营造的是一种极为自由宽松的工作环境。

英特尔没有私人办公室，办公室内只有隔间，每人只能分配到一个小小的办公空间。这种模式如今在中国许多公司里被广泛采用。微软的工作环境极为独特。1986 年微软建成了一座校园似的微软园区，在这里，每个程序设计员都有自己独立的办公室，窗外都能看到树林，工作时间是完全自由的。他们会在中午穿着随随便便的衣服到镇上去吃早餐，熟人问："你怎么不上班？"答："我已经上了一夜的班。"的确，他们中许多人晚上去办公室工作，第二天清晨下班。早先编过程序的盖茨认为，编程员是需要一个自由宽松的环境的。但是，如何能保证员工都肯干呢？

比尔·盖茨似乎没有把力气花在如何去"管"他们上面。

世上没有任何管理能比自己对自己的管理更严格和有效。那么最好的办法是去选择那些最有才华和最肯干的人进公司。这样的人通常有很好的控制自己的能力，而且渴望做出事来证明自己的才华。盖茨只需为他们创造一个优越的能使自由精神充分发挥的环境，他们就会自己去证明自己。

另一个问题是，微软的编程是否都属于个人创作似的劳动？

不是。求伯君开发WPS时有10余人，微软的各个项目都是较大的作业群体，如Office、视窗和视窗NT都各有300～400人共同开发，规模小些的项目也有200多人，如此团队作业，如何可以完全凭你想什么时候上班就什么时候上班呢？所以，在微软的团队作业和个人自由宽松的上班之间，是存在管理的，且是非常高级的管理。那么，由谁去管理呢？盖茨自己吗？而且，那些最有才华和最肯干的人在哪儿呢？谁去物色他们？

第十九章

———

重新认识大学
（1993 年——1994 年）

　　若把方正比为一座大厦，北大是它的基础。知识经济时代，基础的重要性日益显著。北大又哪里只是一个方正集团的基础呢？如同斯坦福、哈佛对于美国的重要，北大对于中国的重要，不言而喻。在这个历史时期，北大与它的学子，将为中国做出什么呢？

1 推倒南墙的人

　　1993 年 3 月 4 日，两台米黄色的推土机推倒了北大南门那道虎皮斑石砌围墙，开建南街企业工程，这是北大走"产学研"结合道路的一个重大举措。或许由于外国人总惊叹"中国是世界上最多围墙的国家"，北大主抓这项工程的领导被海外报道为"推倒南墙的人"。

　　这个人叫任彦申。南墙轰然倒塌，北大内外立刻腾起沸沸扬扬的不同声音。我在此介绍任彦申，不仅因为他也是方正集团董事会成员。

　　他的故乡在河北省隆尧县牛家桥乡东青湾村，滏阳河是他的故乡河。他家祖辈都是农民，父母不识字。"我有姐姐，没兄弟，就我一个男孩。"就这个男孩上学，读到中学。

牛家桥公社东青湾大队没人想到任彦申考上了清华大学，那是 1964 年；更没人能想到，任家这男孩将来还会当上北大的党委书记。

他是 1991 年 1 月调进北大任党委副书记的，至迟从这时起，他在用心考虑北大的问题。很少有人会想到，北大何时会是"保守""落后"的呢，但是，看看进入 90 年代的北大吧。

中关村电子一条街 1984 年兴起，国家 1988 年在中关村设立了我国第一个高科技开发区，北大就在这个开发区的中心地带，北大的围墙周边一块块被摊贩占领。北大临街的虎皮斑石墙依然严严实实地挡住市声。围墙外又发展出数十家商号倚墙搭起简易建筑，把北大"包围"在里面了。

美国的斯坦福大学孕育出了一个硅谷。中国的北大则需要一个业已兴起的中关村高科技开发区来推动它，需要市井的小商小贩把它包围起来，激怒它……这就是北大？

当然，北大也早有呼唤走向市场的声音，也有方正这样的企业脱颖而出……但是，认识不一，一直有争论。

"做学问就是做学问，怎么做生意呢！"

"不务正业。"

"离经叛道。"

1993 年，北大在考虑如何"突破重围"了，任彦申自告奋勇说："我来做这件事吧！"

那时还很少人料到从这"推倒南墙"里能做出多大的事。当时的北大校长吴树青、党委书记汪家镠都看到了这个工程的难度和意义，都支持任彦申：你就管南街工程得了。

"这件事"不是推倒围墙而已，是要建起一排面向大街的楼房来取代围墙。推倒 600 米南墙建南街企业工程需投资 6000 万元人民币，这个数已接近国家给北大的全年财政拨款，北大困于赤字运行已有多年，要靠自筹资金建此工程，谈何容易！

任彦申说："我那时不知轻重，觉得这是好事，不管人家说什么，去干就是了。有人赞成，有人不赞成，我说试一试吧。"

没想到南墙刚倒，立刻有许多人打来电话，记者问，群众问，同行问，领导问……任彦申还到北京电视台做过一次"答记者问"。报纸赫然写道："北大推倒南墙开店。""中国最悠久的一块读书圣地失去宁静。"

2 机遇也是资源

不是所有的答问都能为观念不同的人作出圆满解答，但所有的问题都能促使任彦申深入思考。

"北大人才流失，队伍不稳，现在推倒南墙开店，那不是更流失得快吗？"有不少声音这样说。

任彦申说："你们可以去了解一下，北大的人才为什么流失？根本问题是北大还没有为人才的发展创造一个好的环境。知识分子待遇太低。人往高处走，劳动力往价格高的方向流动。北大如果不给他们创造一个有用武之地的环境，不改善知识分子的待遇，北大修筑了碉堡，还有人炸碉堡，炸了碉堡还得跑。这不是能封住的。"

有人说："你们搞这工程，不就是想抓点钱吗？花钱就向国家要嘛，国家还养不起一个北大？"

任彦申对这个问题的回答，或者说对北大的反省，恐怕是惊世骇俗的。他说真正的问题是北大面前存在的两大矛盾。一是"不适应"，北大从教育观念、办学体制、管理机制、系科设置、教学内容等，都跟不上社会发展的变化，北大滞后。这种"不适应"是经常的，大量的。这是北大的基本矛盾，也是社会基本矛盾在学校的反映。

他把另一矛盾概括为"不满足"，即办学经费满足不了学校发展的需要。美国的一流大学一年十几亿美元，香港的大学二三十亿港币，我们才一个亿人民币。到处资源紧张，教室、宿舍、食堂紧张，电话满足不了师生员工，不通国际互联网，办学设施严重落后，这些都容易产生思想情绪。今天不像改革开放前，那时错误思潮主要由"思潮"引发，今天很多是与利益有关系。他说这一矛盾是北大的主要矛盾，也是社会主要矛盾在学校的反映。

"推倒南墙时我还不是想得太多。"任彦申说，"推倒南墙也有一点逼上梁山的味道。学校这么困难，钱发不出，队伍大量流失，30%、40%的流失，有什么办法能弄点钱给大家？"

这是北大，中国的北大！北大队伍流失如此严重，所受的损失何止是北大自身！当然，现代社会讲人才流动。但世界上哪一所大学是如此"流动"的呢？知之者能不感到危机吗！

"为解决这两大矛盾，"任彦申说，"北大党委抓住了两条，一个是机遇，一个是机制。搞产业，我是从逼上梁山开始，越干越觉得这真是一条路，就是产学研结合的道路。"

推倒南墙的前夜，北大成立了一个"资源开发公司"来做这事，这不仅看到了北大的古老围墙和封闭在墙内的闲置地面都已经是中关村的"黄金地带"，更看到北大自身科教含量的巨大价值，所谓"资源公司"，其长远使命就是要把知识这种资源开发为有形资产。

就像 1988 年北大新技术公司成立，学校给了 40 万元开办费，这次北大也给了资源开发公司 40 万元启动费。"不然，你怎么注册公司？"任彦申说，"我们调了几个人，就这样干开了。"

北大资源开发公司的总经理叫巩运明，原是北大房产处处长。副总经理叶丽宁是一位正当而立的法学女硕士。任彦申说："就这样动手了。机遇也是资源，而且是一种不可再生的资源。"

北大有一大批知识分子虽然工资待遇低，对教学质量和科研的追求仍然很高，其情形每让我想起那些守卫着边防哨卡的军人——这个类比可能很不贴切，但有一点很相似，就是———一旦走近他们，总会让我们有许多感慨和感动！去搞资源开发，"抓钱"的人又如何呢？

总经理巩运明做这件从来没做过的事，不但筹措资金万分困难，南墙外搭盖建筑的有国营企业、集体企业和个体经营者，要让他们拆迁已不是"学校问题"，是"社会问题"。如果没有海淀区政府的协调和帮助就根本做不动。北大得到了海淀区的帮助。即便如此，在这墙下仍有许多忍辱受骂的难题要你一点一点去做。墙内，由于学校运行两种机制，还有"两种机制的摩擦产生的困难"。即使不评价巩运明的贡献有多大，辛苦是非常辛苦的。

如果说巩运明是奉命来做这事，叶丽宁则是毛遂自荐而来。做这工程，要拿到一纸盖上几十个图章的公文，比她作出硕士论文更难。年轻的法学女硕士在烦难而又烦难的奔波中认识社会和自己心爱的祖国。她曾经急得哭过。很难说是因为辛苦或委屈。作为母亲，她把 3 岁的孩子送去全托，孩子每周只回家一次，就这一次，也常常是在妈妈的办公室里度过的。

公司的总工程师汪宇也是一位女性，50 多岁，因连续的劳累晕倒在工地，住院检查竟意外发现她患有肾癌。

"我的脑子还好用，有什么难题，你们就到医院来找我。"要给她做肾切除手术了，工程部的人去看她，她说的就是这句话。

"不能再劳累她了。"大家都这么说。但南街工程也算得上是为北大做招牌、做门面的工程。有难题还不得不请教汪宇。据说每逢公司去人探望，她都细心了解工程进展情况，提出处理意见。出院那天，她不是先回家，而是让前来接她的车先绕南街走了一圈……像这些去做公司的老师，也有许多令人感动不已的故事啊！

推倒南墙这年任彦申 47 周岁，随着南墙轰然倒塌，这也是任彦申个人的人生得到极大开发的时辰。他跨着产业和教育两个领域———旦这样"跨领域"去认识世界，就有利于防止一些片面性，有利于看到一个比较立体的世界，一个比学校大得多的世界。他说："我当然希望我们的教师都能清高，都不谈钱，都去安心地搞教研，都很脱俗。但脱俗的前提是得有钱。有钱了你才能不谈钱。没钱的时候想不谈也不行。如果你腰缠万贯，你到自选市场去拿了东西就走，不用问价。你要是一个月 500 元薪水，你到自由市场还得侃价，还得捡便宜的东西买，你就是想脱俗也脱不了。我说，为了让你们，让教授们能够脱俗一点，我们学校还得有那么一班人得俗气一点。他俗气，给你弄来钱，给你盖房子，给你创造了条件，你才能安心去搞教研。不然，你就得为这几个臭钱去东奔西颠。"

在他主抓南街工程后，校党委又把所有的校办企业都交给他管，任彦申成为"北大校办产业管理委员会主任"。1994 年 7 月，任彦申被任命为北大党委书记，并继续兼任校办产业管理委员会主任。如此，方正集团的发展就必然与任彦申有关系了。

但现在，我还要继续讲述任彦申和北大的故事。

3 一座无限延伸的校园

如何认识北大推倒南墙？前面已有许多文字写到，改革开放以来我国科研成果卓然，可惜大部分没转化为现实的生产力。我国企业缺乏先进的生产力，迄今处境艰难。当企业不景气，大学生毕业后求职困难，数不清的家长就不得不为孩子"上大学发愁，大学毕业也发愁"……所有这些都在说，中国要增强国力，首先就要使科教较好地与企业接轨。

南街工程历时两年竣工，迄今已有300多家科技企业来此落户。北大又着手在大学周边发展"科工贸"兼容的科学园区，这将更有利于吸引工业界与大学结合，有利于大学生实习与就业。自从北大推倒南墙以来，特别是因有北大方正的迅速发展，北大的校办产业在全国高校产业的评比中已连续6年遥遥领先。

当然，这6年也一直非常艰难。

"人才流失率最高峰时，就是95年到96年这一段。"任彦申说，"直到最近几年，北大全年的经费，三分之二靠自筹，三分之一是国家投的。从经济条件来讲，我们渡过了捉襟见肘、日子非常艰难的单靠吃财政饭的时期，像钻隧道看到曙光了。"

是在这样的困境中寻找道路，才会对前头出现的每一丝亮光珍重无比，才会说出："是方正的崛起，使我重新认识大学。"

在北大人员流失的高峰曾有人说，"人都跑走了，学校快散摊了，现在是如何生存的问题，还说什么建世界一流的大学？"任彦申正是由于看见了前途，才那么有信心地抓"产学研结合"，推进北大的改革。

"60年代以前谁知道斯坦福？可是一个硅谷，60%以上的成果是和斯坦福大学连在一起的。正是有了硅谷，斯坦福才成为全世界都知道的一流大学。"任彦申这些话不仅鼓舞自己，也通过各种会议在北大传播。

北大的"民间"有一种说法：北大老大气象，来自清华的人要领导北大是比较困难的。清华的强项是工科，北大的强项是理科和文科，我相信出自清华的任彦申，清华也一定给了他精华。

——推倒南墙时，我对企业还知道得很少。对科技产业的认识，我是在后来的实践中逐渐认识到的。

——中国的现代化建设，有多少理论问题、实际问题需要解决，我们的知识分子、教授如果不投身到建设实践中去，不能用你的理论，你的能力去回答、解决中国现代化建设的实际问题，那你怎么实现你的价值。如果中国的问题解决不了，美国的问题，人家要你解决吗？

——大学的困境，从根本上说就在这里。像原来那种封闭办学，脱离开经济社会，单纯追求学术地位的提高，把大学仅仅作为一个学术殿堂、一个追求真理的圣地，不是说这不对，是远远不够。大学一旦脱离了社会经济发展，就没有活力，没有动力，没有财力，也没有创造力。

这一时期，任彦申的大脑里冒出那么多认识，我拾掇起来实以为宝贵。任彦申还说："方正集团的成功，也可以证明恩格斯在上一个世纪说过的一句话是非常正确的，即社会一旦有技术上的需求，比十所大学更能把科学推向前进。"

人们通常只把方正看作一个企业。我看方正的价值远不止是赚了多少钱。它密切地沟通北大同社会经济建设的联系。一大批教师、教授和更多的博士、硕士、大学毕业生们投身其中，他们的科技开发、市场营销和知识更新，都与北大有千丝万缕的关系。方正的崛起，事实上也促进了这所中国名校教育思想的革新。

从前京师大学堂的办学宗旨即"开通智慧，振兴实业"。1993 年北大"推倒南墙"办产业，北大成为"一座无限延伸的校园"，而"走产学研结合的道路"也被写进了中共十五大报告，北大就以这样的姿态向一个新世纪迈进。

写到这儿，我可以转而去写方正的故事了吗？不。在这所百年老校的校园里，还有许多旖旎风光。

4 机遇总是出现在意见不一致的时候

在北大，可以说筹谋和领导这一系列工作的是北大领导者们的集体行为。任彦申曾这样说："我当书记时，吴树青是校长，陈佳洱是 96 年 8 月任校长的。北大这些年能迅速发展，得益于领导层有共识。我们这几届合作，从汪家镠到吴树青到陈佳洱，没有大政方针上的分歧，没有无原则的内耗，没有在党政领导方面互相拆台的。"

这一切，当然也不能缺少北大校内外许多英雄好汉做了许多基础性的贡献，还有，上级党委在 1994 年 7 月任彦申 48 岁时就把他提拔为北大党委书记，恐怕是很重要的一件事。可以继续看看 48 岁的锐气。

北大是个思想活跃之地，思想活跃就会有争论。进入 90 年代的北大可称"思潮起伏，争论不休，动荡不安"。这一时期如何搞好"稳定"？任彦申在实践中认识到："所有的事情都得干出来才能统一认识。一个重大决策，如果一开始意见不一致是正常的。一个开创性的决策，有希望的决策，正是在意见不一致时决策。"

我说："请解释一下。"

他说："意见一致了还有什么机遇可言？都认识到了，都知道是机遇了，那肯定是落后了。"

由于认识到有希望的决策是要在"意见不一致"时决策，他就看到，一个开创性的事业，"真理往往在少数人手里，所以学术自由一定要保证，这是发展真理、发展文化的唯一正确的方针，不能用行政的手段干预。"

任彦申成为北大一个"有争议"的人。但他自推倒南墙以来，从未改变初衷。他说过："科学家难得，企业家也很难得。最难得的是：有市场眼光的科学家和有科学头脑的企业家，更难得的是这两种人的结合。"

任彦申在北大第一次科技产业工作会议上就讲了要处理好四大关系：第一是学业和产业的关系，第二是技术和市场的关系，第三是科学家和企业家的关系，第四是高等教育和社会经济的关系。1994 年以来，全神贯注地面对中国社会经济发展的需要来推动北大的教育改革，就成为北大党委的中心工作。

在北大，张玉峰也是一个"有争议"的人。1994 年 12 月 23 日，第四届全国科技实业家创业奖颁奖大会在首都人民大会堂隆重举行，张玉峰是 40 名金、银奖获得者中唯一在企业内任副职的获奖者，堪称一奇。更绝的是，正是这唯一的副总裁，在本届全国所有获奖者中获选票最多，在金奖获得者中名列榜首。当张玉峰高高的个子出现在人民大会堂的领奖台上，这是北大的骄傲吧！从前龚自珍说"我劝天公重抖擞，不拘一格降人才"，这算得上不拘一格了。

●同时代的消息与参考故事

既然盖茨当初可以利用西雅图计算机公司的操作系统，利用 IBM 遍布世界的销售渠道，为什么不可以利用比自己更有专门才能的能人来管理呢？

盖茨十分注重到公司外面去物色管理人才，这是很关键的成功因素。因为"外面"是一个比公司内部大得多的世界。到著名的大型公司去"挖"人才是盖茨的办法之一。比如在 IBM 工作了 23 年，长期领导着 IBM 软件战略的麦克·梅普尔 1988 年被盖茨挖来。在宝洁公司干了 26 年已升为宝洁公司高级副总裁的罗伯特·赫伯德 1994 年来到微软。曾在 DEC 和苹果公司都干过的罗格·海纳 1993 年到微软。以上只是微软的一部分高层管理者。

利用世界著名公司现成的高级管理人才－－把他们"挖"来为我所用，盖茨就不仅仅是得到人才，且会改变竞争对手之间的实力对比。这与在公司内提拔人才效果是很不同的。

微软更多更经常是到著名大学去物色青年英才。这些大学通常是哈佛、麻省理工学院、斯坦福、耶鲁、卡耐基·梅隆等等。不仅在美国招募，而且扩展到加拿大、日本的著名大学以及中国的北大、清华等大学和科学院。这也许是比尔·盖茨最有眼光的举措，这些极有天赋的青年都是尚未功成名就的小伙子，因而也是世上最渴望去证明自己创造力的人。微软不规定他们的工作时间，他们通常是没日没夜疯狂地工作，盖茨有时还不得不强制他们休息，以免他们病倒反而影响进度。把一些世界名校在数学和计算机等学科最有创造天赋的青年一批一批地物色来，拥有他们就拥有了未来。

第二十章

——

伟大的会师
（1995 年）

古人曾说"凿井当及泉，张帆当济川"。谁不希望自己的科研成果变成经济效益？可是，多年来我国的科技成果十有八九没有开发为经济实力，人称"公鸡技术"，只见打鸣，不会下蛋。这是一个需要英雄开辟前途的时代，正是在这样的背景下，北大的新兴生产力踩出了自己1995年的路。

1 立地难于顶天

1995 年是方正集团的发展极为重要的一年。

这年 3 月 29 日，英国前首相撒切尔夫人来到北大方正参观。世界上最早研制出激光照排系统的是英国的蒙纳公司，最早研制出汉字激光照排系统并打入中国市场的也是蒙纳公司。如今"蒙纳系统"在中国大陆和港澳台地区完全被"方正系统"淘汰。据说撒切尔夫人站在"方正系统"前凝神良久，说了一句："中国人很聪明。"

6 月，晏懋洵任方正集团总裁满 3 年，北大考虑方正总裁的换届问题，在一个小范围内征求意见，张旋龙建议说："你们可以让公司的人投票选举啦，大家会告诉你的。"北大在一定程度上采纳了张旋龙的建议，在方正集团 130 多名中层干部中进行民意测验，90％以上的干部投票推举张玉峰出任集团总裁。6 月 29 日，北大决定：张玉峰任方正集团总裁。

晏懋洵任方正总裁这 3 年，主持了方正集团的诞生，并为推动它的发展勤勤恳恳地付出了自己全力以赴的心智和辛劳。晏懋洵任上，先后接待了江泽民、李鹏、乔石、李瑞环、尉健行、李岚清等党和国家领导人到方正视察，并接待了十多个国家的元首。这 3 年，公司与研究所密切合作，为"科企"进一步的结合打下了一个良好基础。

公司与研究所进一步结合的时期终于到来。

方正集团"新一届领导班子"成立，王选就建议研究所全员汇入公司。"我不善于搞经营。我们所里那些骨干也不善于搞经营。"这是王选对"为什么不自办公司"作出的一种解答。王选还说，方正有一批人善于经营，"研究所和方正集团公司紧密结合，走向一体化，才是正确的选择。"

同年 7 月 1 日方正集团建立了"方正技术研究院"，王选任院长，这是张玉峰一经担任总裁便与王选精诚合作办成的一件大事。至此，研究所和公司两支队伍胜利会师，成为一家。

在这个日子到来之时我还有必要记下，此前，王选就曾经这样写道："美国华人中流传着一种比喻：用下围棋形容日本人的做事方式，用打桥牌形容美国人的风格，用打麻将形容某些中国人的作风。"进而论及："下围棋是从全局出发，为了胜利可以牺牲局部的棋子。打桥牌是与对方紧密合作去夺取胜利。打麻将则是孤军作战，看住上家，防住下家，盯住对家，自己和不了，也不让别人和。"王选这话其实已表达了自己决心要和公司密切结合的心迹，是他做出人生中又一次重大选择的心灵依据。

现在我们可以说：选择会师，这就是王选人生中的第七次重大选择，也是方正集团发展中的第六个重大决策，北大"产学研结合"的著名模式也由此得到了一个比较充分的体现。

王选对方正模式还有个说法，叫"顶天立地模式和一条龙体制"。这"顶天立地"概括得极为经典，但被许多媒体报道为"以技术顶天，以市场立地"，我以为这一阐释似是而非，没有真正讲出王选这一概括的最大好处。

为什么？王选 1979 年最初也是考虑要与"蒙纳"争市场，后来才看见驰骋市场的"企业集团"实在太重要，"顶天立地"这个经典说法，最具指导意义的是"以科技顶天，以企业立地"，是科技和企业结合，才有利于共同走向市场。换句话说，若把市场比作海，你得为自己的技术找到一艘船，才能远航。或者，你也可以把科研部门直接变成科技企业，总之，你得"以企业立地"，否则，虽有先进技术和远大抱负，也会无立锥之地。

再看王选领导的研究所，是国家重点实验室、硕士点和博士点、博士后流动站、国家工程研究中心，堪称"四星级"单位，这"四星"均属"顶天"范畴，加上"集团公司"才真正做到"顶天立地"。上述"四星"汇入方正集团，北大方正就成了"五星级企业"。建成这种从尖端科研到售后服务浑然一体的一条龙体制，就是王选所说的"顶天立地模式和一条龙体制"，便有了飞腾之势。他们随后推出的一个大型排版软件，就叫"飞腾"。

如果想想，王选郑重地向丁石孙校长建议北大该办公司是 1984 年，王选渴望有一个集团公司其实是很久的愿望了，换言之，他渴望"立地"到 1995 年才得以实现，比他取得欧洲专利花去的时间多得多。为什么？恐怕需要认识：立地难于顶天。

2 一个充满沧桑的背景

一经结合，要做的第一件大事就是如何把与张旋龙合作的香港方正变成在香港的上市公司。这是一项相当细致而又相当陌生的工作。一天，张玉峰来找张旋龙谈学校决定的关于把香港方正变成上市公司后各方占的股份各是多少。

张旋龙道："有什么新情况，你说。"

张玉峰说："你只能占 11%。"

张旋龙一愣："你有没有搞错哦，跟我开玩笑？"

方正与金山公司合资的香港方正，原本就是各占 50% 的股份，香港方正所属的加拿大方正、美国方正等海外分公司，全都是张旋龙亲手建起来的，"怎么我突然就剩下 11% 了呢？"

"不开玩笑。"张玉峰说，"要把方正技术研究院放进去上市才有作用，否则这个上市公司没有强大的科研实力，香港的股民是不会看好的。"

这一点，还是张旋龙早就告诉张玉峰的。现在，张玉峰继续对张旋龙说：王选奋斗了 20 多年，你说，该不该占 10%？

张旋龙说：应该。

张玉峰又说，王选领导的研究所，也就是方正技术研究院，要不要占 10%，方正要不要占 10%，北大要不要占个 10% 以上？还要有公众股，你就只能占 11%，吃亏是吃亏了，但也还是第二大股东。

他这个"第二大股东"，怎么是在这儿听凭学校方面的分配，这是什么规则？张旋龙如何接受？张旋龙告诉我：

"后来公司的人笑话我说，你建议投票选举，张玉峰上了台，结果张玉峰来给你讲这个价钱。我说我当然希望张玉峰当总裁，那也是他应该是这个位置。不过，要不是张玉峰，谁来跟我这样谈分成呢？既然张玉峰来谈了，我也就没什么说的了。"

前面说过，走向市场，并且科技含量高的零部件大多数依靠进口之后，我国的科研成果很难得到企业开发，这是我国科技成果多年来十有八九没有转化为现实生产力的重要原因之一，人称"公鸡技术"，只见打鸣，不会下蛋。

这"不会下蛋"的损失，就不止是科研院所自身的损失。

随着开放的扩大，中国的市场已日益国际化，西方新产品昨夜在我国登陆，今天就可能打入我国各大城市的商场，我国营业员会相当卖力地宣传："这是进口的……这是原装的。"我国城乡大多数企业的科技含量低，就会在商战前线遭遇难以抵抗的困难。企业一旦失去柜台，工厂就失去大门。

诸多科研成果没有产生经济效益，科研院所也非常困难。

可以看看我国最尖端的科研部门工作和生活的基本环境。

1999 年 1 月 21 日《科技日报》发表记者郑千里写的《中关村科学城改造紧锣密鼓》，从中能较详细地看到中关村科学城的一些情况：

中关村科学城现有中国科学院科研人员 15000 人；约占总数 1/6 的 100 多位科学院院士和工程院院士在此居住；1998 年在科学城的 25 个研究所里在读博士、硕士研究生 2200 人，博士后 250 多人，作为中国科学院最重要的科研基地和产业辐射基地，称中关村科学城是我国人才资源最密、人才素质最高的地方一点也不过分。

文章接着写道，中关村科学城始建于 1953 年，"历经 40 余年，中关村科学城科研、生活的支撑条件和环境与它的地位已经极不相称。"如何极不相称？

由中国科学院和北京市人民政府共同成立的中关村科学城改造建设领导小组办公室提供的一份材料表明：中关村科学城设施陈旧老化，能力严重不足，尤其以电力供应、道路条件和供热系统为突出。电力供应即使全部用于生活，居民户均仍不足 1 千瓦；交通拥塞，噪声和大气污染指标均超过国家规定集中区域的标准；供热系统为自管分散燃煤锅炉，冬季取暖期的大气污染尤为严重；严重缺乏全民健身设施和场所，科技人员英年早逝屡见不鲜；科技人员居住条件与环境不尽人意，现有住房的 40% 是六十年代中期以前建成的，标准低，格局不合理，并且仍有 1500 余户科研人员家庭生活在合住单元或筒子楼，300 余户住在简易平房，更有以青年科技人员为主的大量无房户……

我不必再摘引了。放下文章，我不知该不该相信，这是真的？

改革开放 20 年了，我们仍然看见陈景润 1978 年以前的住宿条件，看见张玉峰出来办公司前后北大的住宿环境。在上述人才中最有潜力的就是"青年科技人员"，而这"以青年科技人员为主的大量无房户"怎能不是发达国家的公司挖掘的对象呢？20 世纪就要过去了，中国科学院的英才们仍住在这样的环境里，让人说什么呢？他们无疑为我国科技事业和共和国的建设事业立下了丰功伟绩，他们在科学城里成为困难户，怎么会这样呢？

王选在 1979 年就遇到的"引进风"刮得很猛的问题，在 1980 年代更猛更普遍成常态了。无数的企业引进西方技术和零部件，实际上成为组装西方产品的企业。联想就是个以主装美国计算机软硬件为主的企业。在汽车领域，中国正在被认为是一个"连汽车发动机都不会造"的国家。

在这个风行的背景下，我国从事自主科研的科学家，一定程度上就像被抛弃了。于是我们听到这样的批评："造原子弹的不如卖茶叶蛋的。"

看到我国科研的主力和产业大军的脱节状况是一个普遍现象，再看北大王选带领的科研队伍和北大张玉峰领导的企业正在走到一起，就会看到这样的

"会师"有多么宝贵!

1992 年后不少人下海,教授、机关干部也不乏其人,三五人就能成立一个公司,张玉峰对此有一个很生动的说法:"就像一个地主,雇三个长工。这就是公司了?"

《新民晚报》曾报道:"上海高校校办产业'千余散兵'不如一家北大方正。"其实,北大在 1992 年后也有过一个"村村点火,户户冒烟"的时期。任彦申曾这样描述:"起初,大学办企业,有人把它看成是校长或系主任腰里拴着的一个宝葫芦,没钱就晃它,摇出几个小钱来。北大方正这条科学家和企业家结合的道路,给北大带来了一种观念的变化,对北大科技产业的影响是非常大的。北大很快扭转了'村村点火,户户冒烟'的局面,形成了几大具有国际竞争能力的集团公司。"

3　五星级的科学家和企业家

张玉峰原是香港方正的董事长,公司要上市了,张玉峰提议由王选来当上市公司的董事局主席。"我不是谦让。"张玉峰说,"王选来当董事局主席,对公司更有利。"

就在香港方正上市前夕,1995 年 11 月 6 日晚 18 时 30 分,联合国教科文组织在巴黎把本年度"科学奖"授予中国王选,以表彰他在中文出版印刷领域做出的具人类意义的贡献。

方正在香港上市的这一天终于到来。这个时辰是 1995 年 12 月 21 日上午 9 时 50 分。香港联交所交易大厅,一排穿红马甲的交易员端然正坐,交易所的总裁、副总裁手举酒杯,王选教授作为方正上市公司的董事局主席,给公众的印象是:知识含量,科技含量,就是方正的鲜明形象。

王选站在大厅中央的红地毯上,发表了他对方正美好前景的演讲。他说:"我们不把中文出版系统进入海外市场看作走向国际的标志。只有非中文领域的产品大量进入发达国家市场,才算真正的国际化。"

全场掌声雷动。

如果说,拿破仑讲他跺一下脚能让阿尔卑斯山震动,那是因为迎风飞舞的鹫旗下,列队站好了他的士兵。今天,王选站在这红地毯上,手举酒杯,从容地向世界宣布:"再过一年,我们就要打开日本市场。"这是由于他身后有一个方正集团。

王选的演讲博得了阵阵雷鸣般的掌声。

此刻站在红地毯上的还有张旋龙,他是香港方正上市公司的总裁。张旋龙也很了不起啊!

一天,张旋龙这样告诉我:"后来我才知道,张玉峰那天是编了一个故事来跟我谈价钱。其实,王选根本没有股票,张玉峰、校长、书记都没有股票,只有我有。所以后来他们跟我开玩笑说:张旋龙你应该多干点,你有股票。"

我说:"我曾听张玉峰说,11%是让你吃亏了,你觉得呢?"

张旋龙说:"方正这些人一分钱股票都没有,也是这么做,我还有这么多股票,我更应该做了。对钱,我这辈子也够了,花不完了。现在,王选老师是我的直接老板,我很高兴。我一心就想跟王选老师去打开日本市场。打日本市场,我们不是搞中文的,是搞日文的,我很相信王选老师,我们一定能搞定它!"

在我国科研和生产脱节的地方,非科研人员能不能对此发生作为?这一点,在商人张旋龙身上恐怕体现得相当充分。

1984年张旋龙一个人来到中关村,那时他的香港金山公司也是缺乏科研力量的。历时11年,他成为香港方正这个高科技上市公司的总裁,是香港方正个人持股者中最大的股东,北大王选领导的方正技术研究院整个变成了为香港方正提供创新科技的团体。从张旋龙的人生奋斗来看,他做到了这些,简单吗?

张旋龙的故事是每个"大款"都可以学习的,也是许多企业领导者、经营者,许多有心去做公司的人都可以学习的。不懂技术的张旋龙开发出求伯君,进而成为北大许多科研人才的"老板"便是非常漂亮的一例。

现在,王选与张旋龙就双双站在这国际舞台的红地毯上,张玉峰则在观众席里……回首往事张玉峰曾说:"当时,泪水模糊了我的视线。"如何理解这泪水模糊?

许多年,张玉峰去出差,同行一次次问他:"你们什么时候脱离北大?"从教研室出来办公司的张玉峰,曾开过"康北轩"古董店,也办过"北达",可谓敢想敢做,但他终究没有脱离北大,却在多年前就立下目标,要把方正变成公众性的国际化大公司——走向国际，走向公众！那时，有几人知道他心中的盘算？3年前找张旋龙结合，那是他走出的第一步。在不被理解的日子里他对自己说过，如果有一天，是在我负责方正集团的时候，这事做成了，我一定要找个地方去哭一场。现在，他就坐在观众席里泪水模糊……我想起了我的好友宫魁斌曾对我说：人生若能做成一件了不起的事，最幸福的莫过于把你最信任的伙伴推到前台，把自己变成观众，坐在台下鼓掌。现在张玉峰就在观众席里热泪盈眶地鼓掌。

不能忘记，在特定的历史岁月，在有着种种困难的日子里，他们相互支持、相互补充、相互创造，才走过那些如王选说的"松一口气就会彻底完蛋"的艰辛岁月。

时光过去多年，王选仍然说："方正在香港上市，张玉峰做出了很大的贡献。"我相信，即使时光流过百年，这些在艰难岁月中精诚合作的往事，仍会鲜如朝阳，温暖人心。

当历史走到1995年的日子，在这香港的红地毯上，我看到，方正模式中的结合不只是王选与张玉峰的结合，还有与香港商人张旋龙的结合。生于上海的王选，来自陕西的张玉峰，祖辈是华侨的香港商人张旋龙，1995年方正集团内这三人的联手，是难得的。三人中缺一，方正都不是今日之方正。

张玉峰说"王选当上市公司的董事局主席对公司更有好处"，不错，方正以强劲的知识经济形象出现在国际舞台，在香港上市一年多，市值即从原来的10亿港币升值到50亿港币。

我常想，用枪炮的战争结束之后，经济的战争在世界上一天也没有停止。在今日这个以发展经济为主战场的时代，谁是将军？由于我国企业尚存的困境，今天实际上是一个呼唤我国将军似的企业家和科学家的时代，方正集团被誉为"五星级企业"，倘把王选、张玉峰、张旋龙誉为五星级的科学家或企业家，我看不过分的。

只要想想我国绝大多数企业迄今还很缺乏科技创新能力，我国高校、科研院所则有大部分科研成果没有转化为现实的生产力，王选以"顶天"的技术去寻求"立地"的故事，北大科研力量与企业力量会师的故事，对我国高校、科研院所和企业，都有启示。我国的科研力量与企业力量，只有实现"伟大的会师"，中华民族才能真正顶天立地站起来！

●同时代的消息与参考故事

如果用销售额来反映方正的成就，可以看出：王选与张玉峰会师的
1995 年，销售额是 25 亿元。1996 年，上扬到 40 亿元。1997 年，再增至 60
亿元。

1995 年 8 月 24 日，比尔·盖茨邀请了 2500 名各界贵宾和记者云集微
软园区，在此宣布同时向全球推出十多种不同语言的视窗 95 版本，并通过
卫星电视向世界各主要国家作实况转播。为宣传视窗 95，微软还在英国买
下视窗 95 发布日的《伦敦时报》全部的广告版面，并对公众赠阅当天报纸
150 万份。还花钱使纽约 102 层楼高的帝国大厦全身布满视窗 95 的图案色
彩。微软为此花的广告费达 5 亿美元。视窗 95 发布会，是世界计算机历史
上规模空前的产品发布会。

负责微软视窗 3.1 与视窗 95 开发的布兰德·斯尔文伯格也是 1990 年从
其他公司跳槽到微软的。参加视窗 95 开发的数百名才子，就是从世界名校
去物色来的年轻人。如此众多的人才，靠谁去物色呢？

第二十一章

———

你可知兼容之伟大

（1996 年）

兼容意识也是北大传统，"兼容并包" 4 字，更早见于梁启超 1898 年起草的《京师大学堂章程》，曰 "兼容并包，两无窒碍"。若缺乏兼容意识，我国科研院所与企业也难以会师。兼容思想实为国粹。善于兼容与同化，正是中华文化中最有生命力的东西。

1 进军方正电脑产业

1995 年 6 月 29 日张玉峰任方正总裁。7 月 1 日，王选与张玉峰会师。接着加紧运作要在年底把香港方正变成上市公司。接着就决策：到南方筹建方正产业基地，生产方正电脑。这真是决定方正 21 世纪前程的一个星期，做出的重大决策一个接一个。

生产方正品牌电脑的时机随着张玉峰任总裁而到来，这是方正发展中的第七个重大决策。7 月 7 日星期五，张玉峰就领着赵威去广东物色电脑生产基地。10 月方正电脑问世。

人们多有称赞张玉峰 "神速" 的，张玉峰说："这是年轻人的功劳。"事实上，生产方正电脑的过程，仍然是张玉峰为年轻人创造机会，供他们去充分施展才华的过程。

1995 年赵威 29 岁被提拔为方正集团最年轻的副总裁，下半年赵威的主要工作向上一层公司转移，电脑公司的工作更多落到冯沛然身上。第二年，冯沛然被任命为"北大方正计算机系统工程公司"总经理，全权负责这个电脑公司的发展。

冯沛然 1995 年就建立了公司的 R&D（科研和开发）机构，这个科研开发机构完全按公司的发展目标去实施创造，这就是极有战斗力的结构。

"唐耀福先生是做显示器的专家，这个人才挺重要的。"这是张玉峰特别看重的另一位人物。

唐耀福 1947 年生于湖南省衡南县，与张玉峰是北大的同班同学，离开北大后，曾先后被聘为"国防科工委汉字专业组成员""国防科工委 834 工程副总指挥""电子工业部计算机技术委员会委员"，曾组织开发了汉字终端和彩色显示器系列产品 20 余项，曾获 1985 年国家科技进步二等奖，1990 年任电子工业部下属华北终端设备公司总经理兼党委书记，1992 年起调任电子工业部中国长城计算机集团深圳公司显示器事业部总经理。张玉峰对唐耀福的评价是："这个人政治上很强，技术上很强，管理上也很强，一定要把他弄过来。"

1995 年 5 月，张玉峰就与周瑜采同去深圳找唐耀福。由于都经历了从科研、开发到生产、经营的酸甜苦辣，三位老同学团聚，谈起来有许多共鸣。细看方正，这个大学的企业创办至今，科研与开发已有长足发展；经营方面，近 40 个海内外分公司加上更多的分销商，也有一定规模；方正最弱的就是制造业。张玉峰就是把方正最弱的所在摆在老同学面前。

换一个角度思考，唐耀福有研发和制造显示器的特长，也很需要一个发达的销售渠道，能把显示器大量销出去，才能更好地体现他在"彩显"领域奋斗良久的人生价值。

这次交谈，唐耀福"有了动意"，张玉峰也不要求他马上决定。8 月，张玉峰已是方正总裁，再去找唐耀福，唐耀福便决定加盟方正。

"在两个月时间里，从租厂房到招工人，到年底就正式投产。"张玉峰说，"从筹办起我们总投资是 2500 万元，到 98 年 6 月我们得到的回报是：两年半时间赚回了投资的两倍半。正因为有这样一个人才，我们才把这个产业做起来。"

方正彩显从无到有，迅速发展，到1998年产销水平已跃升国内彩显行业第一。就唐耀福个人的抱负而言，这个"第一"是能使人生体验到欣慰的。

这还仅仅是初升的太阳。唐耀福来到方正，同时还被任命为方正集团副总裁、集团生产制造委员会主任，负责全面指导、策划方正制造业的发展。1999年，唐耀福在风景宜人、国际IT厂商云集的深圳湾畔建立方正硬件研发及产销基地，为集团跨世纪的产业战略部署继续发挥他的才干。

2　做生意其实是做渠道

联想、方正等企业经营电脑多年后，国内有人撰文说，中国生产的电脑，实际上就是把人家的东西装配到一块。或者说每卖出一台电脑，实际上就是为美国人卖芯片和一系列操作软件，值得自豪吗？

这的确是一个值得探讨的问题。

新中国倡导自力更生、自主技术，必要性和正确性十不容置疑得。在历史岁月中，我们也唱过"没有枪，没有炮，敌人给我们造。"我们并不排斥先进武器和先进技术。新中国善于学习苏联和欧美国家得先进技术来建设自己。

当代信息产业的发展速度是空前的。在美国，微软和英特尔是站在工业经济时代的巨人IBM的肩上，迅速发展成新的巨人。IBM是借英特尔和微软的创新技术，使自己这个胡须飘飘的老企业在知识经济时代焕发青春。康柏这个1983年才成立的公司，不仅用别人的芯片别人的操作系统推出康柏PC，并宣称与IBM PC百分之百兼容，如今已成为全球第二大电脑公司。知识经济时代的奇迹是这些高技术企业互相借助对方的力量创造出来的。

我们怎么办？

方正电脑问世，张玉峰在接受记者采访时说："方正决定搞自己品牌的PC机，是建立在已有较完善的销售渠道和几年来营销PC的经验之上。"

这段简短的话中已包含着丰富的经营之道。张玉峰卖电脑，包括支持赵威、冯沛然卖电脑，哪里只是卖电脑呢？那是通过卖别人的产品来建自己的渠道。

在技术落后的状态下，如果从科研开始，到做出样机、选址建厂，不仅耗时长，更往往是造出产品才发现销不出去，于是产品问世之日也是资财耗尽，元气大伤的垮台之日，这样的故事在我国屡见不鲜。

1994 年赵威代理外国电脑已把营业额做到 5 个亿，这是个让业界不无震惊的业绩。这 5 个亿更值钱的所在是：说明已打通一条含金量很高的渠道。像这种利用外国产品来建自己渠道的办法，一是自身承担的风险小，二是利用比较成熟的产品也比较容易建成销售渠道。渠道一经建成，我可以不卖你的电脑了，我把我自己生产的电脑往渠道里一放，如同一开闸，水就流畅地走了。

我国县一级有许多质量很好的土特产，往往难以远销畅销出好价钱；校办产业中有些确实优秀的科技产品，未能畅销出好价钱；作家中一些很有文化品位的好书，也往往到不了欣赏品位高的读者手中……所有这些都不是因为产品不好，而是困于没有销售渠道。

你可能认为，商场、新华书店不就是销售渠道吗？如果说是，方正就不必去建销售渠道了。事实上，一个好产品，一本好书，都需要专门的力量去开通一条到达用户的渠道，惟渠道开通，你才可能把天下的商场、书店都变成你的蓄水池。那时把产品往这"蓄水池"一放就会流向用户。

方正第一批从生产线上下来的 1000 台电脑，两天内分发完毕，更多的定单只好等第二批产品。众多用户是在没有见到方正电脑的情况下仅凭"信任度"下了定单。这就是渠道的作用。

其实，做生意最要紧的就是做客户、做渠道。当你代理对方产品，市场虽表现为对方的市场，但你是在修建自己的渠道，渠道一旦建成，而你又有了自主产品，你可以在一夜之间把对方的市场变成你的市场。方正电脑一经诞生，就开始了同 IBM、惠普、康柏、NEC 等外国电脑争夺中国市场的历程，且进展神速。

由于中关村的高技术企业都是国家没有直接投资的"编外企业"，中关村电子一条街的萌生，走的就是这样一条从做贸易开始积累资金、积累经验、开辟经营渠道的路。这样，我们看到，北大方正是一个集"产学研"和"贸工技"于一身的高技术企业，它集中体现了中关村高技术企业的全部特征。

3 挺进日本市场

接着看看香港方正上市后，王选和张旋龙方面开始谋取日本市场的情况。

准确说应该表述为"日文市场",这是方正技术继开发出我国少数民族文后,向非汉文的日文挺进。

1996 年 3 月,日本方正在东京宣告成立,这就是北大方正驶向日本市场的一艘船,是起码的"立锥之地"。

"管祥红是我找来的。最初是来当日语翻译。"张旋龙说。管祥红就是日本方正的总经理,1989 年毕业于北大无线电系。

"去日本,王选带着肖建国、阳振坤、汤帜、李旭阳。王选老师比我大将近20 岁,身体还不怎么好,但他非常努力。我们一天要跑很多家报社,从早走到晚,到每个地方都讲一样的话,到了下午,肖建国、阳振坤就打瞌睡,王选还非常认真地在介绍,介绍产品,介绍公司,介绍我们将来会怎样怎样……"张旋龙这段话已把王选老师孜孜不倦的形象描述得相当生动。

此时的王选,大脑里仍充满了让学生来挑大梁、让年轻人出思想的意识。看到日本公司里上下级说话的样子,王选就描绘道:"你看他们说话就知道谁是上级谁是下级。下级就是'咳',不断地'咳'。上级常常是一副什么都懂的面孔,高人一头的架式。"

他还注意到美国硅谷有人写文章说:"日本的软件要达到美国的水平,需要改变日本国民的性格。"这使王选越发感到,让年轻人能自主地思考,真是一件影响国民性格的大事。

这一时期,王选也特别珍重年轻人在过去的日子里对北大电子出版系统的贡献。比如郑民是王选的第一个博士生,后来去了硅谷,王选仍念念不忘郑民在 1987 年提出的一个建议。

"王老师,我们应该采用 Windows 作为集成排版软件的环境。"当时微软的 Windows 还远未流行,郑民就这样说,不啻是个非常大胆的建议。王选采纳了这个建议。几年后 Windows 成为国际标准,王选则由于早几年就开始了这项开发而赢得时间。

"否则,在 Windows 成为国际市场标准时,我们的系统与大潮不兼容,就进入不了国际市场。"王选是这样说的。

1997 年 5 月 23 日方正集团与日本路德集团在北京人民大会堂举行签约仪式。路德集团签订了几亿日元的合同。这标志着方正产品终于成功地打开日本市场。这也是中国企业第一次大规模地出口拥有自主知识产权和自有品牌的高科技应用软件产品。

在人民大会堂，中国记者问日方：

"你们出版日本杂志，为什么不用日本开发的排版软件？"

"为什么不用美国开发的排版软件？"

日方在评价方正产品时反复说着这样四个字："难以挑剔。"

王选笑了。

因为日本人对产品质量的挑剔，是世界上最认真的。

也正是日本发达的市场需求和近乎苛刻的挑剔，把方正年轻人的创造才华极大地逼出来。开发这一技术的主将除了汤帜，还有一位曾获国际奥林匹克数学竞赛金牌奖的年轻人李平立。他们正是针对日本市场的需求和挑剔，精心地开发出扩充再扩充的日文飞腾软件，又提出并实现了"软插件"体系，使系统更容易扩展和升级。实质上，也是努力做到使产品的兼容性更好。

再来看看那个脑袋里冒出奇想的阳振坤，他想搞纯软件 RIP，结果怎样？

1997 年 7 月 18 日，北京中国大饭店，王选在此向新闻界、学术界报告阳振坤主持完成的一项重大发明："23 年来，我们研制了 7 代 RIP，每一代 RIP 差不多全部重新设计。前 5 代是在我主持下研制的，后两代是在年轻的阳振坤博士主持下完成的。其中第 7 代是纯软件 RIP，代码几乎没有任何继承。"

又说，"RIP 的标准是美国著名的 Adobe 系统公司制定的。RIP 已与汉字文化无关。多年来我们与国外名牌 RIP 的竞争中坚持不断创新，才使 RIP 的兼容性、速度，以及对国外各种前端软件的适用性等方面进入了世界先进行列。今天，我们可以宣布，由于我们新一代 RIP 达到的高技术水平，我们郑重地把它命名为：方正世纪 RIP。"

全场报以热烈的掌声。

你可记得，王选主持研制的照排系统最早是用杭州产的激光打印机，到 1988 年那场"招标"战便不得不放弃国产激光打印机而连接了进口的佳能激光打印机。时光过去近十年，到阳振坤搞出软件 RIP，把这与 Windows 打印技术相结合，就产生了全新的"方正文杰激光打印机"。

王选说，十多年来进口的激光打印机在我国已流行出很大的市场，如果我们不走全新的技术途径就无法参与竞争。现在方正世纪 RIP 问世，机会来了，因进口打印机的硬件解释器还是昂贵，方正世纪 RIP 是完全的软件解释器，就使方正文杰打印机能以"茅台酒的质量，二锅头的价格"打进市场，为我国激光打印机东山再起赢得一个新的前途。这是又一例既注重创新又注重兼容从而获得成功的故事。

"进入发达国家市场，可供我们学习的事物很多。"王选还说，"比如日本人买股票很热心，我们的产品进入日本市场越好，日本人买我们的股票就越多。这股票的买卖，对他们有些什么好处，对我们有些什么好处，我过去是想象不到的。"

他说我们曾因为缺资金而非常发愁，哪里想过我们现在利用日本人的钱去开拓日本市场。更有趣的是，日本方正除了总经理管祥红是中国人，其余30多位全是日本人。这差不多就是用日本人和日本人的钱去开拓日本市场，并赚取高效益。

在过去的20年里，北大研制汉字激光照排系统，先后得到国家拨款近1000万元人民币。国家得到的利税回报已经超过10个亿，今后仍将得到的更大回报无法估算。今天，方正集团自身用于科研和开发的投资是年销售额的4%—5%，那就是上亿元。如果没有企业，而只是"计算机研究所"，这是根本不可思议的。

方正是靠自主创新技术站起来的，但方正不仅靠创新技术，还靠创新技术与世界的兼容性打进日本市场。注重独创，但不盲目地讲独创，警惕用"独创"掩盖固步自封，在一个开放的世界里随时注意与世界兼容，是我们该有的常备意识。

●同时代的消息与参考故事

为微软物色人才作出重大贡献的人，最突出的是史蒂夫·鲍尔默和查尔斯·西蒙尼。鲍尔默是盖茨在哈佛的同班同学，后来又到斯坦福学过管理，1980年加入微软，长期负责招募人才。西蒙尼是毕业于斯坦福的计算机科学博士，原在施乐公司的帕洛阿尔托研究中心设计图形应用程序，1981年到微软。

当西蒙尼决定从这个研究中心辞职，施乐公司的一位女秘书问他今后打算去哪儿，西蒙尼说："微软公司。"女秘书听了大惑不解，因为她还没听说过微软，而帕洛阿尔托研究中心是令计算机领域许多高级科研人员都羡慕的地方，西蒙尼是这儿十分出众的程序设计师，为什么要放弃这儿呢？

但是，盖茨和西蒙尼已经互相发现。在这里，西蒙尼对盖茨的发现同样重要，因为1981年微软还不怎么出众，IBM就没有看到盖茨的潜能。西蒙尼到微软后为微软的软件开发做出了巨大贡献，90年代中期使求伯君的WPS遭到沉重打击的Word就是在他的指导下开发的。他还指导开发了一系列著名软件，有"微软首席程序大师"之誉。西蒙尼像精心设计软件程序那样，还为微软建立了一套物色和招募人才的办法和规则，并坚持亲自对几乎每一个候选人进行面试。而盖茨则不仅充分利用了西蒙尼的技术天赋，还利用了他极好的物色尖子的眼光以及指导尖子去创造的卓越才华。微软善于"挖"人才，靠什么吸引人才呢？

第二十二章

——

一个数学技术的新时代

(1996 年——1998 年)

当代武器惊人的远程命中率不是瞄准出来的，是计算出来的，其核心技术是数学。从这个意义上说，高技术战争是"数学的战争"。所谓"数字化时代"，也是建立在数学的基础上。知识经济亦可称数学经济。如今发达国家的大企业能不断提出许多数学问题。我国绝大部分企业还没感觉到有什么数学问题，这就是我国企业当前的大问题。王选的创造早先被认为是"数学游戏"，王选正是从解决了一个数学问题起步，最终改造了中国的印刷产业。

1 中国从未像今天这么"世界"

这天晚上，一位出租车司机告诉我，他是下岗工人，贷款买这辆车。"我们在工厂老老实实干活，说干啥就啥。怎么突然就说你不要干了，下岗了呢？"他还告诉我他是个共产党员，对工厂很有感情，然后问："你说我们什么时候能上岗呢？"

我猜想他也不是要我回答，他只是和我聊天。人说北京的出租车司机都是政治家，特明白。那就聊吧！聊着聊着，他转过头问我："你赚了很多钱吧！"

我说我不是做生意的。他说:"我看见你刚才从方正出来。"我说我是去向他们学习的。然后我讲到了王选。

他说:"知道,就是方正的总裁吧!"

我说,他不是方正总裁,是方正技术研究院院长。然后我想起了王选1997年在一篇文章里写道:"美国《财富》杂志每年公布全球最大的500家公司排行榜,去年的名单中韩国有10家,其中韩国大宇和三星已进入世界百强之列,巴西有4家,墨西哥、委内瑞拉、土耳其各有1家,印度和我国台湾的石油公司也已进入500强之列。而我国大陆还没有一家企业进入世界500强,位居中国大陆企业榜首的大庆石油管理局销售额不到50亿美元,距离世界500强之末销售额88.6亿美元尚有一段差距。"

我把王选这段话的大意讲给了司机听,我说:"你现在看到了吧,发达国家企业强大,我国企业弱小,弱小怎么能不困难。"

由于他是司机,我跟他谈福特,"知道福特吗?"

"知道,美国老资格的汽车公司。"

"知道1996年福特公司用于科研开发的投资是多少吗?"

"多少?"

"70亿美元,比中国全国大中型企业用于科研开发投入资金的总和还多。"

"这是真的?"司机转过头来,一双怀疑的眼光看我。

"没错。"我从包里翻出一叠报纸剪辑,告诉他,"1997年11月20日的《北京青年报》就是这么说的。还有1998年2月14日的《科技日报》报道,1996年度我国所有企业用于科研和开发的投资只有15.4亿美元。"

"那不是差太远了吗?"

接着,我说:"当代高科技并不是导弹、原子弹才高科技,一只圆珠笔,一块婴儿的尿布,就凝聚着高科技。世界500强对一切用品的渗透无孔不入。我国很多企业的产品科技含量差,争柜台争不过人家,就撤退到小商品市场了,你家附近有小商品市场吗?"

"有,卖便宜货的。"

"更差一些的在街头小店'两元一件,五元三件'地叫卖。还有更差的,由一些妇女用包袱布铺在路面上叫卖。工商、税务人员来了,他们就在城市的大街上狼狈逃窜……你见过吗?"

“见过，见过。”

我还告诉他：“1998 年全球 500 强已有 300 强在中国登陆，在北京就有 148 强。这是《北京日报》头版登的。”

司机啧啧连声：“这仗怎么打？”我说有把外国企业打败、打跑的。他问：“有吗？”我说有啊！然后我讲到北大方正，告诉他，就在 1996 年方正的总收入近 40 个亿，报纸说这总收入是以清华、浙江大学、上海交大、西安交大组成的第二方阵总和的两倍。这话就登在 1997 年 6 月 25 日的《人民日报》上。

司机问：“北大不是文科好吗，清华怎么就不如北大呢？”

我说：“北大不仅文科强，也是理科最强的大学。清华是工科最强的大学。所谓高技术，就像高楼大厦，基础不深，高楼就盖不上去。工科是建立在理科的基础上的。听说现在讲知识经济了吗？工科是工业经济时代的主角。在知识经济时代，高技术是直接从深厚的基础学科里研究开发出来的，比如王选的技术直接从数学里出来。因为北大理科强，所以有优势。”

司机突然踩住刹车，双手握定方向盘，转头盯住我问：“你说什么？清华都不行了？那我们怎么办？”

我突然感到，我的话可能对他的打击太大。

“我没说清华不行。”我告诉他，“北大、清华已采取联合举措，两校学生都可以选修对方学校的课程，两校都承认学分。”

身后的汽车在按喇叭，司机把油门一踩，车子继续前进。我继续对他说：“清华还作出一项决定，允许大学生去办公司，清华为他们保留学籍，在他们想上大学时再来上大学。”

“这好吗？”

“我也不知道。”

这么谈着我就到家了。司机似乎还想问什么，没问，却说：“你几时还出去？你呼我，我来接你。我给你呼机号。”

我说谢谢！随后又告诉他：“高技术离不开数学基础。你我都不可能重新去学数学了。说实在的，在技术方面靠我们这个年龄的人已经无法把我们的企业振兴起来，要靠我们的孩子。”

“那我就踏踏实实开车了？”

“能开就开吧。”

"不管我多苦，我一定要让我儿子去读大学。"

"这就对了。"

"你是教授？"

"不是。"

和司机分手后，我发现司机的神情久久地在我的脑海中，我比以往任何时候都更加感到，在发达国家传统的工业经济正快速向知识经济转型的今天，我们无论如何都不能不用知识经济的眼光来看这个世界和选择我们的前程了。

2 何谓知识经济

1997 年 9 月，中共十五大报告中写到要"实施科教兴国战略和可持续发展战略"，就是对发展我国知识经济所作的表述。

1998 年 5 月 4 日，江泽民主席《在庆祝北京大学建校一百周年大会上的讲话》中说："当今世界，科学技术突飞猛进，知识经济已见端倪，国力竞争日趋激烈。"6 月 1 日，江主席在接见两院院士时再次说："初见端倪的知识经济预示人类的经济社会生活将发生新的巨大变化。"

王选在 1997 年那篇文章中还写道："在世界 500 家大公司中，资源性公司一直在往后退，而技术性公司在前进，尤其是高科技公司。苹果公司从创业到进入 500 强只用了不到 5 年时间，而康柏公司只用了 3 年。到 2010 年中国能否有一批工业企业进入 500 强，要靠创新的高技术而不是靠资源能力和对外贸易能力进入，这是衡量中国下一轮改革开放成就的一个重要指标。"

王选使用"资源性公司"这个概念，可证王选是用知识经济的眼光去观察世界。王选还以"低耗高效"四字概括知识经济的特征，这是极精炼的概括。因为以物质资源的高消耗为基础的传统工业正在导致全球能源枯竭，那是不能持续发展的经济。

为了比较清晰地认识这个"初见端倪"的时代，回顾一下历史岁月中不同的经济方式已很必要，我是这么看的——

人类从事农业的历史约万年，这期间除了使用体力劳动，新的生产力也被不断发明创造出来，如锄犁的使用，水力的利用，印刷术利用"倍率"使劳动力得到无数倍的扩大等等。这一时期，人力、牛力、马力是主要的劳动力。地球上的风光是自然风光和田园风光。可以称这个漫长的时代为农业经济时代，也可以称作劳力型经济时代。

到 18 世纪 60 年代，英国发生工业革命，此后蒸汽机为工业革命提供了巨大动力。机器力成为比人畜之力有力得多的生产力。同时出现的一个重大情况是：蒸汽机若没有能源就没有意义，煤是蕴藏在技术幕后的原动力。从此，对资源的开采、使用，成为工业时代的显著特征。冶金、机械、交通以及化学在工业和农业的应用，乃至战争，西方在这一时期涌现出的令人惊叹的发明创造，大都表现为对资源的使用能力，也是以耗费大量资源为代价的。

到本世纪，煤、石油、天然气、淡水均发生危机。植被的破坏使土壤流失，化肥的应用使土质退变，森林资源、土地资源都发生危机。空气也失去纯净。臭氧层被破坏，阳光变质，空间也不安全了。人类的生存环境因人类对资源疯狂的开采和使用发生了全面危机。联合国 1997 年的有关报告说，按此发展速度，地球上的石油还能开采 40 多年。如彼，地球经 40 多亿年演变生成的石油资源，在不到 300 年间就要被人类挥霍光了。这真是近 300 年来齿轮加资本运营的竞争方式所制造出来的丰功伟绩啊！

当煤和石油等矿产资源耗竭，工业靠什么来支撑？人们有理由把工业经济称作资源经济了，同时看到这种大量耗费短缺资源的经济是一种不能持续发展的经济。联合国有关组织于 20 世纪后期先后提出了"信息经济""可持续发展经济""知识经济"的概念。

人们早先使用"信息经济"这个概念，因为知识经济的发展是以信息技术革命为前提的。深入去看：计算机的核心——硅片，是用并不短缺的石头做的；对计算机功能的开发，则主要是开发人的智力资源，这是用之不尽的可再生资源。

如果望向信息领域之外，在新能源、生物工程领域，分别是利用太阳能、风能、海水、基因等取之不尽的资源。新材料技术的出现，是致力于极大地改变人们对矿产和森林资源的依赖程度。所有这些，都具有"低耗高效"的特征，都区别于工业革命以来大肆耗费有限资源的新技术，被称为高技术。

这些高技术，就成为知识经济时代的主体技术，是人类以较为理智的方法，在前此 200 多年的工业经济将把世界推向穷途末路的时代——人类在悬崖上开始拯救自己。

在此需要特别留意的是，"高技术"一词，在当代世界已被赋予特定含意，并非科技含量密集的技术都称高技术，只有那些低耗高效的才称"高技术"，高耗高效的则称"新技术"。针对传统工业经济中的物质资本会在使用中被大量消耗的特点，闵维方还特别指出："知识资本是一种特殊资本，是唯一的一种在使用过程中不被消耗，并且不断增殖，可以为全社会共享的资本。"

当确认知识经济是建立在高科技基础上的经济，便可以进一步来看看，什么是高科技的基础。

3　重新认识数学

1997 年 5 月 28 日，张玉峰代表方正集团把一张 40 万元人民币的支票交到北大数学科学学院姜伯驹院长手中。此后两年，方正还将每年给数学院资助 40 万元。这是方正集团在本世纪内以回报母校的方式资助北大数学院。为什么特别资助数学院？

"数学"需要理解，需要非凡的理解。

北大数学科学学院 1998 年有教职员工 147 人，其中正副教授 111 人，中科院院士 4 人，第三世界科学院院士 2 人，博士生导师 41 人，博士 64 人，这座庙看似不大，却是中国数学的一座大厦。他们中有王选的老师，有培育出许多中国一流乃至世界一流的中国学子的老师。应该听听他们今天是如何讲数学的。

教授们说：从 80 年代开始，美国国家研究委员会陆续向政府提交了若干份关于美国数学及数学教育的报告，指出现在还很少人认识到，高技术本质上是数学技术。数学不仅是一门学科，它已经是一种重要资源。我们已经处在一个数学技术的新时代。

最让我感到意外的是，教授们认为：数学不属于自然科学，犹如哲学不属于社会科学。这使我记起爱因斯坦对哲学曾有过一段非常生动的描绘："哲学是其他一切学科的母亲，她生育并抚养了其他学科。因此人们不应该因为哲学的赤身露体和贫困而对她进行嘲弄，而应该希望她那种堂吉诃德式的理想会有一部分遗传给她的子孙，这样它们就不至于流于庸俗了。"

我们为什么不能也这样看待数学呢？

北大数学研究所所长张恭庆院士对数学有一段描述，我看跟爱因斯坦讲哲学的意思是相通的。他说：数学为其他学科提供语言、概念、思想、理论和方法，它不仅直接应用于工程技术、生产活动，作为一种文化，对全社会成员都起着潜移默化的哺育作用。一个民族数学修养的高低，对这个民族的文明有很大影响。

正是由于数学对自然科学和社会科学的作用，我国高考，文、理科学生都必须考数学。我国的数学教育，在世界上均优于欧美国家。但是，我国企业对数学的应用则严重落后。

我们已经不能满足于一般地探讨企业的困难，学会从"数学"这个视点去观察，会看到一片新情况。今天我们已经可以这样说，对数学不同的感觉、认识和要求，就可以是衡量一个企业是否发达的一种标志，并可预见一个民族的前途。

我国数学系毕业的学生，除了当教师或搞数学研究，社会上哪儿都不喜欢要，他们该上哪儿去呢？在西方，特别是美国，则一再确认中国高校数学系的大学生是好用的。我国培养的数学才子正好为发达国家的企业解决数学问题提供人才资源。

还记得上一章里讲到的李平立吗？就是王选部下那位曾获国际奥林匹克数学竞赛金牌奖的青年。他高三时参加全国数学选拔赛获第一名，随即参加了1986年在波兰举行的国际奥林匹克数学竞赛。各国参赛的都是6名选手。中国队6名选手获了3块金牌、1块银牌和1块铜牌，成绩是最好的。李平立却告诉我：

"我们这一届成绩不太好。"

"怎么呢？"

"老师说，以前金牌更多，还有金牌被中国全拿了的。"

"你们6人，如今都在哪儿？"

"一个'金牌'在上海，'铜牌'不知在哪儿。别的都去了美国。"

由于中国培养的数学人才堪称世界一流，他们日益成为发达国家高技术企业吸收的人才，并且很少人意识到，这是中国在需要发展知识经济的时代最大的损失。亚洲金融风暴期间，金融数学成为非常热门的学科，一批中国改革开放年代培养的数学尖子在美国效力，成为美国研究金融数学的生力军。

4 美国人设置的中国教育成果收割器

出去的远远不只是数学系的毕业生。

1996 年 7 月，《北京广播电视报》公布一项题为《首都人形象调查》的社会调查："哪种人最让人尊敬？"公众作出的占第一位的回答是："教师。"

自从恢复高考，几亿父母在孩子入学前就抓教育，可以说，全世界再没有比中国父母更重视孩子读书的了，也没有比中国学生更用功的了，他们起早熬黑，中午多无休息，许多父母都清楚，孩子比自己上班还累还苦。可是，考上了又怎样，毕业了又怎样？

我真想说，美国教育最成功的一项措施，就是在中国设置了一个中国教育成果收割器——托福。

教育是需要投资的。20 世纪 90 年代以来，我国每年财政总支出中教育支出 1000 多亿，仅次于经济建设费用。更有数不清的家长省吃俭用，不惜一小时投资几十元上百元为孩子请家教；为了让孩子上"重点"，不惜一次拿出几千元几万元……真是举国办教育，全民掏腰包！

从幼儿教育开始，把中国孩子里的尖子一步步送进了北大，送进了清华，送进了各大学。这是一个拓荒、播种、耕耘以至把孩子们培养成材的过程。

美国人不必对中国教育付出的巨大代价做什么，不必拓荒、播种、耕耘，中国人已经把尖子人才培养好了，并且经由遍布中国的教育、考试、筛选工作把尖子集中到大学，特别是重点大学来了。美国人只需在中国设置一个"中国教育成果收割器"，轻轻松松就把中国教育培养出来的尖子收割走了。

年年如此。

岁岁如此。

一流的学生去了美国。二流的学生去了国内的外企。三流的学生在本国难以找到工作。这是大学里流传的说法。这个说法准确吗？

《中国青年报》登载了一篇题为《清华、北大的毕业生去了哪里》的文章，其中写道："1997 年北京大学本科毕业生出国人数为 457 人，占本科毕业生总数 15.3%；1998 年出国本科毕业生为 302 人，占本科毕业生总数 13.6%。1997 年清华大学本科毕业生出国人数为357人，占本科毕业生总数的14.5%；1998年出国本科毕业生为379人，占本科毕业生总数的15.4%。"

你可记得，1979年国门初开，王选要在北大组建一个攻关组就碰到"出国潮"……那时出去的"尖子"主要是文革前培养的中年知识分子。进入90年代，新一代尖子学生成长起来了，出去的主要是青年大学生。

王选去美国考察，回来写道："美国硅谷集中了一大批中国工程师，人们说，硅谷的公司中没有美国人并不稀奇，而没有中国人的高科技公司则是罕见的。"

国家教育部基础教育司委托时事报告杂志社编辑出版的《时事报告》中学生版1998—1999学年度第1期发表《览胜美国硅谷》，说"硅谷约有一半科技人员来自亚洲各国"，而在关键的科研开发上，"智慧的、富有毅力的华人更是担当了重要角色，他们约占硅谷科技人员总数的四分之一，而且多为技术部门的骨干"。

何谓技术骨干？北大方正的技术骨干就是王选和他领导的肖建国、阳振坤、汤帜、李平立等。如果说华人约占硅谷科技人员的四分之一且多是技术骨干，可见华人在硅谷的贡献何其大！

随着改革开放的深入，外资企业在我国增多，中国大学生、研究生毕业后不必出国也能在"洋企业"里工作了。由于我国企业遇到的困境，大学生毕业后出国或投奔外企成为第一热门。倘如愿，父母、邻里也感到总算把孩子培养出来，"有出息了"。

呜呼，从前先贤说"师夷长技以制夷"，如今变作"刻苦读书以事夷"？中国的教师那么辛苦，父母那么辛苦，学生那么辛苦，就为了给外国资本输送我们的最有创造力的孩子？就为了使外企的科技含量、有生力量更加精悍，然后杀回马枪，把我国企业的父母打得更加落花流水，下岗纷纷？呜呼，这难道不是一幅"现代文明图"吗？我难道有什么特别的心肠，能不感伤吗？

硅谷的骨干，不少就毕业于北大、清华。在北大和清华的企业里工作的青年比别人更容易看到，他们与去到硅谷的同学，昨日是校友，当年在校园里同踢一个球，今日最激烈的竞争却发生在我们之间。

一群站在星条旗下。

一群站在五星旗下。

"从事电脑研究开发的最佳年龄是 20 岁到 40 岁，一大批优秀的中国人把这段黄金年华贡献给了美国企业。"王选是这样描述的，似乎让你感伤得没有眼泪。

王选写下这话的时间是 1997 年 7 月 2 日，是方正集团将 40 万元的支票交给姜伯驹院长后的第 37 天。这笔钱，北大数学科学院将用以创造有利于"留人"的科研和生活条件，目的是力图把北大最具竞争实力的数学人才留下来。同时还将致力于把全国每年高考中最具数学天赋的前 3 名尖子争取来。为了祖国的前途，这些花甲教授的拳拳之心，会不会烛照我们，会不会让"天下父母心"为之感动！

1998 年，王选将近年来个人所获奖金 30 万元捐献给北大数学科学院，设立周培源数学奖学金，奖励在数学基础学科教学和科研中做出突出成绩的年轻教师。11 月 10 日，这项奖金首次颁发，吴岚等 5 位老师获奖。

王选捐资设的奖学金，不是"王选数学奖学金"，而是"周培源数学奖学金"。可否说，这便是"既不为利也不为名"呢？北大数学院同意如此设立，大约是：既收下捐赠也以全其德吧！

5 知识经济时代最激烈的竞争

1999 年我国高考扩大招生，一扩再扩，竟在原计划的基础上扩了 44%，足见国家重视"科教兴国"下大力气的决心和力度。

高考后第 10 天——7 月 19 日，是这年托福考试报名之日，北京报名点排长队出现空前热烈场面。《北京青年报》报道，记者 18 日上午 10 点 30 分在北京外国语大学看到，排队报考托福的队伍"在占满有 400 米跑道的大操场后，在操场外的校园马路又蜿蜒延续了约 300 米。"北京这年夏天出现持续高温，"万人长队支起了阳伞的长龙，许多排队的考生正在自带的凉席、毛巾被或者报纸上熟睡"。因为最早的排队者 17 日晚上就来了，到 18 日中午，领取了报名表并交了考试费（660 元）的人数已超过 21000 人，而规定的收受报名表时间还要等到 19 日零点。到 18 日晚 9 点后，"现场已出现收 80 元钱替人排队的'托福号贩子'。"

如果说"托福"是美国人设置的"中国教育成果收割器"，可不可以说，上述场面就是空前的等待被收割的场景呢?

学"托福"是要自己付学费的,考试费一交就是几百,考试通过了不一定就能去美国留学……但是,如此多的中国学生在这酷暑中,在这赤日炎炎的阳光下,如此日夜不息地排队,以期来日被"收割"……你看了会不会感伤?

更广阔的场面还不在这里,如今,在大学的教室、宿舍、图书馆、操场、小树林里,你去看看,许许多多的大学生,把大部分时间用于学英语。许多人毕业出来,用中文写一篇东西,文句不通,错别字一堆,被夸张地称为"中文文盲"。但是,他们坚定不移地继续加强英语。他们认为到美国去,我的中文水平无论如何都够用了。当中国学生把读书的能力用在"托福"上,有人已能考满分,有相当多的中国青年考出美国考生望尘莫及的程度,以致美国方面怀疑是不是"考题泄漏"。这许许多多的大学生如此刻苦攻"托福",都是积极地准备着被"收割"。

1998 年 11 月 5 日,微软公司在北京宣布成立微软中国研究院,消息传开,中国信息产业界为之震动。

1999 年 2 月 2 日的《经济日报》报道,1 月 22 日微软中国研究院公布,该院在中国的"人员招聘反响热烈,已经有 500 名高层次科技人员申请加盟,申请还在不断涌来。"

文章说,有"4 位在国内科研单位出类拔萃的科学家、4 位在软件开发的各个方面有专长的工程师从海内外聚首于斯;此外,还有 8 位即将取得博士学位的中国青年学者提出申请,已经获得批准。"报道还说,"这些青年才俊如果不到微软,不到别的跨国公司,将来都应当是在 863 计划、攀登计划等国家科技攻关计划中'过关斩将'的角色,有的还可能会成为学科带头人!"

在加盟微软的人员中,"去年 11 月刚刚从美国归来的凌小宁博士,就任微软中国研究院软件开发总工程师。"另一位刚刚从美国归来的沈向洋博士被聘为微软中国研究院主任研究员。

《经济日报》用相当显目的大字印在题头上:"微软中国研究院'一网'就'网'去了十几位拔尖人才,该院计划 6 年内在中国物色近百名研究人员,这让国内许多专家为之色变。"

在这同时,英特尔公司也在北京建立了研究机构。事实上,世界大型的跨国公司从中国挖人才早就在进行着，如今是以在中国设研究机构的方式公开地大规模地汲取中国科技精英。此外，美国对中国人才的吸收，已扩展到吸收初中生、高中生里的"神童"。为什么会出现这样的故事？

工业经济时代，最激烈的竞争是争夺资源和市场。知识经济时代，最激烈的竞争就是争夺人才资源。像微软这样一批一批地"网"走中国拔尖人才的故事还只是刚刚开始。

微软为什么能轻而易举地"网"走中国拔尖人才？《经济日报》2月2日的文章是这样说的："按照该院（微软中国研究院）的计划，6年投入8000万美元，可供支配的科研费用将达到平均每人几十万美元，这在国内没有哪家科研单位可与之相比。"

由于科研成果注定是要通过企业才能发挥效益，由于成果是人创造的，由于我们正生活在一个开放的时代，我国科研院所里的人员就处在一个被企业来"淘金"的位置。如果把我国的科研院所比作一个聚宝盆，这个中国科技英才荟萃的聚宝盆，正是知识经济时代世界跨国公司将纷纷来盆中取宝的对象。

这是另一种"收割"，对中国相当成熟的拔尖人才的收割。所谓用重金聘用，那重金其实终将是由被聘用者创造的，微软只是在这期间进行运作。这运作并不属于"科技"，却能调动和指挥科技。像这样对中国青年大学生以及中年科学家进行全面"搜索"和"网罗"，将怎样严重地改变美国与中国科技力量的对比呢？

"托福"所以能吸引如此多的中国青年，也是因为美国人能提供你一笔"奖学金"。在这里起作用的是经济因素。再以后，美国企业吸纳你在那儿工作，你能获得比在国内高得多的酬金。在这经济因素后面，起强大后盾作用的是资本。

教育是需要投资的。中国培养出的拔尖人才，是在国家投入的巨大的教育经费下，在全国学子中最终筛选出来的人才。再加上千家万户的投入，每一个大学生经十几年培养都是人民币堆出来的，而美国人只用一笔助学金就把中国的尖子人才收购走了。"托福"，实际上是美国资本经营的一桩最胜算的生意。

1999年以美国为首的北约用导弹悍然轰炸中国驻南联盟大使馆，引起了中国人民的愤怒，也引起了中国人的忧虑。媒体相继报道说，这使中国人再次认识到"落后就要挨打"这个真理……我常常困惑地想，落后是肯定要挨打的，好比弱者打不过强者，这是很明白的事情，难道需要很努力很费劲才能认识到吗？我们不是要认识落后就要挨打，我们需要认识为什么落后。

● **同时代的消息与参考故事**

1997 年以前我国大陆已有银行业进入世界 500 强排行榜。

1999 年美国《财富》杂志公布全球最大的 500 家企业，中国有 8 家。其中大陆 5 家：中国石油化工集团、中国工商银行、中国银行、中国化工进出口公司、中国粮油进出口公司。香港 1 家：怡和集团。台湾 2 家：国泰人寿和中国石油。《财富》是根据公司销售额排座次的，我国大陆这 5 家一定程度上是集中某一领域之国力的"国企"，且正是资源性公司和对外贸易公司。

我国曾按国际通用的"销售额"指标排列中国企业 500 强，数据显示：中国 500 强工业企业的销售总额还不及美国通用汽车公司一家。在《财富》1999 年发布的 500 强中，美国企业有 185 家，欧洲各国的企业共 170 家，日本有 100 家，韩国有 9 家。是这企业之强决定了美国的国力之强。

美国企业用于科研和开发（R&D）的支出占销售额的 5%—6%，中国企业仅占 1.4%。微软公司 1994 年用于 R&D 的经费占销售额的 13%，英特尔公司 1996 年在开发新产品的前期方案和 R&D 上投入了 50 亿美元。对科研开发不同的投入，必然产生不同的结果。北大方正在 1995 年实现"会师"后，用于科研和开发的经费是销售额的 4%—5%，基本达到美国企业的平均水平。

第二十三章

——

再不能错过这个初见端倪的时代
(1995 年——1998 年)

市场被占满了吗？我们只能在夹缝中去谋求生存吗？不。我们将越来越看到，市场不是靠占领的，是靠创造的。在创新的知识面前，永远有辽阔的崭新的市场。我们再不能错过这个初见端倪的时代。我们已不是最早出发的人，但在这个时代的黎明时分，我们仍然可以是开辟一个新世纪的先驱。

1 人生中的一个 Turning Point

6 月的一天，王选给一位叫邹维的年轻人打了个传呼。邹维告诉我，他看到传呼，忽然感到震撼，因为他的求职信昨天才寄出去，王选老师怎么这么快就作出反应呢！

他拦了一辆出租车匆匆向北大来，北京在车窗外呼呼掠过，心中似乎有一种激动，有些类似 21 岁从南京来北京的心情，现在他 31 岁了……这邹维是谁？

他的故乡在四川，考进南京大学计算机系，毕业后被保送中科院计算技术研究所读研究生……那真是春风得意的时光，毕业后又留在中科院，在董韫美院士的指导下，得到国家自然科学基金从事国家 863 计划的一个项目研究。1992 年他 28 岁荣获国家科技进步二等奖。此时，阳振坤还没有获得任何科研奖项。

他西装革履参加了成果鉴定会。可是，就在得到荣誉之时，邹维感到了自己这种科研方式的滑稽和苍凉。他第一次听人把"成果鉴定会"说成"成果追悼会"，非常惊讶！不久发现，这种说法在中科院流传已久。现在不仅听到，而且亲身体验到了自己的科研成果难以转化……信息技术日新月异，成果搁置几年，还有什么价值？他看不到自己这个工作的意义了。

从前埋头钻研没时间看中科院里人来人往，现在他就像是忽然发现："不少人在科学院待一下就出国，科学院变成一块跳板。有的待几个月，考完托福、GRE 就走了。有的刚来报到，就准备走了。"

当然，邹维描述的主要是年轻人。老一辈科学家是把一生都献给了科学院的事业，对我国重点学科的发展劳苦功高。譬如董韫美老师领导的软件组早于 1966 年就搞出了我国第一个实用的计算机高级语言编译系统。

再看自己……邹维强烈地感到自己根本找不到有什么贡献的感觉，感觉到的只是耗费国家经费，也在耗费自己的青春。1993 年他 29 岁，算一算到科学院也 8 年了。29 岁年轻吗，他对前程有了从未有过的紧迫感。1993 年是他的思想经历着苦闷抉择的一年，最后决定辞职，到外企去。

他要跟老师告别了。

"董老师当时的心情很复杂，但他没有阻拦我。"

10 月，正是国庆，他写下辞职书。就这样离开了中国科学院。没有喜悦之情，却有说不出来的感伤。

邹维将去投奔外企了，我们可以跟着他的足迹，看看一个中科院的人才投奔美国企业的情景。

美国 ORACLE 公司是世界上最大的专门研究数据库的公司。邹维投奔的就是这家美国公司在北京的"外企"。初到那里，邹维发现绝大部分中国雇员是毕业于我国重点大学获博士、硕士学位或本科毕业的年轻人，第一印象仿佛又回到学校似的。

邹维在这里很受器重，每天的工作就是从事该公司产品的技术支持，具体说是做美国产品的汉化工作，是替美国产品搞"转化"来了。经由这群中国重点大学毕业的青年之手，将美国产品打入中国市场，并将中国的同类产品打败、打垮。

这就是他梦想的前途吗？

当然，他得到了高报酬，比在中科院简直高得太多的报酬。

他给父亲写信说："以后，我恐怕只能为生存而工作了。"

他的父亲也是一位教授，教物理的。父亲曾为儿子到中科院工作感到欣慰，现在却无法为30岁的儿子去替美国公司当技术骨干而自豪。

1995年6月1日的电视，有关儿童节的歌声把一个31岁的老少先队员召唤得心潮起伏……他想到了王选，可是，不知北大这样的国家科研部门还会不会要他。

出租车把他拉到了北大计算机技术研究所。上楼，看到王选老师已经在等他。令他更惊讶的是，他还没说什么，王选已经决定要他："搞外国产品的本地化工作，你的才能实际上没有得到很好发挥，你来这里，可以发挥出来。"

这天，回到住处，邹维耳边一直回响着王选老师的声音。他不知自己现在还该做什么，忍不住拿起笔写下：

王选老师：您好！

今天上午和您的这次面谈，对您来说，也许只是每天日常工作的一部分，而对我来说，很可能将成为人生中的一个 Turning Point！因为您给了我一次机会，让我能够去做点事，做点对国家有意义的事。

这一天是6月8日，可以说邹维在这天得到了一生中的一个重大转折，也可以说王选得到了邹维。不久，王选收邹维的故事还总让我想起诸葛亮天水收姜维。因为王选不仅把邹维看作是一个技术人才，还把他称为"帅才"，这就不能不让人刮目相看。

2 一个将改造中国广电业的抉择

7月王选与张玉峰会师。邹维7月就在方正技术研究院工作。9月王选交给他一个选题。这个选题最初出自国务院李岚清副总理的一个建议。即建议中央电视台为我国儿童"提供更多更好的国产动画片"，同时建议中央电视台与北大方正合作研究，用计算机制作动画，"以提高制作效率，降低成本，提高质量"。

"我从来没想过跟卡通片有什么关系。"邹维说，"让我考虑一下。"

王选已考虑好了，搞动画片只是涉足广电业的开端，大目标是进军广电业。王选把这看作是自己人生中又一个重大抉择，同时还需要选择的是让谁来做，王选说："就是你来做了。"

此时，邹维还不很领会这话包含的多么深厚的内容。王选则不仅为他选好了一个够他奋斗一生的方向，而且在考虑要替他组建起一支强有力的科技队伍。首先，他把自己带出来的博士叫来——让郭宗明博士来辅佐邹维这个硕士，这使邹维真是不敢不努力。王选对他们说："你们一定要长成一颗大树！"

郭宗明生于 1966 年，比邹维小两岁。他的家乡在江苏省盐城市郊区大冈镇解放村，也是个从农村考进北大数学系的学生，硕士毕业后曾到杭州通讯设备厂工作过一年。他说："王选老师对大学生毕业后到企业去工作过很重视。邹维有到外企工作的经验，王选老师也很重视。"

历时一年半，卡通动画制作系统开发成功，取名"点睛"，整体性能一举超过美国同类软件。中央电视台、上海东方台、北京电影学院等影视部门率先使用这套系统，并开始为西班牙的动画片制作所用。

"与传统制作动画片相比，有哪些优越性？"我问。

"传统制作动画片起码要颜料，"郭宗明告诉我，"那些颜料主要是从美国进口的，相当贵。制作动画片的胶片也很贵。现在这些颜料和胶片都不需要了。"

"直接在计算机里绘画？"

"对。纸、笔、颜料都免了。永远不需要颜料了，计算机里只是虚拟的颜料，画错了就重来，可以任意修改。单从上颜色看，用传统方式手工上色，技术很高的熟练工一天只能做 30 张，用计算机一天很容易就能做 300 张。"郭宗明的介绍，把这个"点睛系统"低耗高效的知识经济性质讲得很清楚了。

邹维第一次看到自己主持的科研直接变成了社会产品，中间根本没有"转化"一说。这个动画系统一经诞生，就把我国动画片制作立刻推进到一个新时代。由于国际上动画片需求量很大，点睛系统在国内外都有良好前景。邹维小组的开发工作很快扩展到电视台的新闻生产管理、电视广告自动播出、虚拟布景等等。

1998 年刚开始，邹维领导的活动影像研究室变成了数字视频技术研究室。6月，再次变成数字媒体研究所，邹维任副所长，不久又被任命为所长。这是一个必将再次惊动全国的科研开发领域，在王选的策动下真正开始了。

何谓数字视频，数字媒体？你一定听过，全球范围正面临着数字革命。"在电视领域，从黑白到彩电，是一次大的变革。现在又面临一次新的变革。报纸上说的数字彩电只是其中的一点点。"邹维的队伍在日益扩大，王选又招一位博士后来辅佐他。

他叫吴中海，比邹维小 4 岁，家乡在浙江绍兴农村，家中 5 口人种 6 亩地。他在浙江大学计算机系毕业后曾到浙江亚太制药厂工作了两年，再到浙大读硕士和博士，接着来读王选的博士后。这样，王选就以自己的一个博士和一个博士后来辅佐邹维。一个导师，如此尽心尽力地来培养"帅才"，真令你不敢不优秀。

我访问过吴中海，感觉他对自己今天的工作非常有信心。他告诉我："我来之前，王选老师就对我说：现在不是要你来干，是要你来带人干。"

"王选老师怎么知道你能带人干呢？"

"他看我在亚太制药厂当过办公室主任。"

吴中海来了，王选让他当邹维的助理。吴中海搞过 863 项目，也搞过国家自然科学基金项目，在这里吴中海感到特别有劲的就是：他是在这里才如此切实地感到，自己的科研同应用结合得这么紧，而且有多么大的空白，多么大的市场在等待我们每天的工作尽快出东西。

他举例说，传统的电视节目是通过摄像机录制在磁带上的，磁带昂贵。磁带在使用过程中音像效果会一次次衰减，磁带的保存也受时效限制。按我国规定，播过的新闻要保存 30 年。现在每天这么多新闻和各种电视节目，用录像磁带保存，量非常大，电视台用几幢大楼来对付也很快就会束手无策。因为不仅装不下，还难以检索。在需要时不能迅速找到几年前播过的一个节目，就会使保存失去意义。所有这一切都通过计算机来做，广电业就将发生革命性的变化。比如用计算机的摄像机取代传统的摄像机，拍下来的节目直接进入电脑，根本没用录像带、胶带就"进入非线性编辑系统，然后通过有关管理和播出系统，播出。"

我听后，似懂非懂地感觉到，这项科技开发将像淘汰铅字那样淘汰传统的电视摄像机、录像带以及传统的制作和播放电视节目的方法。用计算机拷贝、保存、检索各种电视节目，在时间、空间和质量方面的优势都是传统方式不可同日而语的。它同样确确实实地体现了低耗高效的知识经济性质。

如同王选当初搞照排系统最终改造了我国的印刷产业，现在，这是一项将改造我国广电产业的大事的开端。这是王选人生中的第八次选择——进军广电业。从公司发展的角度看，王选的这一选择，也是方正集团发展中的第八个重大决策。为了加深对这个领域的印象，我们还可以直接听一听来自美国的消息。

邹维告诉我，克林顿总统在 1998 年的国情咨文中谈美国未来的发展，明确讲到：美国的飞机制造业是美国经济的牵引车，而数字视频将成为美国新的经济增长点。

美国经济基础好，科研发达，美国政府已做出了有关时间表。1998 年底美国十大城市将开始数字广播（美国把电台广播和电视统称为广播）。到 2006 年，美国将全面实现数字广播，就这一转换，在 6 年时间会给美国本土带来 1700 亿美元的市场。

1997 年香港回归祖国，邹维领导的科研队伍开始首先在香港亚洲电视台承担"数字视频"项目。

王选说："一般电视台都是从模拟影像带到数字影像带，从数字影像带再到视频服务器，数字视频网络……我们在亚洲电视台搞，走跨越式的发展道路，跳过了初级阶段，一下子就跨越到了第三代。"

你一定注意到了，这是王选当初选择激光照排一步跨越到四代机的方式在"数字视频"领域再现。1998 年方正又与北京电视台、南京电视台签约，将帮助他们实现这一世纪性的跨越。

这真是一个多么大的天地啊！这个故事很充分地展示出：市场不是靠占领的，市场是靠创造的。方正现在正在创造数字化的电视台。而我国的广播电视产业，是个一点儿也不比新闻出版行业小的极大领域。尽管我国的经济和科技都落后于美国很多，但在"数字视频"这个高技术领域，在许多人都还闻所未闻的情况下，王选部署的出征，已经出发。

尤为可贵的是，他是在自己年近六旬，深感"我已经是黄昏五六点钟的太阳"时，倾全力扶持年轻人来做这些切切实实能使祖国跟上，甚至超过世界强国步伐的工作。

"你要向邓稼先学习，要把各种非常有才华的青年团结起来。"邹维说，"王选老师总这样对我们说。"

"优秀的中国青年很多，如果不团结好，互相抵消，就坏了。"吴中海说，"王选老师总这样说。"

1998年，邹维领导的研究所已经有47人，他仍然以一个只有硕士学位的人领导着两个博士，两个博士后，以及一大群来自北大、清华、浙大、中国科技大、西安交大等名牌大学的硕士和学士们工作。这支队伍也只是刚刚开始，更宽广的前程还在后头。邹维说他有一种被迫当船长的感觉。

"这是我过去没有想过的事。"他说他31岁那年来找王选老师，只是想找一个工作，根本没想到会当什么领导，在他的意识中，领导是年岁大的人的事，与年轻人无关。

在他的电脑桌上有张照片，是大伙去春游时的合影。他说他经常看着这张照片。照片上的每个人都风华正茂，笑得很开心。然后想到自己曾经离开中科院出去……然后想到如果自己没有把工作做好，这些优秀青年也可能出去的。于是王选老师的重托和照片上的笑容都会让他感到压力。

"如果一个领导者让手下的人跟你干两三年后，发现方向是错的，项目其实没有前途，这个领导者就有不可推卸的责任。"今天邹维已经是方正技术研究院副院长，听听这位年轻的副院长的话，然后想想，究竟有多少领导者会如此反省和自警呢？

3　一个把知识变成经济的伟大工程

再说，自从和企业会师后，王选的思维中越来越多关于企业的思考，且往往准确、生动。1997年7月2日王选写道：

> 一个国家在发展初期往往不得不采用以市场换技术的方式，以缩短与国际先进水平的差距，人们常称之为"引'狼'入室，与'狼'共舞"。日本富士通是1935年与西门子合资建起来的，松下在50年代曾与飞利浦合

资，韩国三星 1969 年建设初期是与三洋合资的，韩国大宇 1967 年建立时与美国通用汽车公司合资。

随后，他描述道：日本和韩国这些公司，因为"建立起自己的技术创新体制"，所以——

　　慢慢不再依赖外国技术，结果造成"引'狼'入室，与'狼'共舞，把'狼'赶走"的局面。而我国有些企业在合资过程中被外方控股，丢掉了自己的品牌，丧失了进一步技术开发的权力，市场并未换来技术，反而造成"引'狼'入室，与'狼'共舞，被'狼'吃掉"的结局。当然我并不赞成都把"狼"赶走，因为国际合作中应该双方得利、共同发展。但是，被"狼"吃掉总是可悲的。

王选 1992 年成为全国政协委员，参与议政。1997 年 3 月 2 日，他这样写道："每年'两会'的科技界代表和委员总要呼吁增加科技投入。我们相信政府也已下决心设法加大投入。但是投入要讲产出，讲效益。国家用于科技的有限资金往往未能产生应有的经济效益，很多项目得不到丝毫回报。"

他还描绘道："在缺乏有效机制的情况下，投资部门对是否有回报并无压力和责任；而科研承担者根据历来的经验已摸索出一套如何争取经费的办法，一旦国拨款项到手，是很容易'交帐'的：只要鉴定会上得到'国际先进水平'等好的评价，就能申报奖励、提职称和得各种荣誉，至于投入产出比则无人来检查。"

这是一个"三院院士"的解析，他以一个科学家的眼睛去认识，去发言，常是鞭辟入里的。王选的呼吁则是：应该"加大对大企业技术中心的支持力度"。

由此我们看到，王选的思维从科研人士通常的要求加大"对科研的支持"挺进到提出要加大"对大企业技术中心的支持"，这就是一个投身企业的科学家和单纯的科学家的区别。

我引用了许多"王选说"，也是因为能从中清晰地看到，王选早已不单是从研究所的角度去考虑科研，而是相当练达地站在企业的角度去看世界，这是他成功的非常重要的原因。

由于王选是"三院士",是杰出的科学家,他的成功非常容易被看成是科技方面的成功,然而,只有看到了王选对企业的重视和贡献,才会真正看见王选。

我们若仔细体会"企业投资"与"国家拨款"的区别,能进一步看到,投资讲回报,拨款讲使用,前者对效益有强烈的要求,后者讲这钱怎么花。如果打个比方,企业投资讲究投入产出,是个要养家活口的成人形象。接受拨款的科研部门,就像个得到家长学费的孩子如何用这笔钱去取得成绩,是一个未曾自立的学生形象。而许多无法转化的成果,也有个很流行的形象说法叫"付学费"。一个国家的科研,怎么能总像个长不大的学生呢?

1995年5月26日,江泽民主席在全国科技大会上的讲话中就讲道:"要使企业逐步成为技术开发和成果转化的主体。"1997年中共十五大报告中更进一步讲道,要"支持和鼓励企业从事科研、开发和技术改造,使企业成为科研开发和投资的主体"。

需要认识到产业大军在社会发展中的主体作用。由于产业大军(包括由科研院所里直接产生的高技术企业)实际存在的领导地位,把中国千百万科研人才的巨大潜能开发出来、用起来的伟大工程,将主要通过企业、通过"产业"去完成。

4 一个迫切需要为年轻人创造舞台的时代

1998年是北大百年诞辰,方正发展十周年。1月9日,方正就在方正大厦召开方正集团1997年度业绩发布会,方正的年销售额从1996年的40亿元跃升到近60亿元,是1991年的30倍。

4月,方正向北大百年校庆捐资750万元。4月18日,在北京剧院举办"方正发展十年庆典",当晚还举办了一场庆典文艺晚会。舞台上一幅巍峨蜿蜒的长城图,托出一个方方正正的方正标志,如日中天。中央和北京市的有关领导、北大领导、各界来宾、新老客户和方正员工出席了庆典晚会。

王选在这年3月当选为九届全国人大常委,他更加成为媒体采访的对象。他在接受采访时说:"10年来,方正集结了一大批英才,他们中的很多人如果在国外早就是百万富翁了。但长期以来人们对待人才往往过分强调精神激励,而不能妥善为人才的健康发展创造有效的物质与生活保障，英才英年早逝屡有发生。"

在方正十周年的庆典大会上，王选郑重地说："我坚信，方正这个集体中将会涌现成百个国家级专家，一批优秀的企业家和若干院士，也会出现上百个百万富翁。"

怎样才能出现呢？仅靠现在发放工资的方式是难以出现的。因此，王选对企业建设的思考就推进到有关股票上市"依靠认股权"方面来了。7月25日，王选在《从比尔·盖茨退居二线谈起》的随想中写道：

> 微软创建于1975年，11年后（1986年）股票上市，上市后的10年中，依靠认股权吸引了一批优秀人才，并造就了3000名百万美元的富翁。北大、清华等重点院校计算机系毕业的很多学生在美国硅谷工作3～5年后就能拿到10万美元年薪。中国的高新技术企业必须使优秀的年轻员工富裕起来，否则难以吸引人才。今后应较少出现那种靠投机倒把、非法经营、专门钻市场经济法制空子的大款，而应涌现一批依靠知识和创新，为我国民族高科技产业做出贡献的知识分子百万富翁，他们是科教兴国的脊梁和知识经济时代的民族英雄。基于上述原因，我在几次会上的发言中提出了中国的高新技术产业应出现一批百万富翁，而北大方正应努力在2010年前依靠认股权造就100个百万（人民币）富翁，否则意味着企业办得还不够好，尚未充分体现知识的巨大价值。

王选关于依靠"认股权"在方正造就100个百万富翁的说法，代表着方正集团共同的愿望，这不仅是应该使优秀的年轻人富起来的问题，而且是衡量一个高技术企业有没有办好的标志。

有必要补叙，在这上一年，张玉峰推荐张兆东来担任方正集团总裁，经学校任命，张兆东于1997年7月1日就任总裁。张玉峰退到二线，任集团董事长。1998年4月3日，方正集团董事会、总裁办公会向方正全体员工发出向王选教授学习的决定。

10月，北京大学决定在全校师生员工中广泛开展向王选教授学习的活动。随后，北京市在全市范围开展向王选教授学习的活动。就在媒体对王选报道得最热烈，对方正最看好的时候，从香港，从中关村传出一个消息："方正亏损了。"

"方正亏损了吗？"不少人闻之吃惊。

"香港的报纸公布了。因为上市公司要向股民公布业绩，香港方正出现了一亿多元的亏损。"这是另一种说法。

内地媒体未做报道，似乎在等待方正自己有个什么说法？

●同时代的消息和参考故事

接着说微软凭什么吸引人才。是工资高吗？据报道微软的薪水不高。微软吸引人才的两大因素，一是被微软招来的人才基本上是在一个充满自由精神的工作环境里做自己愿做的事，二是微软的股票分配制度。

微软公司创建的第 11 年股票上市，市值不断上升，谁持有微软上市之初 1000 元的股票，到 1992 年就值 3 万美元。由于股票不断升值，向员工出售股票就非常有吸引力，为微软做出重大贡献者享有更优越的股票选购权，这事实上成为对员工进行再分配的一种有效的激励形式。1992 年微软已出现 3 个 10 亿级以上的富豪，他们是盖茨、艾伦和为微软物色人才的鲍尔默。此外，微软还有 2000 名员工成为百万富翁，这个数字仍在不断增多。

我们知道微软当初是盖茨和艾伦合伙办的。现在盖茨把最初的"合伙"公司变成了股份公司。当员工普遍持有股票，他们就不仅仅是在微软上班领取工资的人，也是一定份额的公司资产所有者，可以说："微软是我们的。"他们的长远利益也由此与公司捆绑在一起。这也是把最初合伙的"私有公司"变成了由社会及公司内部的许多股票持有者"共有的公司"。

第二十四章

——

何谓前途，青年就是前途
（1999 年）

随着世界性的知识经济的发展，科技、经济乃至各种文化产业所依赖的知识含量都越来越高，历史又一次热切地呼唤青年要勇于担当。一个朝气蓬勃的中国，总是在一代青年身上生长着的。

1 方正走到一个非常时期

在上一章的结尾写到，香港方正出现一亿多元的亏损。

香港方正确实亏损了。香港方正辖海外方正和北京方正，是方正的业务主体，出现严重亏损，方正集团无疑正身处逆境。1999 年方正也开始裁员。谁曾想到方正也有"下岗"问题！

方正反省自己：主要是我们的管理有问题。

媒体也说："方正要过管理关。"

方正集团不是只有香港方正，1998 年方正总营业额做到了 74.5 亿元。这年，方正在上海"买壳上市"。从此方正不仅有个在香港的上市公司，还有个在上海的上市公司。

但是，曾经"辉煌十年"的方正确实是在"逆境中迎来 1999 年"。

问题看起来是严重的，1998 年香港方正亏损 1.6 亿元港币，股票从 7 元跌到 0.8 元，市值从 50 多亿掉到 6 个多亿。

"今天我们处在一个危机、危难的时候。"王选是这样说的。

此时的方正认为自己最薄弱的所在，最紧迫的问题是管理。王选撰文写道："中国的企业与国外相比技术差距不小，但更大和更致命的差距是在管理方面。"王选这篇文章的标题就叫《中国企业最缺少的是现代化的管理》。

怎么解决这个问题？

谁曾料到，方正是从外企引进管理人才来担任重要领导职务以期帮助方正过管理关。方正为什么不从自己的内部提拔优秀的年轻人来担此重任？方正还具有以北京大学为后盾的中国一流的人才库，为什么非得引进外企管理人才？

方正聘请的管理人才名叫李汉生，汉族人，时年 39 岁，原是中国惠普公司的副总裁。就像方正的海外企业"美国方正""加拿大方正"，中国惠普是美国惠普公司办在中国的外企。

方正聘请李汉生来担任方正电子公司的总裁，让他统帅方正最大的一支主力，并聘请他兼任香港方正高级副总裁。媒体报道说，方正请来"空降兵"，就是说从香港"空降"一位高级管理人才到方正集团领导层来。

1999 年 7 月 21 日，北京新世纪饭店气氛热烈，方正电子公司在这里举行一个重大新闻发布会。讲台背景上耸立着的巨幅广告霍然写着：奠基数字社会·方正 E－Media 策略新闻发布会。这个由李汉生来运作的故事，我把它看作是方正集团发展中的第十一个重大决策。

李汉生站到了讲台前，他说："在互联网上中文信息不足 20%。如何快速有效地把中文信息数字化，这是中国信息高速公路建设的瓶颈，也是电子商务实施的瓶颈。我们提出的 E－Media，中文可以定义为电子传播，它将丰富网上的中文信息，加速信息传播和应用。"

简单说，方正要运用软件技术帮助你上网，这标志着方正进军网络时代。这件事，仍然是应用王选领导多年的方正研究院开发的技术。

我们做个简单回顾：在方正技术中，王选主持研制的照排技术完成了中文领域在第一媒体的革命。1995 年王选选择进军广电业，这是方正技术挺进第二媒体和第三媒体的开端，如今已有数字播控系统、非线性编辑系统、视频点播系统、新闻管理系统、虚拟布景和点睛动画制作系统等系列产品。方正技术在第一、第二、第三媒体都做得很投入，能不能把方正在前三种媒体所拥有的优势全部统一到互联网上？

这件事，仍然是把先进的科技运行到广大用户的应用中去。收效是明显的。1999 年 12 月底，香港方正的股票涨到 10.35 元，市值升到 118 亿，这是方正在从前最辉煌的时期也从未达到的记录。

但是，方正自身所称的"管理瓶颈问题"仍然存在，领导层的矛盾甚至公开化。还在 1999 年 10 月，北京大学鉴于方正集团发展的需要，改组方正集团董事会。

我不得不思考：方正以"顶天技术"去问鼎市场，这在我国是首屈一指的；当方正认为自己要过"管理关"，实际是锐利挺进的生产力遭遇生产关系不适应的问题。这个"管理问题"，也是方正发展中（甚至是方正上市后）的经济基础遇到"上层建筑"问题。方正请香港外企的高管来解困，能解决方正的"上层建筑"问题吗？

这个时期，"现代企业管理"占据主流话语。在改革中，通过"改制"解决企业上层建筑中的股权分配问题，正陆续出现。方正日后还会发生什么，最终会走到哪里去？尚待岁月告诉我们。

我还该写下，在这个时期，我听过这样的对话——

记者问："方正要走国际化，李汉生的背景是否不够？"

王选说："如果找一个 50 多岁的人，背景一定会漂亮极了。看人一定要看潜力，像李汉生这样 39 岁的人已经有了这样的经历。当年我 38 岁什么背景都看不出来。"

听了这些，我想，王选对年轻的李汉生是欣赏的。特别是再次看到，王选对年轻人的重视。我还想，在我国今天的环境里，如果哪个部门出现了优秀青年在主持工作，那么，最了不起的就是把他推上领导岗位的前辈领导者。

2 一个人年轻的时候

方正的话语体系中曾这样说："我们讲利益，不是不讲精神。如果只讲物质，不讲精神，公司明天就会散伙。在饭桌上吃饭，人就被挖走了。"

方正搞科研开发和市场营销的年轻人都极有可能被外企挖走，因为不仅高技术是财富，你熟悉市场网络更是财富。方正研究院里，国际奥林匹克数学、物理学竞赛奖杯得主有3人，其中出生于1975年的韦韬只有24岁。

韦韬生长在江苏，1993年参加在美国弗吉尼亚州举行的第24届国际奥林匹克物理竞赛，获银牌，他说，"挺遗憾的。"

"你不想去外国吗？"

"想。"

"想去哪儿？"

"美国麻省理工大学的媒体实验室。从杂志上发表的文章可以看出，他们的技术非常高，相当于我们这个专业的圣地。"

我接着问："那你为什么还没去呢？"

"我手上的活还没有做完。"

"韦韬眼下在跟IBM竞争。"领导韦韬的博士后吴中海介绍说。我问怎么回事？韦韬说："我搞的这个项目，IBM也在搞，他们目前还没有打到中国来，但迟早要打来，明年就会出现。"

"那你还走得了吗？"

"不知道。"

韦韬的话使我想起另一位获奥林匹克数学金牌奖的李平立的一段话："我一直看到我做的软件里还有许多问题，我还有很多好的东西没做出来，如果有一天，我对自己做的这个东西没想法了，我就会放弃。"

方正研究院的许多博士、硕士们一直被自己手上的活吸引着，还没有放弃。

还有一种多数人比较认同的感觉是："在这里，能跟世界上最强大的公司比着干，经常会感到一种震撼心灵的东西。"或者说，我们从小就只看到中国人用日本人、美国人的产品，没见过外国人用中国人的高技术产品。现在，从我们这一代开始，我们看到自己搞的产品进入日本市场、美国市场，心里满舒服的。

今天，世界上存在的语言共3000多种，有的有数十人讲，有的有无数人讲，有5000万以上人口使用的语言只有12种，其中汉语和英语占绝对优势。方正出版系统除了在我国包括港、澳、台在内的辽阔市场已取得的成就之外，还占有全球华文出版系统80％的市场。在非汉文方面，方正出版系统在日本已有上百家报社使用，势头良好。1999 年 9 月方正飞腾韩文版在韩国发布，并将启动阿拉伯文的开发。

罗曼·罗兰在《约翰·克利斯朵夫》中曾写道："一个人年轻的时候需要有个幻想，觉得自己参与着人间的伟大活动，在那里革新世界，他的感官会跟着宇宙所有的气息而震动。"我想，这话用来描绘方正的年轻人心中有时也会荡漾开来的情感，大抵是合适的。

一天，任彦申给王选打来一个电话。缘由是，学校决定要表彰十年来在科技产业化方面做出突出成就的科学家和企业家，第一个入选的就是王选，学校已通知了方正研究院，可是王选不同意王选入选，认为应该表彰肖建国，于是任彦申来做王选的工作。

"你现在表彰我干什么？"王选说，"今天真正有创造力的已经不是我了，是我底下的年轻人。"

任彦申继续动员，王选继续说，"在我年轻创造力最旺盛的时候，需要很多支持，可惜在我最需要的时候没有得到，现在我不需要了，你们又拼命给我。现在我底下的年轻人最需要，为什么不给他们呢？别说了，再说我生气了。"

那天，任彦申挂电话时，我碰巧正在王选的办公室里。

事后，任彦申对我说："是吧，你听见了。王选是对的。我们是应该在一个人创造力的高峰时期，充分给他创造一个有用武之地无后顾之忧的条件，而我们现在很多做法是滞后的，很多政策是补了旧帐又欠新帐。"

任彦申还说："对老的，我们是欠了很多。过去是把很多人的学术青春耽误了，所以今天对老的尽可能延长他的学术生命。他过去遭遇不好，这是对不起他的地方。他就是骂你几句，你也应该理解。一个人干了一辈子，顺心的时候没几年。他骂，你能解决的解决，解决不了的就认了。对老的要宽容一点，对年轻人要偏爱一点。这就是我的基本想法。

"某种意义上，创造力常常是一些不成熟的年轻人创造的，不成熟他就有锐气，就去闯。所谓成熟了，弄不好，他就变得圆滑了。所以，在他不成熟，去开创一番事业的过程中，虽然这里头撒汤漏水的事很多，对他们还是要支持，要不拘一格。所谓优秀人才常常只是在某一个领域，某一个方面有出类拔萃之处。全才、全德、全能、全会，哪有这样的人才啊？要求全，要没有错误，就没有一个人才，最后就是抹杀了人才，助长了平庸。

"在北大这地方要突出并不容易，因为北大的每个人都觉得自己是个人物。也正因为有各种各样的人物，北大这么一个局面就出来了。"

"你觉得，你在北大是个什么人物？"我问。

"我是北大一个过渡性人物。我是在这种体制交替、转折的过程中，可能还能解决点问题。但是到现在，我觉得我的任务已基本上完成了，我就想退下来，不是说北大没事业可干。而是，我1945年出生，我精力的高峰和创造力的高峰也已经过去了，更重要的是，年轻人可以上来了，21世纪的北大领导人应该是更年轻的一代。至于现在别人谁说我对、错，我都不在乎了。我是凭着一个我对政策的理解，对走向的一种判断，凭着我对事情的认识能力，来做我认为自己在北大最后应该做的事。"

3　世界是谁的

王选扶持年轻人的故事，让我想起了江泽民主席1998年6月1日接见两院部分院士和外籍院士时的重要讲话。

江泽民以哥白尼、牛顿、莱布尼茨、达尔文、爱迪生、贝尔、居里夫人、爱因斯坦、李政道、杨振宁、沃森、克里克等科学家为例，说出他们取得重大发现和发明时的具体年龄，那年龄都在二十几岁和三十几岁。他还举例说，《共产党宣言》发表时，马克思是30岁，恩格斯是28岁。中共一大召开时毛泽东是28岁，陈独秀当选党的中央局书记是42岁。他甚至说到西汉的贾谊和初唐的王勃，说他们写出千古名篇《治安策》和《藤王阁序》都在青春韶华之时。

"我今天所以要举以上这些事例，无非是要说明一个基本道理，就是科学技术的发展，社会各项事业的进步，都要靠不断创新，而创新就要靠人才，特别要靠年轻的英才不断涌现出来。"江泽民这话是对我国德高望重的两院院士说的，他还说，"初见端倪的知识经济预示人类的经济社会生活将发生新的巨大变化。世界各国都在抓紧制定面向新世纪的发展战略，争先抢占科技、产业和经济的制高点。面对这个态势，我们必须顺应潮流，乘势而上。"所以期望老一辈重视和提携年轻人，呼唤一个人才辈出的时代。

王选初次参加全国科学大会是 41 岁，到 1995 年参加全国科技大会就 58 岁了，再到这次听江主席接见部分院士时的讲话，已经 61 岁。

我也想起王选曾这样对我说："在技术方面，我的学生有很多人都超过了我，真的超过了我。只有一点还没有超过，就是'爱才如命'。真的，这一点，他们还没有人超过我。"

我知道王选不是说他今天爱才如命，而是年轻时就爱才如命——惟有团结更多有才华的人来共同创造，才能把事业做大。

何谓前途，青年就是前途。

一切事业，如果失去青年，就没有前途。

方正技术研究院今有 400 余人，博士、硕士占 50% 以上，平均年龄不到 30 岁。作为北大计算机研究所，国家所给的编制只有 72 人。未来的方正研究院仍将随企业的发展而壮大，如果不是建立了一个集团公司，要集结起这么多人才是不可思议的。

北大方正集团 3000 多人，平均年龄也不到 30 岁。年华如此青春，知识含量如此之高，如果不是一个科技含量很高的企业集团，如何能把一支朝气蓬勃的青春队伍集结在这里？

20 年前，陈景润的故事出在中科院。那以后，王选的故事出在北大。陈景润从事数学研究，写出尖端论文。王选把数学变成了经济，使我国印刷业发生了革命性的改变，从而给我国经济、文化等事业的发展带来无法估算的效益，更培养了一批在技术上能超越王选的年轻人。从陈景润到王选，我们能清清楚楚地看到，中国的知识分子已经取得了多么大的进步！

4　比科技更宝贵的

在我将要结束这部长篇之时，仍有一段割舍不下的文字。

还记得陈堃銶吗？那一年在病房里唱"正当梨花开遍了天涯"……手术后，医生说她体质太弱，癌细胞都没有力气扩散。她休息了一年，又继续工作直到今天。我至今没有能够采访她，因为她不愿意。但是，这并不能阻止我对她的尊敬。

那一年，她去十三陵分校看望病情日趋严重的王选，对他说："你不能在这里等死。"然后把完全无助的王选带回北大，跟王选结婚，作为妻子才可以照顾这个岌岌可危的生命。

也只有结婚，才可能得到一间小屋。新房终于有了，就在北大红6楼第3层，9.8平方米。房间朝阳，窗外可见未名湖。

王选渴望阳光，他害怕总躺着。新娘每天就在椅子上铺一床棉被，让棉被搭在椅背上，然后把王选安置在椅子上，王选就倚靠在椅背上面对阳光喘息……什么叫爱情，看不见王选将来还能有什么成就，甚至不知道这个生命能坚持多久，只知道应该爱惜这个生命，非常爱惜这个生命，这算不算爱情？

"那时，看不见自己的前途，也看不见身体的前途。"王选告诉我，"如果仅仅是看不见事业的前途，身体好，可能还好办。但是，身体的前途也看不见。如果没有陈堃銶，我扛不过来，真的扛不过来。"

1990年代以前，这一对夫妻填表，在政治面貌那一栏填的都是"群众"。如今王选是全国人大常委，九三学社中央副主席，中国科协副主席，有许多繁忙的社会工作。陈堃銶仍是"群众"，并经常为王选的太忙和缺少休息心疼。

你知道王选早年是学硬件的，陈堃銶则是学软件的。她一直是方正系统软件总负责人。北大方正的远程传版技术，就可以追溯到陈堃銶早于1975年开始的一个设计，其成果在我国首先被国务院秘书局用于向各省政府机关远距离传输文件，后于1992年与人民日报社合作，首先使《人民日报》实现了远程传版。我国各大报、包括各省发行量大的报刊，也很快采用了这一技术。

陈堃銶在参加国家748工程汉字精密照排系统研制的过程中，自始至终主持着软件总设计，她是国家科技进步一等奖获得者，某项英国专利的发明人之一。尤其是她还培养和影响了一批又一批学生，她培养出来的博士们说："陈堃銶老师就是一个平台，因为方正所有搞软件的学生都是从她那里出来的。肖建国就是她的研究生。"作为我国计算机软件的先驱者之一，她在事业上的贡献也是巨大的有目共睹的！

她的一位叫尹伟强的博士告诉我："陈老师真的不喜欢被采访。有记者来采访对她来说是一件不小的发愁的事，以至总是想方设法避这些事。还记得有几次陈老师对我说：'哎呀，又来了，怎么办呢？'"

尹伟强还告诉我，陈老师怕接电话，因为怕电话采访。但让我们感到欣慰的是，每当学生给她电话，她总是非常高兴，从电话里就完全听得出来。

"陈老师退下来后，许多事儿交给别人去管了，唯独还负责研究生的培养。"尹伟强说，计算机这一行其实很辛苦，编程序常常连续加班加点，有一次陈老师在机房说："唉，我就是身体不行了，不然我可以给你们做饭吃。"

尽管本书用了许多文字讴歌发展科技，我仍然坚信，仅凭科学技术并不能给人类的生活带来幸福和尊严。世上有比科技更宝贵的东西。在这里，我想引爱因斯坦在本世纪30年代给他所钦佩的一位长者的信中的话，献给陈堃銶老师，以表达我的尊敬。

我怀着无比敬仰和爱戴之情紧紧地同您握手。没有人能像您这样，把如此深奥渊博的知识、才能，同严于律己的自我克制精神融为一体，在默默无声地为社会服务之中寻求自己生活的真正乐趣。我们大家衷心地感谢您，不仅因为您所取得的成就。

人类真正的进步的取得，依赖于发明创造的并不多，而更多的是依赖于像您这样的人的良知良能。

……

● 同时代的消息与参考故事

1999年11月5日，美国哥伦比亚地方法官杰克逊宣布"事实认定"，认定微软有垄断行为。此案的起因可追溯到，当比尔·盖茨发现自己没有更早些进军互联网络是个失误，奋起直追推出了网络浏览器，并将其捆绑在Windows中不另收费，这使网景公司的浏览器市场迅速缩小，使其他一些公司的产品也受到严重威胁。网景于是联合数家公司把微软告上法庭。此事也引起了美国司法部的注意，并最终导致1998年5月18日司法部联同20个州及哥伦比亚特区检察官联合指控微软公司违反了"反托拉斯法"。此案仍在审理中。微软在"事实认定书"公布1小时内即召开记者招待会，比尔·盖茨说他不同意法官的观点。

2000年4月3日，杰克逊法官作出判定：微软违反了美国的反垄断法。下一步将确定对微软的惩罚措施。其中有可能包括将微软分割为数家公司。

当日，微软市值在纽约股市猛跌，损失800亿美元。

微软无疑为美国经济发展作出了巨大贡献，美国为何对微软采取这些行动？微软的垄断，或曰超级发展，客观上阻碍了美国众多高技术企业的创新，这是美国司法部出面干预的深刻原因。透过此案的争端，我们最值得注意的一个情况是：美国是从企业，从全局经济发展的角度来考虑微软的问题。对这一问题的解决途径，体现了美国用法律手段来规范市场经济。

1999—2000年度，印度的信息产业总产量达到59亿美元，成为世界上软件业增长最快的软件业大国。其软件出口，占据美国软件销售市场的份额已高达60％以上，以至比尔·盖茨惊呼：未来的软件超级大国不是美国，而是印度。据报道，在硅谷工作的美籍印度裔人达30万，1999年总收入约在600亿美元，他们大多把赚的钱用于投资印度的高科技产业，投资的力度达平均每人每年20万美元，极有力地促进了印度软件业的飞速发展，并使具有"印度硅谷"之称的班加罗尔成为印度经济快速发展的跳板。他们所以这样做，不仅与美籍印度裔人对祖国的感情有关，更与印度政府所提供的一系列优惠的政策支持密切相关。

北京 2000年1月

（2021年3月修订）

解读世界

——

——人生应有的三大知识平台及通识能力

王宏甲

据说，苏格拉底曾说："我只知道我一无所知。"这个自称一无所知的人，被认为是对欧洲思想影响最深远的人之一。我曾为此困惑。直到某天，我突然想，苏格拉底当然不会不知道什么是星星、什么是麦子。但是，星星是什么，麦子为什么不是豆子？知道吗？我由此悟到了苏格拉底那句话中深邃的含意。

牛顿一生中最重要的发现是什么？许多人都会回答：是发现了万有引力定律。据说他自己说，某天他突然发现："我对这个世界竟然一无所知。"这是牛顿最重要的发现吗？是的。因为这时刻，世界在他眼前出现了重新认识的最大的可能性。

人是多么容易被司空见惯的事物所蒙蔽啊！

当代世界充满竞争，人要在社会上争取到一个生存之地并不容易。我在这里写下的都是一些胡须飘飘的故事，老而又老的话题。但这是我对一些世界大事换一种眼光的认识，我用尽可能简约的文字写在这里。你在人生的早晨，读到它，或许有益。

欧洲与工业时代
谁孕育了文艺复兴

文艺复兴几乎是所有从事文艺创造的人们感兴趣的话题。激情的火焰，理性的巨流，冲塌了中世纪的神学殿堂，燃起了欧洲大地新世纪的希望……无论东西方，都有许多热情如火的语言这样讴歌。思想解放带来了欧洲的进步，由此揭开了欧洲近代史的第一章，难道不是这样吗？

我曾拜访意大利，看罗马古城，看梵蒂冈，看西西里岛 12 世纪的教堂，看佛罗伦萨的艺术馆，也看市场……我感受到了文艺复兴的确是激动人心，但我也听到一个声音在问：是谁孕育了、催生了文艺复兴呢？

我注意到，13 世纪文艺复兴前，欧洲出现了最早的手摇纺车，这是中世纪后期手工业发展的第一个信号。资本主义的萌芽也在这时出现在佛罗伦萨。到 14 世纪，佛罗伦萨的呢绒制造和加工业有了梳毛、洗涤、纺纱、织呢、制毡、染色等大约 20 种分工。此时意大利还处于分裂状态，在政治思想和史学领域被称为文艺复兴代表人物的马基雅维利，要到 15 世纪才出生于佛罗伦萨，16 世纪才写出他的《君主论》，主张统一意大利。

此时，哥白尼也还没有出生，要再过 100 年，到 15 世纪的 1473 年出生，约在 1495 年才从波兰去到意大利。标志着近代科学诞生的《天体运行论》要到 16 世纪的 1543 年在哥白尼逝世前夕问世。闻名于世的三位美术巨匠：达·芬奇、米开朗琪罗都出生于 15 世纪的佛罗伦萨附近，拉菲尔出身于佛罗伦萨以东的乌尔宾诺，并在 16 世纪初到佛罗伦萨。是到这时，佛罗伦萨的纺织业已兴起了二三百年后，我们才看到文艺复兴时期的这些大师。

中国有句古话"衣食父母"，似乎很形象地讲出，一切艺术、法律、统治方式都是在一定的经济发展的产床上生出来的。我们应该对意大利新兴纺织业的勃兴孕育、催生了文艺复兴留下印象。

英国凭什么崛起

英国的崛起，也基于纺织业的突飞猛进。从 13 世纪开始，英格兰王国因不断为佛罗伦萨和佛兰德尔的呢绒业提供羊毛而受影响，到 15 世纪，英国的纺织业也繁忙起来，"圈地运动"正是由于毛纺织业勃兴而引发的。羊毛价格不断上涨，养羊业极有利可图，大规模圈占村社公地与农民耕地的事就发生了。毛纺织业的发展，又迫使新兴的棉纺织业为降低成本而革新技术，工业革命便首先在棉纺织业萌动。到 18 世纪 30 年代有人发明出飞梭，60 年代出现手摇"珍妮机"，随后出现水力纺纱机。70 年代末出现了吸取珍妮机和水力机之长的混合机，是在这时，纺纱厂出现——由以往的工场变成了工厂。到 80 年代就呼唤出了以瓦特的蒸汽机为动力的蒸汽机纺纱厂。这就是恩格斯所说的："分工、水力，特别是蒸汽力的利用，机器的应用，这就是从 18 世纪中叶起工业用来摇撼旧世界基础的三个伟大的杠杆。"

从佛罗伦萨手摇纺车的出现到英国纺织工具的革新，可以说是技术进步带来的社会巨变，但是，不要忽略——如前所述，资本主义的萌芽出现在佛罗伦萨。具体表现为，在佛罗伦萨的纺织产业中出现了分散和集中的手工工场，这是工场主通过资本把分散的劳动者组织在一起生产的场所。马克思在《资本论》中写道："较多的工人在同一时间、同一空间（或者说同一劳动场所），为了生产同种产品，在同一资本家的指挥下工作，这在历史上和逻辑上都是资本主义生产的起点。"

换句话说，是这种组织化的工场出现了四百多年后，欧洲才出现了珍妮机和蒸汽机纺纱厂。

有必要再认识一下瓦特和蒸汽机。关于瓦特，我们从小印象最深的就是瓦特看见水壶冒气受到启发，日后发明了蒸汽机。真如此吗？其实，世上第一台蒸汽机诞生时瓦特还没有出生。那台蒸汽机因耗煤量太大无法普及，瓦特 27 岁决心造出更好的。当时他在格拉斯哥大学当实验员。大学没有试制蒸汽机的计划，瓦特搞蒸汽机弄得债台高筑走投无路，有个铁厂老板看见了蒸汽机的前途，瓦特的试制转移到铁厂。直到瓦特 33 岁时，一台新型的"单动式蒸汽机"才在这个铁厂工人师傅的帮助下，试制成功。又过了 13 年，"联动式蒸汽机"问世。1807 年美国人富尔把蒸汽机装在轮船上，海洋变小了。再过 33 年，英国人的炮舰轰开了中国的大门。

几十年来，我们的教育注重让我们知道，居里夫人少女时离开波兰去求学，住在小阁楼里是如何把椅子压在被窝上抵挡巴黎的冬天；牛顿是怎样把怀表当鸡蛋，下到锅里；达尔文如何把第三只甲虫放进嘴巴……我们传播瓦特、达尔文的故事省略了他们的发明是如何在资本主义社会内部产生，如何经由企业运营而引起了西方社会经济的政治的一系列变化，而仅仅使之成为一个努力学习、刻苦钻研的小阁楼故事，实验室故事。这其实是用中国的农业文化在讲述西方的"凿壁偷光"和"头悬梁""锥刺股"的故事。

我想你已能发现，我不是要讲英国崛起，也不是要讲瓦特，我想说，由于我国现代工业发展较晚，许多人（即使没有种过田）头脑里的意识主要是农业文化培育的。如果总是用农业时代的眼光去看西方，就很难认识出世界的真相。如果不能尽可能准确地认识当代世界，走在北京的大街上也会有如在当代世界的外面徘徊。

再比如，有人问：二战中日本也被炸成废墟，战后我们同他们差不多是同时重建家园的，为什么他们发展那么快？其实，日本和许多欧洲国家是在炸成废墟的工业基础上重建工业，中国是在炸松了的高粱地里重新种庄稼。我曾参观德国的奥迪公司，该公司已有百年历史，但现在的奥迪公司是1949年重建的，此前的奥迪在二战的炮火中被完全炸毁。战争可以炸毁他们的工厂，却不能摧毁他们头脑中的工业知识和工业意识。1950年多数中国人头脑里的工业知识还是零。这就是差别，很大的差别。

重看毕昇的发明

四大发明是我们一直引为骄傲的。印刷术、火药和指南针在欧洲被进一步开发出来广泛使用，马克思誉之为"预告资产阶级社会到来的三大发明"，其中，称印刷术"变成科学复兴的手段，变成对精神发展创造必要前提的最强大的杠杆"。就这印刷术的故事，提供了另一种典型例子。

活字发明于中国北宋，元、明都有人用木、铜活字印书。到雍正四年，清政府以铜活字印成《古今图书集成》64部，民间高鹗、程伟元则用木活字第一次印出《石头记》，然而直到鸦片战争后，西洋机器加铅字的活字印刷术到来之前，我国通行的仍是雕板印刷术。

毕昇的发明无疑是一个重大技术突破，然而我们从上述这个横跨亚欧的故事中，应该获得一个深刻印象：虽然我们一向称某项重大的技术突破为技术革命，但是，一个新时代，并不是由科学技术的发现和发明创造的，而是由开发和运用科技创造的成果，以及在运用过程中所从事的所有其他活动创造的。

谁帮助了马可尼

信息时代的先驱，应该追踪到意大利的马可尼。1895 年秋，21 岁的马可尼请弟弟帮助做一个实验，他们分别拿着一个自制的发射机和接收机，在中间隔着一座山的情况下传送信息。马可尼刚把信号传送出去，弟弟的猎枪在山那边响了……马可尼就此知道，自己发明了一种无需电线的通信方法。

他欣喜地向意大利政府报告，不料政府不感兴趣。马可尼的母亲原是英国人，建议儿子向英国报告。"有强大海上力量的英国政府应该对此感兴趣吧！"谁知英国政府也置之不理。再去向谁报告？马可尼坐在大海边，望着天空盘旋的水鸟……几乎无计可施。

没想到第一个对马可尼的发明感兴趣的是邮局，这是以"企业的眼光"看见了"无线电"的价值。在邮局的帮助下，马可尼于 1896 年获得了世界上第一项无线电专利。又过一年，马可尼和他的英国亲戚们建起了无线电报和信号公司。不久，"共和国号"和"佛罗里达号"在纽约附近的海上浓雾中相撞，远方的"巴尔蒂克号"收到了"共和国号"发出的求救信号，赶来营救了两艘客轮的 1650 名旅客。无线电的作用由此名扬世界。一个靠烽火台，靠打信号灯来传递信息的时代从此结束了，一个使用无线电来传播信息的新时代到来。

从瓦特到马可尼，无论蒸汽机或无线电，要真正被世人看见，都需要企业的运作。古今都有科技，唯企业是工业时代的新生事物。现代国家是因企业经济的勃兴才可能自立于世界民族之林。西方近现代涌现出那么多发明创造，并不因为西方人比中国人更能刻苦钻研，而是企业的运营把一个又一个发明创造从产床上生出来，是社会化的生产和企业经营把发明家灿若星辰地呼唤出来，创造出来。

基础科研与技术开发何时发生了分离

对现代计算机的出现具深远影响的古人，还可以追溯到比马可尼早 200 多年的德国科学家莱布尼茨。1679 年，他发现每一个数字都可以用 0 和 1 两个符号来表示，他说："所有的结合都出自 1 和 0，就像上帝无中生有地制造了万物一样，宇宙的最初的本原只有两个，就是上帝和虚无。"他发现二进制算术有深刻的理论逻辑意义，为此写信给在中国传教的耶稣会传教士布维特，他说："二进制算术有助于使中国人皈依天主教。"

布维特回信说："我在中国的《易经》中看到了二进制算术的应用，据说《易经》在中国已有 3000 多年历史了。"

莱布尼茨非常惊讶，然后写了篇论文，把二进制算术的发明归功于中国人。此后，莱布尼茨在 1694 年和 1706 年制造了两台能快速进行乘法运算的台式计算机。

现在，我们需进一步认识的是，莱布尼茨不是一般的"发明家"，他是杰出的数学家，他比牛顿小 4 岁，同牛顿并称为微积分的创始人。他还是数理逻辑的前驱者，还是哲学家。由于他不仅酷爱基础钻研，还喜欢"动手"，以至他到伦敦演示他发明的计算机械时，英国的绅士们竟觉得他像个半瓶醋的业余爱好者，据说还"不屑于向他介绍牛顿的著作"。

在这故事中我们看到，300 年前，在基础研究方面很有造诣的科学家并不是不能搞发明创造。比他更早，意大利的达·芬奇不仅是物理学家，也是工程技术专家。

达·芬奇成为一个文艺复兴的巨匠，得益于他广泛研究了与绘画有关的光学、力学、生物学、人体解剖学和数学等多种学科。因有如此深厚的基础，他的绘画才达到别人难以触摸的高度。有了这高度，他还不满足于平面的画，渴望创造出立体的艺术之美，他又变成了杰出的建筑师。为使他的建筑达到理想的精美和高度，他又设计了多种建筑机械。这样，我们就看到了达·芬奇生机勃勃的人生，而不是仅仅看到学术或美术。

由此上溯到公元前，生于西西里岛的阿基米德，集科研、发明乃至应用于一身同样非常突出。作为"物理学之父"，他甚至是牛顿的祖师。正是这个阿基米德，利用自己发现的"原理"，发明了螺旋扬水机；为使大船顺利下水，设计制造了滑轮装置；在保卫祖国的战争中，他还设计监造了各种用于战争的器械，其中有一种投石器，据传能抛掷两百公斤的大石块。

再看牛顿时代，由于牛顿在力学、光学、热学、天文学、数学方面一系列重大发现，使得他的时代有许许多多探索系统知识的工作要做。同时，也由于他的十分耀眼的光环，许多学习者、崇拜者、效仿者竞相认为从事纯理论研究才是特别高贵的，所谓高贵如"象牙塔"。不管怎么说，一个基础科研与技术开发分离的时期在英国出现了，以致德国科学家莱布尼茨到伦敦演示他的发明时，连英国的绅士都可以小瞧他。英国学院式的研究终于在欧洲形成了风气，并影响了世界二百多年。

英国及欧洲国家付出的代价

"英国的发明，美国的样机，日本的商品。"这句流行在世界上的话，讲出了一个非常值得我们重视的情况：具有悠久科研传统的英国依然善于发明，但美国人善于把"发明"变成产品，日本人更胜一筹，精于把别国的科学技术、科技成果开发为商品。

莱斯特·索罗在《21世纪的角逐》中讲到这样一个事实：弱带摄影机、录像机、图文传真机和激光唱片机，是由美国人与荷兰人发明的，但在销售额、利润和就业人数3个方面，上述产品的市场大部分被日本企业所占领。

欧内斯特·布朗在《从晶体管到微处理机》一文中提供了这样一组数据：1960年美国半导体总购买量中军方大约占一半，1972年这一比例下降到24%。在西欧，1972年军方购买量所占比例是14%，而日本是零。军方购买其实是国家购买。从上述情况则可看到，二战后的日本企业则是彻底依赖市场。

在英美，我们能列出一大批科学家和发明家。在日本，我们听到的是松下幸之助这样的大企业家。1997年美国《财富》公布的全球企业500强中，美国占162家，日本126家，英国只有34家。英国从未放松过对基础研究的重视，但英国从牛顿时代开始，对基础科研高看一眼，对技术开发低看一格，终于使英国这个在工业革命时代最先发达起来的老牌资本主义国家落在了日本后面。源于牛顿时代的英国学院式的科研风气也影响到了欧洲各发达国家。在1997年的500强排行榜中，法国（42家）、德国（41家）、英国（34家）三国之和只有117家，不及日本一国。

工业文明的深刻危机

以耗竭资源为代价的工业经济不可能持续发展。当机器力取代人力成为更值钱的东西，人的位置、人的尊严和生活质量，都受到机器力的挤压、剥夺和损害，人类就要重新审视齿轮和资本滚动出来的现代文明了。

1818 年马克思诞生前夕，叔本华完成了《作为意志和表象的世界》的初稿。同年，他把书稿送到出版商那儿时强调说："这本书将成为今后数百年著作的源泉和根据。"在人们看来，他的狂妄简直不加掩饰。在叔本华看来他只是讲一个事实。而且，他如果不自己对这部著作加以肯定，当时就没有人能给予肯定。这一年叔本华 30 岁。他的著作出版后，又沉寂了 30 多年。正是这个叔本华写出了西方空前的悲观主义哲学著作。

尼采比叔本华小 56 岁。尼采深受叔本华影响但又不能完全接受叔本华所揭示的世界。《悲剧的诞生》正是尼采试图摆脱叔本华影响同时开始创立尼采哲学的一个果实。悲观中苦苦追寻人生的意义，尼采激烈到要杀死上帝。上帝死了，人们开始发现自己不仅不是上帝，甚至不如上帝的牧师。科学家重返教堂投奔上帝，已不是可笑的事情。米开朗琪罗的《大卫》曾是那样充满信心地昂首眺望，罗丹的《思想者》则低下头来思考了。

人类开始再次认识，人——而不是神——是会为同类制造灾难的群体。音乐变了，变出痛苦不堪觅死觅活的味来。小说变了，变出支离破碎不屑于完美的格局来反映人类痛苦、矛盾的心情。一向饱满着最高激情的诗歌咏出了《恶之花》，把审美变成了审丑。毕加索把人画得不像人，成为新的经典。所有这些，都被认为是更高极的艺术，受到膜拜。应该说，这些作品都相当准确而且迫切地反映了现代人的尴尬生活和复杂心态。这些作品无一不是基于资本和齿轮滚动出来的现代生活的产物。如果不认识传统的工业发展模式正给人类带来的深刻危机，就不可能真正认识西方现代哲学乃至文学艺术，也难于充分领略其意义。

马克思的贡献

当瓦特的蒸汽机问世，马克思还没有出生。当马克思诞生，德意志的工业革命还没有开始。少年马克思犹如脚跨着两个时代，目睹了德意志工业革命的起兴，并随着它的发展而长大。到大学时，为了认识眼前正发生很大变化的世界，他用了很多时间自修史学和哲学，他与他的同学的区别正是从此处开始的。1841 年中英战争正打得激烈，他在耶拿大学获得博士学位，此后这位大胡子博士对大机器时代从商品、货币到人，都有相当细致的研究、精辟的见解，并对他所生存的社会的弊端进行了最严厉的批判。

产生于欧洲的工业发展模式是一定会被人类逐渐创造出来的新的经济方式所扬弃的，但建立在工业经济之上的哲学与文学艺术仍是人类的宝贵财富。其中，马克思与恩格斯的学说，对于我们认识世界具有重要作用。

美国与计算机时代
美国的发轫点

罗马古城中心有个哥伦布广场，那儿有一艘雕刻的石船。我曾坐在那石船上遥想哥伦布横渡大西洋"发现"美洲大陆……那以后，欧洲人向西冲动的船队千帆竞发。今天，人们说美国是世界科技强国，但是当初，荷兰人来此建殖民地，最早就在哈德孙河河口的曼哈顿岛建起贸易据点，这曼哈顿岛就是纽约这座美国第一大城市的发轫点。"去开发新大陆！"第一代移民是带着这样的冲动来的。那时这里是印第安人的家园，英国人在此建殖民地，带来了欧洲的枪支火炮，也把欧洲科技变成在北美殖民地能进入应用的产品，再变成经济，这是他们早期的发展方式之一。

20 世纪 50 年代美国出现新兴的生产力

1946 年埃克特和毛奇利发明了世界上第一台电子数字计算机 ENIAC。但是，犹如瓦特之前的蒸汽机因耗煤量太大无法普及，这台计算机重 30 吨，依靠 18000 个电子管运行，耗电量太大，且不能长时间工作。为把它开发出来应用，两位发明人当年就离开宾夕法尼亚大学，去组建计算机公司。

微电子技术的萌起则是 1945 年夏天开始的。这年 5 月，苏军攻克柏林，日军尚在顽抗，一批从战时研究机构返回贝尔实验室的科学家开始研制一种用于远距离通信的器件，他们中的肖克利、巴丁和布拉顿在研制中发明了晶体管。此时是 1948 年 6 月。

他们向全世界公布了这一发明，但未引起注意。因为最初的晶体管稳定性和重复性很差，且制造工艺极为困难，效率不高，费用却很高。发明者只有自己进一步开发出它的实用前途，才有场景。不久，贝尔实验室宣布第二代晶体管问世。接着就开始研究制造技术。此后几年，随着制造技术的迅速进展，价格下降，晶体管性能显著提高。就在开发产品的过程中，美国出现了一种新型人才——他们不是传统意义上的科学家，也不是传统的企业家，是一批科学家和工程师们自己涉足开发、制造和经营，成为美国新型的科技企业家。

在这同时，美国的大公司也开始积极地吸收科学家。1954 年第一台晶体管收音机问世。1955 年晶体管开始被计算机使用，IBM 公司研制的一台计算机中，用 2200 只晶体管取代了 1250 只电子管，计算机功耗减少了 95%。晶体管的巨大优势体现出来了。此后随着小型机和微机的出现，计算机就开始在各种控制用途中取代齿轮、车轮和机械继电器。从晶体管 1948 年诞生到 50 年代前期美国的科研人员直接登上产业的舞台，这就是新兴的生产力在美国出现。

这是划时代的事。由于电子计算机广泛应用于科研、教育、生产、经营，作为一种新兴的生产力，其低耗高效的特点，与蒸汽机耗费大量能源的特点是如此不同。这个时期，"可持续发展经济"的说法出现。

硅谷——美国企业领导着科技不断创新的时代

贝尔实验室是晶体管的诞生地，贝尔实验室在美国东海岸，后来微电子技术却在西海岸的圣克拉拉山谷大放异彩，以致圣克拉拉山谷被称为硅谷，举世闻名。这是个很值得认识的情况。

肖克利 1956 年获了诺贝尔奖，他在前一年离开贝尔实验室，来到西海岸圣克拉拉山谷的斯坦福大学。有必要说明，美国的 50 年代，不只是科学家冲动着走出实验室，这种冲动也表现在教育界，最典型的就是斯坦福大学。

二战后，斯坦福在校园里划出土地，出租给周围的企业，创建起工业园区。肖克利的到来，不仅因为斯坦福用高薪聘请他，更因为他可以在斯坦福附近的帕洛阿尔托创建一个肖克利半导体实验室和半导体厂。肖克利的名望以及他集科研和工程于一体的方式，吸引了美国一批具有相当科技才华的青年从东海岸来投奔他。从这时起，微电子技术的研究开发和制造中心从东海岸向西移动。肖克利的科学实验和生产相接合的工作方式，成为极具开创性的工程技术团体的摇篮。在斯坦福工业园区内外创建的一系列公司成为"硅谷"的基础。

1957 年，先前来投奔肖克利的诺宜斯、摩尔等 8 个年轻人离开肖克利去创办仙童半导体公司。50 年代中期以前，美国电子技术的重大发明多出自贝尔实验室，此后则多出自新兴的公司。"仙童"的诺宜斯成为集成电路的发明人之一，英特尔的霍夫研制出世界上第一颗微处理器，此后英特尔一直领导着微处理器的创新和换代。

1975 年微软公司成立。比尔·盖茨的成功，并不是作为一个科技才子的成功，分明是一个大学尚未读完的青年去办公司，在企业经营上获得的巨大成功。

战后日本新兴生产力的崛起

20 世纪二三十年代，工业制造与对外贸易是日本国力的基石。战后，日本工厂凋零，外贸不复存在，粮食奇缺。更严重的是，战败投降给日本国民带来的精神上的打击是空前的。战后的日本，在物质和精神上都沉浸在空前的危机中。日本此时是在美国占领军总司令麦克阿瑟将军的军管下开始战后重建。

日本由此与美国有频繁联系。进入 20 世纪 50 年代，日本遇到的第一个机会就是美国的晶体管开始大量生产，最适宜的应用是制作便携式收音机，日本最适时地抓住了这个机会。

日本此时抓住的不是传统工业，而是新兴的电子产业，接着就利用了美国的自由市场。由于日本当时的劳动力成本很低，日本产品得以因价廉而在美国市场拥有竞争力，这又使日本战前的外贸能力得到复苏。此时日本的劳动力价格虽然很低，却使日本的就业问题在相当层面上得到解决，从而使日本经济在迅速恢复。

论科研和发明，晶体管、集成电路、微处理器，都不是日本人发明的。日本利用美国这些发明的成果，在 50 年代迅速发展出日本新兴的生产力。战后日本首任总理大臣是吉田茂，他在重建日本的过程中被认为创立了一种"亲实业型政府"。这种"亲实业型"的政府工作方式，被日本历届政府沿用至今。在这种企业和政府的配合之间，日本电子产业的发展是惊人的。到 1987 年，全球半导体企业排行榜前 3 名是日本的 NEC、东芝和日立公司，在芯片方面最拥有创新技术的英特尔公司排名第十。英特尔公司直到 1992 年，因全球个人电脑大规模的市场真正形成才成为全球最大的半导体公司。直到这时，前 3 名中的另两个公司还是日本的 NEC 和东芝。

苏联不战而败

论对科研的重视，苏联恐怕堪称世界之最。二战后苏联在与美国的较量中建立了由政府管理的许多科研院所，形成了科学家团体，可以说是科学研究集团化。这结果使苏联比美国更早实现了宇航员飞天，其军事力量也很强大。

尼克松 1988 年出版过一本《1999：不战而胜》，认为美国和苏联虽然从未在战争中互为敌国，但两国正进行的"和平的战争"是殊死较量。后来，苏联未到 1999 年就解体，不战而败。原因何在？

只要看看苏联的民用产品"三十年一贯制"，可以窥见关键不在于谁的科技水平更先进，关键是苏联没有把先进的科技充分变成社会化的民用产品，没有把科技变成经济。

若比较苏联和日本，也许会获得一个更深的印象。战后，日本的科研力量同苏联的科研力量是根本不可能相比的。但是，日本利用美国电子技术的最新发明来发展半导体产业，其重点是发展家用电器，还用来改造传统的汽车工业，其努力的方向不是在如何结实坚固方面下功夫，而总是在诸如节油、轻便等方面推出比美国人更出色的家用小汽车。家用产品，无疑是把技术用于为人们的生活提供方便。把先进技术用于"国防"还是致力于"民用"，效果是不同的。苏联重于把先进技术用于"军事"与"国防"，并未能使国家富强，也不足以保卫国家的安全。日本是战败后利用别国发明的新兴技术开发家用电器产品最典型的国家，却迅速成为世界第二经济大国。

当然，苏联解体并不只是上述原因。苏联之所以把先进技术首先用于军事与国防，也有其不得不如此的深厚原因。这是另外一个话题。

美、日、英、法、西德等国无不得益于新兴生产力的出现

20 世纪 50 年代以来，美国通过向英、法、西德等国出口电子技术产品和在该国办工厂等方式在欧洲非社会主义国家的市场占有重要地位，英、法、西德等国也由此发展出他们的电子工业，成为拥有新兴生产力的国家。西方发达国

家无不得益于先期拥有新兴的生产力，他们所结成的"巴统组织"对社会主义国家实行的技术封锁，也在于防止新兴的电子技术为社会主义国家所掌握。

在这同时，欧洲科学家频频外流到美国。而美国技术和人才又不断为日本人所用。日本建立在企业的科研机构具有极强的消化和综合运用世界先进技术的能力。进入20世纪90年代，连美国人都在惊呼，"我们正面临着一个可怕的竞争对手"，甚至有舆论认为，美国将在经济竞争中败给日本。

然而就在1990年，美国互连网络商业交换联点（CIX）建成。1991年美国参议员戈尔提出"信息高速公路"的设想，1993年克林顿总统正式推出"网络新政"。同年，个人电脑全球销量达4000万台，超过了汽车；1994年再升至5000万台，超过了电视机和录像机，成为增长最快的消费类高技术产品。到1995年，互联网在美国终于大成气候，互联网在经济发展中能最大限度地获得资源共享的好处充分展露，美国经济不容置疑地雄居世界最前茅。

需要特别说明的是，我这里着重讲述新兴生产力对美国经济发展所起到的巨大作用，并不意味着我认为这是美国长期称霸世界的唯一原因。美国利用其拥有的军事强权、金融强权等等，在世界范围内"薅羊毛"，这些不在本文讨论的话题之内。

为什么盖茨要把雇员变成股票持有者

今天显然不是去开发美洲大陆的时代了。今日的新大陆是你的大脑。这是一个开发知识和人才的时代，一个开发开发者的时代。由于高技术所特别依赖的是人的知识，人才受到的重视正由于新兴生产力的诞生和新经济形式的出现而日益显现，这与工业时代机器的地位挤兑了人的地位是不同的。

建立在这种知识经济之上的分配制度必然要发生相应的改变。明显的例证可见于微软的股票分配制度，这不仅使微软很快造就出数千名年轻的百万富翁，而且，这是把当初盖茨与艾伦合伙办的"合伙"公司变成了由社会及本公司许多股票持有者共有的公司。英特尔也通过实行职工"认股权"的方式迅速造就出数千个百万富翁。

这与工业时代资本家私人占有，工人仅仅是雇用对象的生产与分配形式是不同的。这并不因为比尔·盖茨比工业时代的资本家更仁慈，而是因为，知识经济时代最重要的资源是知识，知识的载体是人本身，汇聚着大量知识人才的微软和英特尔如不采取这种分配方式，公司的人才就会流走，公司的辉煌就会被别的采取新的分配关系的公司所取代。这种由知识因素所决定的人与人之间经济关系的变化，就是知识经济创造出来的人类进步。

可持续发展经济呼唤 21 世纪的新文学

当"工业文明"带来的"家园危机"在人类的头顶敲响警钟，西方 20 世纪的文学有了更多描写人的孤独、寂寞、空虚、无聊、抑郁、荒谬等心灵痛苦，以及同痛苦的抗争或绝望的文学作品。如西方现代派文学中的"迷惘的一代"和"垮掉的一代"出现在美国；新小说派和荒诞派戏剧出现在法国；意识流文学与"愤怒的青年"出现在英国……这些流派都曾流行欧美。

中国现代派文学出现在 20 世纪 80 年代中期，此时出现，同社会生活早以受到西方工业时代的冲击有千丝万缕的关系，但主要还是借鉴西方现代派文学发展起来的。这些现代派作品对于丰富中国艺术，增加对中国生活的表现力，是有意义的。但称之为"先锋文学"，就给众多文学青年造成误导。

因"先锋文学"的称法极容易给人这样一个印象："先锋派"是先行者，未来文学的潮流将是这样。应该说，在 20 世纪前期和中期，西方现代派文学确实是潮流。许多作家艺术家们对他们生存其中的社会生活的弊端进行了淋漓尽致的揭示，其情形犹如中国鲁迅写国民的弊端乃是为了引起疗救的希望。

21 世纪文学的潮流还会是这样吗？随着可持续发展经济的出现，西方现代派文学在 20 世纪后期就渐成历史。特别是，由于知识经济是更依赖于人的智力的经济，个人的价值和地位将在新世纪受到比以往的时代更多的重视，21 世纪人类会更有意识地呼唤重返家园，重建精神之乡。建立在可持续发展经济之上的文学艺术一定会发生相应变化，我们应该对这个大趋势有足够的认识。

中国古典生活智慧
我需要坚强吗

可持续发展经济是人类在 20 世纪的悬崖上拯救自己的有力的创造。但是，仅靠经济方式并不能解决人类的精神问题。无论怎样呼唤科技，科技只是一个器，一种工具，能用来造福，也能用来制造灾难。人的才能几乎总是受到赞赏，但才能可以用来干好事，也可以用来干坏事，这同样是工具的特征。世上该有比科技、比才华更宝贵的东西来驾驭科技和才华。

随着达尔文的生物进化理论被引入人的社会，竞争被空前强化，在知识经济时代竞争甚至更加激烈，看看昨天还在销售的产品，不是不好用，也不是不漂亮，但确实有更好的产品把我们挤出柜台了。为保住饭碗，就得绞尽脑汁搞出比别人更好的。这是个无休无止没有宁日的人生消耗战。许多好时光都折腾进去了，各种压力无孔不入地摧残着人的健康。这也许是人类最尴尬最荒谬的境遇：生产力进步了，人们的生活本该更从容，可是，生活之弦竟如此绷紧，究竟是谁拿走了我们的心情，谁操纵着我们的脚步，谁支配着我们的笑容、困惑、烦恼和忧伤？人类到底在被什么驱赶，生活本身的乐趣在哪儿？生命的尊严、美好在哪儿？我曾写下：

我需要坚强吗？能放松在自己的柔弱中，生活该多么美妙。

我需要杰出吗？能放松在自己的平凡中，生活该多么美妙。

我以为美好的状态该是这样的。我为什么要坚强，为什么要杰出？可是，在"以强汰弱"的竞争越来越激烈的社会，你若不坚强，明天早晨连房门都走不出去。你不得不学习坚强，不得不学习杰出。

爱因斯坦 1917 年 12 月在一封信中写道："这个爱好文化的时代怎么可能腐败堕落到如此地步呢？我现在越来越把厚道和博爱置于一切之上……我们所有那些被人大肆吹捧的技术进步——我们唯一的文明，好像是一个病态心理的罪犯手中的一把利斧。"

我理解祖先吗

缤纷的世界扑面而来，万种新奇的事物似乎挤兑了我们对昨天以前的历史的兴趣，但是，请不要忽略，每当人类要开始一个重大的历史性进步的时期，尽管很需要创新，但你最不能缺少的仍然是要去认真地寻找和汲取前人智慧，才会创新。

欧洲文艺复兴，鲜明的特征是致力于把古希腊的东西找回来。中国春秋时期，孔子在编《诗经》，修《春秋》，倡导复礼乐。那是试图把被列国争霸的战争打碎了的"礼乐"找回来。礼，可用来规范人的行为，维护秩序。乐与诗，都是陶冶精神的东西。这岂不是任何一个希望安居乐业的社会所需要的吗？我相信孔子所说的"温故而知新"不仅仅是指读书温习功课。其实，春秋战国时的诸子百家，哪一个不是汲汲于前人智慧，从而"温故知新"的呢！

科学是指那些已被人类认识的确切的知识。人类情思所及的世界远不只是科学领域。思索是属于科学的，思辨就是哲学的了。情感所钟的心灵世界的问题，几乎都是科学所不能确切回答的，因之有文学艺术。对未知世界的探索，不只是科学的探索精神，更是哲学永不疲倦的浓烈兴趣和追问，也是文学艺术泪花滚滚的求索与献身精神。

屈原的"吾将上下而求索"，便在中国作家独立创作的源头树立了一个卓然的永恒形象。我们今天所特别重视的自然科学，是在近代实验科学的基础上发展起来的。当世上还没有科学的时候，人类对未知世界的探索，在远古的蛮荒时代就放声呐喊与高歌了。

东西方早期的哲学，都曾经从神学里吸取养料发展而来。比神学更原始的还有巫术。当人类面对着大洪水大瘟疫，面对着种种不知的无法抗拒的命运时，有人敢从惊惶失措的甚则绝望的人群中站出来，咿咿呀呀地发出声，发出声还表达不清就用手比划，用手比划也不够再加上脚……他在干什么？他在告诉大家，如此就能与命运抗争，如此就能抵抗灾难！

真能抵抗灾难吗？但是，众人跟着发出声来，跟着手舞足蹈了。他们发出的声音在远古的乌云下盖过了电闪雷鸣……这多么了不起啊！勇气鼓起来了，力量发出来了。真正的灾难是绝望。人类首先要战胜自己的恐惧、怯弱和绝望。

爱因斯坦曾说："哲学是其他一切学科的母亲。"

神学是先于哲学的，巫术又是先于神学的，那么可不可以说，巫术是哲学的老祖母呢？看啊，手舞足蹈，用相同的步伐和手势发出共同的震响，舞蹈是这样诞生的，绘画也在那比划中找到形象。听哟，如诉如泣的呐喊发出不同的声调，高亢而婉转，音乐从中找到灵感找到表达，语言在那呐喊中成熟，思想在那比划中成长。那些能在灾难面前领导众人手舞足蹈与命运抗争的人，成为部落的巫师，受到高度尊重。渐渐地，人类发明出在未有灾难之日为防止灾难降临而定期举行的祭祀活动。人类早期最好的建筑，不是酋长的住屋。而是那些被尊为巫师的人所从事祭祀活动的场所。那些场所的发展就是神庙。比巫术更有思想的是神学了。世界各民族的考古挖掘，常在古老神殿的废墟里找到祖先发明的文字。世界各民族都曾经由僧侣保管和使用该民族最早的文字，古老的僧侣都曾经是各民族最早的知识分子，他们或是创造文字的人，或是传播文字的人。比神学的教条更富于思辨的便是哲学了。

所以，我以为艺术是先于思想的。情感会从失败中看到奋斗，从污秽中看到纯洁，从丑陋中看到美好，从侮辱中看到尊严。激情不是科学，也不是思想，却是思想的母亲。缺了这一点，就不容易理解爱因斯坦所说的"越来越把厚道和博爱置于一切之上"，也不大容易理解我们的祖先。

传说中的古希腊哲学更多地表现了对自然的兴趣，中国古时的哲学家表现出更多对人自身的兴趣。在宗教方面，西方重神的崇拜，中国重祖先崇拜。重祖先崇拜其实还是对人的崇拜。典型如孔子，他认为天道隐微，"未能事人，焉能事鬼？""未知生，焉知死？"他对天敬而远之，不讲神鬼，对社会与人则进行了精微深刻的思索。我曾被这样一个问题深深吸引：孔子、老子的思想是从哪儿继承来的呢？

殷代天人合一的伟大思想

我用了不少时光去拜访祖先，然后朦胧地知道，在孔子和老子之前，中国文化已很智慧。甲骨文使今人能隐隐约约窥见殷代的生活。殷人也崇拜神，如天神、山神、河伯等等，但殷人同时认为，人死后灵魂可升天成为神明，对子孙有保护作用，这就是上至天子下至庶民人人皆崇拜自己的祖先的动力。如此，人人都有机会成为神，神也不是由谁垄断的。人神相通，天人合一，顺从天意的观念在殷代已不是少数人有，是通过祭祖与祈祷而很普及了。

孔子有时也讲到"天"，"获罪于天，无所祷也。"他说的天不是指鬼神，也不是指上帝，能是什么？若用现在的话说，大约可理解为，得罪了自然法则，那就祈祷也没有用，必受惩罚的。

顺从天意的思想可能在一些方面演变为听天由命，然而顺从自然才会有好处的深层意蕴，在殷人的观念中毕竟有了。这观念的来源或可追溯到夏以前。传说中的禹治水用疏的办法取得成功，禹的父亲用堵的办法失败了。疏的办法就是顺从自然的办法。殷代天人合一的思想，可以认为是以积极的态度去小心翼翼地寻求人与自然的和谐关系，并虔诚遵循，这已是人在天地之间伟大的思想。

《易》与《老子》的诞生

原始的《易》出现在殷周之交，在周发展为后人所称的《周易》。殷灭夏，周灭殷，都会促使那时的思想者思考，所谓天子受命于天，所谓"天命不易"，看起来还是会变的。"易"就是"变"，世间万事万物都在流转变化。把天地间苍生万物生生灭灭无穷无尽的运动中最本质的一个因素抽象出来，用一个字去概括名之曰"易"，这实在是极精粹的思想了。

如此鲜明地注重到"变"，就是辩证观的诞生。八卦的基本符号是"—"和"– –"，分别代表乾与坤，通过不同组合形成六十四卦，可包含宇宙、人生中的一切消息。这不仅是对宇宙的恢宏思考，乾坤二卦所代表的"天"与"地"都服从于"变"这个法则，天与鬼神都降到了从属地位。统治世界的是"变"的规律。这确实是中国的乾坤哲学了。这种思想在殷周之交出现，是极具革命意义的。周取代殷有理论依据了。为使《易》更接近于人生，周代思想家们又把乾坤哲学发展阐释为阴阳哲学，讲"一阴一阳之谓道"，于是有了用一个"道"字来概括阴阳之变的说法。那么高妙的《老子》哲学，便是从《易》中吸取精华从而升华出来的伟大哲学。

周公倡导德治

《尚书》是中国最古老的史料合集，含周以前流传下来的历史文件和部分追述古代事迹的著作汇编，传为孔子编选而成，也称《书经》。从中可读到"天乃大命文王"的说法，也可读到文王关于"天不可信"的教诲。可证周公在开创周朝的过程中就已经意识到，周取代殷，仅靠"天命"来统治天下是靠不住的。那么靠什么呢？

周公考虑到了"敬德"，认为修明德行，以德治天下才可望长治久安。他认为殷人失天下是因为民与之"离德"，所以"天降丧于殷"。周人则因为"同心同德"所以可受天命。按这理论，天命原没有固定不变的，能否受天命关键在于有没有德。在这里，不但天人合一，民心和天命也合一了。认为天子与民同心同德才可受天命，这就把民心抬高到与天命等同。这是中国古代很重要的政治思想了，在距今3000年前发着光芒。

由"敬天"转变为"敬德"，应该是中国古代思想史上极重要的转变。殷代的甲骨文中尚未发现这样的——"德"字，到周代刻于钟鼎的金文中"德"字大量出现。周公倡导"德"，始有"颂德"之说。钟鼎铭文的特点正在于记颂功德。倡导以"德"为核心来治理人心和社会的政治思想与方式，当属周公首创。

《书经》里来自上古史官的那些思想和周公的思想传到孔子，被孔子继承并升华。从这些千古传承中，我们也能再次领略，任何一个曾经辉煌的时代都会时过境迁，而祖先在历史深处创造的智慧会被继承下来，并且仍能照耀今天。

遥看春秋战国

西周通行井田制，这不是私有制，也不是公有制，是国有制，或称"王有"。所谓"普天之下，莫非王土，率土之滨，莫非王臣"。诸侯受天子分封，也只有掌管权和享有权，没有私有权。附属于土地的耕者不占有土地等生产资料，儿童和老人只能向"上"领取生活资料。班固在《汉书·食货志》讲到"殷周之盛"这样写道："民，年二十受田，六十归田。七十以上，上所养也。十岁以下，上所长也。"

铁作为耕器出现在西周末春秋初，无疑促进了井田外私田的开发。生产力在此发生了重大进步，必然要求建立新的生产关系，这就在呼唤政治制度的改革了。百年后齐桓公用管仲以征税的方式承认了私田，是最早的改革。齐桓公成为"春秋五霸"第一位霸主。

"战国七雄"最先的强者是魏。魏文侯用李悝厉行改革，李悝作《法经》，列《盗法》为开篇。我想，盗贼是伴随着私有财产的出现而出现的，并在出现贫富悬殊的时代成为社会管理者首先要去治理的问题。李悝用国法来保护私有财产，成为法家始祖。此后变革被称为"变法"。魏文侯还用吴起为将。文侯去世，吴起受同僚诬陷被撤职，离魏奔楚。吴起受楚悼王重用主持变法，楚国前途顿时光亮。

　　楚雄踞长江、汉水流域，称霸中原时国势大到饮马黄河。到吴起奔楚，兵攻百越，反击韩、赵、魏均获胜，如变法长足发展，最有条件统一中国。可惜变法仅一年，悼王死，吴起被贵族射杀。当楚被后起的秦所灭，其悲伤是别国无法相比的啊！"楚楚动人"，本形容楚国服饰之华美，"清楚"一词也由楚服而来。"痛楚""酸楚"，描述的正是楚亡后楚人深长的痛苦和悲伤。是这巨大的感伤和对国家的热爱，造就了屈原和"楚辞"。楚国无论农业和纺织业，都是优秀的，楚国不是生产力不行，也不是文化艺术不行，是统治者阻碍了本国生产力的发展，致楚亡。

　　吴起死后 25 年，商鞅才在秦变法，最显著的措施就是"废井田，开阡陌，承认土地私有"，并以"军功爵制"取代"世卿世禄制"，按杀敌人数赏爵和土地。这办法在商鞅去世后仍被继承下来，极大地调动了作战的积极性。秦国被六国称为虎狼之国。秦兵腰间常系挂着敌人的头颅，用今天的话说，那是他们的计件工资。用什么来奖赏呢，六国的土地就是巨大的资源，随着战争的胜利推进，秦将战败国的"井田"也化为私田。

　　再说商鞅变法十数年后还被车裂，可见秦的贵族势力还不小。谁最肯捍卫土地私有制？肯定是地主。吕不韦在秦王尚未亲政时就推行"纳粟拜爵"，通过让地主买爵的方式来组建维护土地私有制度的上层建筑队伍。秦灭六国非以武力胜，以经济制度胜。从商鞅变法解放生产力，到吕不韦以"纳粟拜爵"组建与新的经济基础相适应的上层建筑队伍，可以说那时秦统一中国的"垦荒"和"种植"时期，秦始皇的英明是他抓住机会，克服种种困难，矢志不移地去"收割"。春秋战国近五百五十年，生生灭灭多少事，似乎就做一件事，把井田制转变为土地私有制，中国大一统的封建时代就到来了。

　　然而，土地私有制建立，另一个情况出现。《汉书·食货志》描述秦废井田后，"富者田连阡陌，贫者无立锥之地。"到唐，杜甫诗曰："朱门酒肉臭，路有冻死骨。"这是一个悠久的难题。

孔子的"仁学"是伟大的人生哲学

　　中国从井田制向土地私有制转变的时期，曾经历过那么剧烈的动荡。天子已无力号令诸侯，诸侯相互争战，所谓礼崩乐坏，世道衰微，民间杀人不以为罪、越货不以为耻者大有人在。如何拯救这个世道? 一大批思想家在这一时期对人的处境进行了深邃而深远的思考,孔子和老子就是两位伟大的代表。

在上述背景下,孔子被周公所说的"德"深深打动,以为欲治天下先治国,治国先治家,治家先治人,治人先治心。如此,就把思考从外部世界聚焦到人本身。那么,孔子何不以"德"作为学说的核心呢?

孔子学说的核心是"仁"。他说的"仁者为人"该是我们理解"仁"的关键。孔子把"仁"作为人区别于动物的本质。怎样才算"人"呢? 大抵当是"三军可以夺帅,匹夫不可夺志"者。所谓威武不能屈,富贵不能淫。这是有自主意识的人,是不受钱财收买,不受邪恶驱使,有是非善恶判断的志士。所以孔子也称志士为"仁人"。孔子这里所说的"匹夫",是有独立人格的人吧!

但是,怎样才能成为这样一个人呢? 孔子极重视的"修己"也许是我们解读"仁"最重要的一把钥匙。"仁"含"二人",当指初生之人和长大成人之人。初生之人,只是父母给了一个有本能的人之形体,成人是需要"修己"的。"修己"在《中庸》里又称"成己"。学生问仁,孔子说:"克己复礼为仁。"这克己复礼便是修己的方法。我由此以为,"仁"最本质的含意该是:从初生到成人,是人生自我完善,自我完成的过程。"仁"就是成人之人所具有的内在的"质",亦即人的本质。所以,"德"字不足以用来概括孔子哲学的内涵了。

"仁"凝聚了前人传到孔子,再由孔子加以体认和发见的智慧,这智慧是如此敬重匹夫,尊重个性,指出成人的自我职责、权利及其自我完善的历程。这是每个人都无人可以替代的神圣的人生历程。

"成人"却是每个人的人生权利和职责。孔子必是看到了这些,从而作出他人生中最重大的抉择:创办私学。正是这一抉择,使孔子成为中国最伟大的教师,使他自己的人生得以如此美妙地完善,使他不愧为圣人。

孔子的影响及于后人,孟子持"性善说",认为人性本善,因后天习染不同才分善恶。孟子还提出"良知"的概念,这是把从外部世界得来的学问看作是知识,把从内心,亦即人的善良本性中发现出来的认识称"良知"。荀子持"性恶说",认为"人性恶,其善者伪也"。这"伪"不是指"虚假",而是"人为"的意思。这"人为"便是后天教育的结果。如此,不论"性善说"还是"性恶说",都导向人生必须通过教育才能成为一个好人。

如此,中国古代的教学,从孔子开始就不只是传授知识,更在于启迪良知,有了"育人"的意识，所以称"教育"。这也是两千多年来中国父母重视子女读书堪称世界之最的历史性原因。

据说在古希腊戴尔菲神庙的入口处很早就刻着那句著名的箴言："认识你自己。"几千年来，认识人自己一直是西方认识活动中神圣的事情，也使西方哲学注重人的认识。孔子哲学则注重人生的建设。基督教《旧约》里，上帝面对变坏了的人类，只选挪亚一家造方舟以便逃生，然后发洪水把别的人们都淹死了。儒教不是宗教，孔子却极慈悲地说："不教而杀谓之虐。"这是为那些没受到教育犯了罪的人被杀而深感痛心。这也是在批评时政，在说：你们不教导他们，却在他们犯罪时就杀他们，这是虐待啊！

孔子虽然只是个布衣教师，却是个一生都以拯救苍生为职志的人。他的"仁"学实在蕴含着迄今值得我们认真读解的人类伟大的人生哲学。

人类良知中最珍贵的宝藏之一

1988 年 1 月，全世界的诺贝尔奖获得者在法国巴黎开了一个会议，会议结束时发表了一个惊人的宣言："如果人类要在 21 世纪生存下去，必须回头去吸收 2500 前中国孔子的智慧。"

其实，中国不唯有孔子。老子以其独特的办法走了一条与"争强斗胜"不同的智慧之路，譬如他说自己行世立身有三宝，一曰慈，二曰俭，三曰不敢为天下先。接着说：今人抛弃慈而奢勇武，丢掉俭而侈豪华，不愿为人后而总想争先，真是自取灭亡啊！

哲学是关于世界观的学说，其根本问题是思维对存在、精神对物质的关系问题。我看西方对世界的看法，是一种线性思维，总是很容易把世事分作先进和落后，导向淘汰和进取。

中国哲学讲阴阳，讲和谐，讲平衡。讲和谐讲平衡不是不想前进，和谐就是有运动才能发出声响的东西，平衡更是非同小可的动作中需要格外讲求的。譬如滑冰，向前滑行了就必须寻找平衡，只讲锐利前进不找平衡，一定跌倒。要不断前进就必须不断寻找平衡，平衡与和谐就是前进中的主旋律。古希腊和古埃及都曾经灭于古罗马的锐利冲锋，古罗马又遭到异族同样锐利的打击，跌倒了就再也没有爬起来。这种锐利进攻的意识渗透了欧洲人的血液，到近代，只要他们有能力，就开始殖民扩张。

中国哲学对世界的看法用图表现出来，是圆形的，如阴阳鱼、八卦图。昼夜交替构成了这个世界，男女结合才分娩出生命，中华讲阴阳的哲学是了不起的生命哲学。

如再想想世上的神话，《旧约》里的上帝创世，自身一毛不拔。中国的盘古是粉身碎骨创出天地日月。女娲补天、精卫填海、神农尝百草，无一不是牺牲自己为人类造福的形象。这舍身取义、舍己为人，在中国历史上是一道血染的长墙，一颗泪洗过的良心。

人类曾经赤身露体，两手空空。在无中创造有，不是人类的难题。如何对待逐渐多起来的果实，是人类悠久的难题。远古没有谁能独自战胜野兽，凭借那个时代能更清楚地看到，比一切工具都更宝贵的是先人创造的相互关照的生活智慧。这种生活智慧在中国文化中非常突出。可以说，从殷代的"天人合一"思想到以孔子、老子为代表的中国古典哲学，都在努力寻找人与自然的和谐关系，人与人的和谐关系。这些萌生于农业时代的社会意识，生活智慧，是人类良知中最珍贵的宝藏之一。中华民族及其文化，一直颠扑不破地保持着她的统一性和持续性，就因为祖先的智慧早已融化在中华万代血液中。

然而，如果中国的经济不发达，多么灿烂的历史文化，多么宝贵的生活智慧，都难以发挥出应有的优势。这就是我不得不在这本书中探讨竞争，描述竞争的原因。中国只有使自己的科技和经济能与世界上最强大的西方国家并驾齐驱，中国宝贵的古典智慧才会更有效地为世界所理解，从而为人类做出贡献。

毫无疑问，世界上有许多值得我们学习的东西。释迦的慈悲，耶稣的博爱，以及欧美在近代喊出的自由、平等、博爱和天赋人权，等等，都是人类宝贵的意识。我相信一切科技的手段，中国人是能够学会，能够钻研，能够拥有的。一切宝贵的意识，中国人也是有能力吸收的，如汉唐以来，释迦的慈悲已经成为中国文化的一个重要部分，马克思主义也成为中国当代社会意识的重要部分。

如果说一百多年前，中西方接触主要表现为对抗，今日中国已有能力在政治、经济、文化艺术等方面与西方相互渗透。渗透达到一定程度，中华善于吸纳异质文明的文化会更加博大而平凡。中华昔日备受误解的文化也会在世界各地春风化雨，成为人类重建家园共同的砖瓦，必要的生命之树。

我坚信，古老的东方文化，中华历史人文，正从覆盖着世界的现代文明的水泥板块下渗透出来，她必将把以科技和机器支撑的现代文明化作自己的土壤，在这土壤上开出东方的中华的鲜花来！

通识能力

工业时代发端于英国。计算机时代萌生于美国。中国"天人合一"的思想与古典生活智慧是农业时代的产物，很早就在东方的亚洲放射着智慧之光。对这三大地域和三个不同时期的文化若能融会贯通，就会产生比你读到的多得多的新知识，乃至冲动出创造力，要达至这一步，就需要通识能力。

关于人的知识来源，孔子的后人对孔子学说加以深化，曾有博学、审问、慎思、明辨、笃行之说。博学、审问是通过向外广泛学习和仔细问询得到知识，简单说就是学问。慎思、明辨是通过自己内心的深思和辨析产生知识，简单说就叫思辨。学问，得到外来的知识；思辨，得到内省的知识。笃行当指实践，实践不仅是把知识化为行动，也是真知灼见的重要来源。

我思忖自己知识的来源，一是老师教导和自己阅读，二是采访，然后是自己的思辨，写作就是我的实践。如此，我的知识也是通过学问、思辨与实践得来。我想，在学问、思辨乃至实践的过程中，一定还需要一种处理各种信息和知识的能力，这种能力首推通识能力。

可以说，通识能力是从事创造性劳动必要的能力。譬如电子计算机是电子技术与数学相结合的产物，若缺乏对这两个学科的通识能力，就不可能搞出电子计算机。

很久以来人们都说，你要有一门专业。这似乎没什么错。

经由采访，我得知80年代前期，中国高等教育的专业设置分为1400多种，专业分得过细，学生被局限在狭窄的学科，毕业后择业难，许多所谓"专业不对口"现象，其实与大学教育过分专门化直接相关。为此，我国高校的专业设置已合并到800多种，并将通过进一步的合并而继续减少。

注重"专业"与注重"通识"是不同的。中国的古典教育尚且推崇"知类通达，不贵乎有专技之长"。不必追溯得太远，百年前办京师大学堂就有"开通智慧，造就通才"之说，期望培养能贯通中外古今的硕学闳材。专业分得太细且只重视专业，就不容易开发出通识能力。今日大学出来的博士，可能英语不比英国人差，写一篇汉语文章让人难以卒读的现象已不鲜见。舍弃了通识能力的培养，就会"硕士不硕，博士不博"。

对学科越分越细，从牛顿时代之后就开始了，到20世纪前50年发展到极端。对某一学科极为深入细微的研究，无疑使人类获得了某一领域的许多新知识。但是，当你只知道某一狭窄领域的知识，任何一种专业都可能是一种封闭。

美国哲学家莫尔顿·怀特编著过一部题为《分析的时代——20世纪的哲学家》的著作，他在序言中写道："本书旨在简要地记载这样一个事实，即20世纪表明为把分析作为当务之急，这与哲学史上某些时期庞大的、综合的体系的建立恰好相反。"怀特认为这是"抓住本世纪一个最强有力的趋向来标志这个世纪"。

从这部著作中，我们可以感觉到一种分析的而非综合的研究方式在哲学领域发生的影响，进而影响到各学科。但我们不能忽略，怀特写下这个序言的时间是1954年8月12日。如果看20世纪前半期的世界，可以认为怀特"记载"的现象是事实。但是，由于50年代以后美国出现了新兴的生产力，世界在怀特编著出上述著作之后发生了重大变化。一个新的时代出现，这是科学家不仅依赖传统的实验室，同时涉足产业和商业，运用跨学科、跨领域的综合知识去从事创造的新经济时代。这样的时代，社会将更需要怎样的人才呢？

北大闵维方曾这样说："如果你到美国一些大公司去问，愿意要一个仅有专业技能的毕业生，还是要具有宽厚文史哲数理化知识的毕业生？他们多半要后者。"

为什么？因为当代高技术日新月异，大学的专业化培养并不能满足那些大公司的具体要求，大公司用人更讲究毕业生是否具有良好的可培训性。这就要求毕业生学识广博，具有很好的基础素质。

理科如此，文科亦然。

所谓"纯文学"，在我看来也是一种封闭。

写历史也许是最需要纯粹的。两千年来的史家，没有超过司马迁的，是因为《史记》很纯粹吗？不。《史记》里并非只有历史，分明还有文学，那是并不纯粹的历史著作。正是这不纯的文本提供了比别的历史著作更丰富更有生命力的东西，所以鲁迅称之为"史家之绝唱，无韵之离骚"。

其实，《史记》不仅有历史、有文学，还很有思想。用司马迁的话说，他作《史记》的目的，"亦欲以究天地之际，通古今之变"。这个"通"字是很要紧的。近几年北京大学、人民大学办的旨在将文史哲"熔为一炉"的实验班，正是为了造就通才。

大家知道，爱因斯坦的伟大贡献首推他的"相对论"。然而爱因斯坦在 20 年代以后，把他的主要精力用于探索"统一场论"，虽耗尽后半生精力未有结果，但我坚信，爱因斯坦为后人提示的这个命题，是极有生命力的研究方向。

再看爱因斯坦，他从小就爱好哲学思考，13 岁开始读康德的著作。在他的科学研究和富有哲学精神的思想里，事实上也回旋着他优美的提琴声。我相信，爱因斯坦能有那么杰出的科学成就，并不因为他有特别突出的科研能力，首先在于他有融哲学、科学、历史、艺术乃至宗教精神为一体的通识能力。

今日大学生不仅要努力提高自己的科技力，还需努力提高自己的文化力。

当今商品不仅需要凝聚着高技术，还要有好的造型、款式、装潢、广告，在这些设计中，还需要跨文化研究的知识，才可能满足不同国度的人们的审美需求，这就是凝聚在商品里的文化力。所有这些，都在要求当代青年重视通识能力。

这本《智慧风暴》仍称报告文学，旨在报告中国新兴生产力在中关村诞生和发展的一般情况，以及对每个中国人必然要发生的深刻影响。中关村不仅有许多科研所，还有更多的高校，北大方正集"产学研"于一体，它的崛起，它的成功或者挫折，都极有典型性，这就是我所以选择北大方正为载体来反映和认识这个新兴的经济时代，以及认识我们自己的潜能和前程的原因。作为文学，这也是一部不纯的文学。

然而，即使高度重视中关村这一诞生了中国新兴生产力的平台也是不够的。当指南针、炮舰和航海技术使贸易能到达地球上的任何一块大陆，世界上任何一个民族的衰落与崛起，就已经不是孤立的现象，何况今日中国市场比历史上任何一个时期都更加国际化。所以我把思维伸向本文指称的"三大知识平台"，这分别产生于欧洲、美洲和亚洲的三种文化是当代青年已有能力获知的。通识它，在这样的基础上从事创造，建设生活，你一定会获益。

由于以耗竭有限资源为代价的工业发展模式是一条通往毁灭的道路，人类终于站在一个共同的环境恶化的时代，开始寻求可持续发展经济。这里本身有人类共同的处境、共同的追求和利益。因而，几乎可以说，在这个新的经济时代，在 21 世纪，通识能力是我们要培养的重要能力。

有人说：21 世纪是中国的世纪，或亚洲的世纪。

也有人说：21 世纪仍然是美国的世纪。

我说：21 世纪将是世界各国相互渗透、相互吸收，从而日益走向交融和兼容的世界性文化的世纪。

在这个新世纪的早晨，有意识地锻炼自己的通识能力，尝试着打通科技与经济，或者科学与文学等人文学科及行业之间的隔阂与藩篱，打通中外古今，世界就会在你的眼前宽阔起来，前途也会宽阔起来。